Jan Beinßen, Jahrgang 1965, lebt in Franken und hat zahlreiche Kriminalromane veröffentlicht. Bei ars vivendi erschienen neben seinen Paul-Flemming-Krimis u. a. der historische Kriminalroman *Görings Plan* (2014) sowie die Kurzkrimibände *Die toten Augen von Nürnberg* (2014) und *Tod auf Fränkisch* (2017). www.janbeinssen.de

Jan Beinßen

Tod im Tiergarten

Paul Flemmings elfter Fall

Kriminalroman

ars vivendi

Originalausgabe

Fünfte Auflage Dezember 2024
Vierte Auflage Dezember 2022
Dritte Auflage Dezember 2017
Zweite Auflage September 2016
Erste Auflage Juli 2016
© 2016 by ars vivendi verlag
GmbH & Co. KG, Bauhof 1,
90556 Cadolzburg
info@arsvivendiverlag.de

Alle Rechte vorbehalten

www.arsvivendi.com

Lektorat: Stephan Naguschewski
Umschlaggestaltung: FYFF, Nürnberg
Motivauswahl: ars vivendi
Coverfoto: © plainpicture/Staffan Widstrand
U4: © Heinri Brink/iStockphoto.com
Druck: BookPress.eu

Printed in Europe

ISBN 978-3-86913-728-5

Tod im Tiergarten

»Wir suchen die Wahrheit, finden wollen wir sie aber nur dort, wo es uns beliebt.«
Marie von Ebner-Eschenbach

1

Seit geschlagenen zwanzig Minuten verhandelte er mit Victor Blohfeld telefonisch über einen neuen Job. Dabei kam sich Paul Flemming vor, als feilschte er auf einem arabischen Markt. Der Reporter des Nürnberger Boulevardblatts knauserte wie selten zuvor und wollte Paul nicht einmal den üblichen Minimalpreis für einen Fotoabdruck in der Zeitung zugestehen, obwohl Paul dafür an einem Wochenende unterwegs sein müsste und somit Anspruch auf einen Zuschlag hätte.

»Haben Sie denn nichts anderes für mich als ausgerechnet einen Parteitag? So was zieht sich ewig, und langweiliger geht's nicht.«

»Wenn Sie den Auftrag nicht nötig haben, soll es mir recht sein«, schnodderte Blohfeld am Telefon. »Es gibt genügend andere, die sich die Finger danach lecken, für uns arbeiten zu dürfen.«

Zu dürfen – wenn er das schon hörte! Als ob es eine Gnade wäre, sich für Blohfelds Schmierblatt einen ganzen Sonntag um die Ohren zu schlagen. Allzu gern hätte Paul ihm geantwortet, dass er sich zum Teufel scheren sollte. Doch das konnte er nicht, denn Paul war angewiesen auf Jobs wie diesen. Sein Fotoatelier am Weinmarkt warf längst nicht mehr genug ab, um einen erwachsenen Mann davon ernähren zu können. Und wollte er nicht ausschließlich am Geldtropf seiner Frau Katinka, der gut verdienenden Oberstaatsanwältin, hängen, musste er sich zwangsläufig auf faule Kompromisse einlassen und mies bezahlte Gelegenheitsarbeiten wie diese annehmen.

»Also? Was ist, Flemming? Hopp oder top? Ich habe nicht ewig Zeit, um mit Ihnen über ein paar Fotos zu streiten. Da sind Ihre jüngeren Kollegen mehr auf Zack. Und die liefern nicht nur Fotos, sondern auch Filmclips für unseren Onlineauftritt. Fertig geschnitten und vertont.«

Wieder so ein Nadelstich, der Paul schmerzte. Je näher er dem großen runden Geburtstag kam, der die halbe Hundert besiegelte, desto mulmiger war ihm zumute. Das Gefühl des Altwerdens, das ihn bislang nie sonderlich geschert hatte, drängte sich ihm mit einer ungeahnten Heftigkeit auf. Selbst wenn er sein Spiegelbild nach wie vor gar nicht so übel fand und ihm viele attestierten, dass er mindestens zehn Jahre jünger aussehe, konnte Paul nicht abstreiten, dass die Zeit auch an ihm nicht spurlos vorüberging. Am meisten merkte er es – und da hatte Blohfeld den wunden Punkt mit der Präzision eines Chirurgen getroffen – im Berufsleben. Wenn es um Aufträge ging, für die er sich bewarb, galt er trotz all seiner Berufserfahrung und Praxis mit einem Male nicht mehr als erste Wahl, sondern als altes Eisen. Zwar sagte man es ihm selten so direkt ins Gesicht, wie Blohfeld dies gern tat, doch zwischen den Zeilen hörte er immer wieder, dass die nachfolgenden Generationen flexibler und wendiger seien, außerdem deutlich günstiger und vor allem social-media-affin. Kurzum: Paul dachte einfach nicht mehr modern genug und kassierte deshalb eine Absage nach der anderen.

»Ich frage jetzt zum letzten Mal: Machen Sie es für den genannten Preis oder nicht?«, fragte Blohfeld ungeduldig.

»Das ist zu wenig. Auf Stunden umgerechnet läge ich damit unter dem Mindestlohn.«

»Mit Ihrem Talent zum Verhandeln hätten Sie Gewerkschafter werden können«, ätzte Blohfeld. »Also gut: Ich erhöhe um fünfzig Cent pro Bild. Mehr ist nicht drin.«

»Danke, wie edel von Ihnen! Warum kaufen Sie sich davon nicht lieber einen Heiligenschein?«

»Ich bin Journalist. Ich verteile welche. Sie bekommen vielleicht auch mal einen, wenn Sie kooperieren.«

Das tat Paul nicht. Denn nun hatte sein Stolz das Kommando übernommen, und der verbot es ihm, sich auf Blohfelds Dumpingpreise einzulassen. Dann sollte der alte Knauserer eben einen jungen Hupfer nehmen, der ihm die Fotos für quasi umsonst überließ. Zum Teufel, was soll's?

Paul war angefressen, als er den Hörer auf die Ladestation knallte und mit ausladenden Schritten durch sein Atelier ging. Mehrmals im Kreis herum, um Dampf abzulassen. Dabei kam er an den vielen Fotografien seiner Wandgalerie vorbei, die einen Abriss aus den fast drei Jahrzehnten seines bisherigen Berufslebens darstellten und durch das ovale Oberlicht von der hochstehenden Frühsommersonne beschienen wurden: darunter Stadtimpressionen für die Tourismuszentrale, Szenenbilder aus dem Opernhaus, längst angestaubte Modefotos für den Quelle-Katalog, ländliche Impressionen für einen Knoblauchslandkalender. Er hatte sehr viel geleistet und war bei seinen früheren Auftraggebern trotzdem mehr und mehr in Vergessenheit geraten – wenn es sie denn überhaupt noch gab. Denn viele hatten längst Pleite gemacht oder kein Budget mehr für aufwendige Shootings. Doch neue Auftraggeber blieben aus und wandten sich lieber an andere. Woran lag das? Musste er den Fehler allein bei sich suchen?

Während seine Wut auf Blohfeld allmählich nachließ, sann Paul darüber nach, was er an seiner momentanen Situation ändern könnte. Und vor allem auch darüber, wie er an seiner Selbstvermarktung feilen und sich besser verkaufen könnte.

Mitten in diese Überlegungen hinein läutete es an der Tür. Noch bevor er öffnen konnte, hörte er am heiseren Bellen, wer ihn da unverhofft besuchen kam.

»Hallo, Mutti. Bist du zum Stadtbummeln in Nürnberg?« Normalerweise besuchten ihn seine Eltern – wenn überhaupt – am Wochenende, aber doch nicht an einem Donnerstag. Paul bückte sich und drückte seiner deutlich kleineren Mutter einen Kuss auf die Wange, während die betagte Pudeldame Bella sich mühte, an seinem Hosenbein hochzuspringen.

Kurz darauf saßen sie bei einem Tee auf Pauls Schlafcouch zusammen, die noch immer in seinem Atelier stand, obwohl er seit dem Umzug in die Kleinweidenmühle nicht mehr hier übernachtete. Paul versuchte aus Herthas eng beieinanderliegenden dunklen Augen zu lesen, was sie auf dem Herzen hatte. Denn dass es sich heute – an einem ganz normalen Werktag – um einen Höflichkeitsbesuch handelte, mochte er nicht glauben. Es kam ohnehin immer seltener vor, dass sich seine Eltern auf den Weg von Herzogenaurach nach Nürnberg machten, erst recht unangemeldet. Doch Paul musste nicht lange herumrätseln, denn auf die ihr eigene sehr offene Art lüftete sie ohne große Vorreden das Geheimnis.

»Ich bin gekommen, weil Hermann und ich der Meinung sind, dass dir mal wieder der Kopf gewaschen gehört.« In ihrem schmalen, von schwarz gefärbter Dauerwelle umrahmten Gesicht zeichnete sich nicht ein Funken Humor ab. Diesen Blick kannte Paul sehr gut. Er besagte, dass er den Mund zu halten und zuzuhören habe.

Bella kuschte sich, als Hertha die Teetasse abstellte und die Stimme erhob: »Wir machen uns Sorgen darüber, dass du dich mehr und mehr an ein Leben im Müßiggang gewöhnst. Dass du nicht der Typ Mensch bist, der einer geregelten Arbeit nachgeht, wissen wir. Das würde dich einengen und unglücklich machen. Dass du aber nur noch am

Rockzipfel deiner Frau hängst und dich von ihr aushalten lässt ...«

»Was soll das denn heißen?«, begehrte Paul auf.

»Du lebst wie die Made im Speck«, wurde Hertha deutlicher und kniff ihn in die Hüfte. »Und das sieht man auch.«

»Wie Katinka und ich unser Leben regeln, geht Hermann und dich nichts an, Mutti«, protestierte Paul.

»Das ist nicht der einzige Punkt«, meinte Hertha.

»Sondern?«

»Uns geht es vor allem um dein eigentliches Problem.«

»Was sollte das denn für eines sein?«

»Du leidest unter einer zwanghaften Fixierung.«

Paul fiel aus allen Wolken. »Wie bitte? So ein Blödsinn!«

Hertha ließ sich nicht aus dem Konzept bringen. »Dein Vater hat darüber im *Reader's Digest* gelesen. Die Symptome treffen voll und ganz auf dich zu. Darüber sind wir uns einig.«

»Auf was soll ich denn fixiert sein? Etwa auf meine Vorliebe für Nürnberger Rostbratwürste und dunkles Bier aus der Fränkischen Schweiz?«

»Ich kannte einen Arzt, Dr. Borgmann, du kannst dich vielleicht an ihn erinnern.«

»Ja, der Wald- und-Wiesen-Doktor, auf den ihr früher geschworen habt.«

»Borgmann war ein guter Allgemeinmediziner, aber er konnte es auch in der Freizeit nicht lassen, den Leuten auf die Hände und Arme zu starren, weil er immer auf der Suche nach Venen war, in die er notfalls eine Infusion legen konnte.«

»Pech für ihn, doch was hat das mit mir zu tun?«

Sehr viel, behauptete Hertha und erzählte als Nächstes von einem alten Freund Hermanns, einem pensionierten

Panzerdivisionskommandeur, der noch als Rentner keinen Kirchturm ansehen konnte, ohne darüber nachzudenken, aus welchem Winkel und mit welchem Geschoss er einen Scharfschützen im Glockenturm erledigen könnte. Und dann fielen ihr auch noch ein drittes und ein viertes Beispiel ein, die in dieselbe Richtung zielten.

»Aha, sehr erhellend, deine Geschichtchen. Aber auf was zum Kuckuck soll meine Fixierung ausgerichtet sein?« Paul fand die Situation dermaßen skurril, dass er lachen wollte.

Doch das Lachen blieb ihm im Hals stecken, als er Herthas Antwort hörte: »Auf Verbrechen! Du würdest hier doch am liebsten so lange untätig herumsitzen, bis du vom nächsten Mord Wind bekommst, und dann nicht ruhen, bevor der Täter gefasst wäre. Das Problem dabei ist aber, dass du weder bei der Kripo arbeitest noch auf irgendeine andere Art dafür legitimiert bist. Ganz zu schweigen von den Gefahren, denen du dich bei ähnlichen Aktionen in der Vergangenheit bereits wiederholt ausgesetzt hast.«

Da ist etwas Wahres dran, musste sich Paul eingestehen. Weil seine Mutter selten nur mit Vorwürfen daherkam, sondern meist eine Lösung zur Hand hatte, wartete Paul den Schluss ihrer Standpauke ab.

»Was du brauchst, ist ein neuer Fotoauftrag, Bub«, stellte sie fest. »Und mehr frische Luft. Du bist ganz blass.«

Paul schmunzelte. »Ja, Mutti«, sagte er gelassen, weil er den verspäteten Erziehungsversuch seiner Mutter nicht wirklich für voll nehmen konnte. »Hast du eine Idee, wo ich beides finden kann?«

Hertha fackelte nicht lang, klappte ihre Handtasche auf und entnahm ihr ein bunt bedrucktes Faltblatt. Wie sich herausstellte, ein Übersichtsplan des Nürnberger Tiergartens.

»Die suchen jemanden wie dich«, erklärte Hertha. »Es geht um Bilder für eine neue Broschüre und das Internet. Zwar nur befristet und mit dem mageren Salär des öffentlichen Dienstes, aber immerhin. Hast du die Anzeige im Stellenteil der *Nürnberger Nachrichten* etwa nicht gesehen?«

Hatte er nicht. Und er konnte auch nicht behaupten, dass er sich sonderlich für die eingezäunte Tierwelt am Schmausenbuck interessierte.

»Bewirbst du dich?«, wollte Hertha wissen.

»Ich glaube, das ist nichts für mich«, antwortete Paul.

»Hast du denn etwas anderes in petto?«, fragte Hertha, die die Antwort natürlich genau kannte.

»Ich schaue mich um«, wich Paul aus.

»Mit anderen Worten: Du sitzt hier herum und wartest darauf, dass endlich der Abend kommt und du dein Bier trinken kannst.«

Paul wollte widersprechen und erklären, dass er keinerlei Erfahrung mit Tierfotografie hätte, als ihm ein Gedanke kam: Hatte er nicht neulich einen Radiobeitrag über den Zoo gehört, in dem es um das mysteriöse Verschwinden einiger Tiere gegangen war? Ein Schaf aus dem Streichelpark fehlte, auch einige Präriehunde wurden vermisst. Mit Mord hatte das zwar nichts zu tun, aber wenn er dort als Fotograf unterwegs wäre, könnte er sich wenigstens ein wenig umsehen ...

Hertha deutete das Funkeln in Pauls Augen richtig und lächelte zufrieden: »Du hast es dir also überlegt?«

»Ich bin noch dabei.«

Hertha erhob sich. »Danke für den Tee«, sagte sie und pfiff nach Bella.

2

Die Aprilsonne schien maiwarm vom Himmel, die Vögel zwitscherten, überall sprießte es. Dementsprechend gut gelaunt ging Paul die neue Herausforderung an: Pünktlich um acht am Montagmorgen meldete er sich zum Dienst und war gespannt darauf, was ihn erwarten würde.

Christian Schulte, zuständig für die Öffentlichkeitsarbeit beim Tiergarten und somit bis auf Weiteres Pauls Chef, entpuppte sich als äußerst geschäftige Persönlichkeit. Seine leicht gedrungene Figur überspielte der resolut auftretende Pressesprecher, dessen Alter Paul auf Mitte dreißig veranschlagte, durch forschen Kurzhaarschnitt und laute Stimme. Über einer dunklen Bluejeans trug er ein weißes Hemd und ein dunkelblaues Sakko, verzichtete aber auf einen Schlips, womit er seine Lässigkeit betonte. Schon am großen Tor, dem Haupteingang mit Kassenhäuschen, nahm er Paul in Empfang. »Was für ein Glück, dass Sie so kurzfristig zur Verfügung stehen, Herr Flemming. Folgen Sie mir bitte«, sagte Schulte und ging schnellen Schrittes voran.

Auch wenn er im ersten Moment von Herthas Vorschlag nicht gerade angetan gewesen war, freute sich Paul auf seinen ersten Besuch des Tiergartens seit etlichen Jahren. Natürlich war er mit der Straßenbahn gekommen, denn diese Tour wollte er sich nicht entgehen lassen: Die Linie 5 brachte ihn vom Hauptbahnhof auf kurvenreicher Fahrt bis zum Zooeingang, wobei der letzte Abschnitt durch ein Waldstück führte. Einfach herrlich! Und schon am Eingang die erste Attraktion: Totenkopfäffchen turnten vergnügt in den Wipfeln, auf einem quergelegten Baumstamm huschten sie über Pauls Kopf hinweg.

Sein Begleiter hatte für all diese Details keinen Blick. Christian Schulte beschäftigten ganz andere Dinge. Der Termin mit dem Neuen, den er für heute früh vereinbart hatte, passte ihm eigentlich gar nicht ins Konzept. Denn Schulte stand unter Druck. Ein Druck, unter den er sich allerdings selbst setzte. Vieles lief nicht so, wie er es sich wünschte. Privat kriselte es schon lange: Seine Dauerfreundin Denise wünschte sich ein Kind oder die lange versprochene Heirat. Am besten wohl beides. Aber darauf mochte er sich nicht einlassen – nicht, solange seine Karriere weiter so vor sich hin dümpelte. Leiter der tiergarteneigenen Pressestelle zu sein – eine Einmannabteilung – konnte doch nicht das Ende der Fahnenstange bedeuten. Oder etwa doch? Fest stand, dass er seit Jahren auf diesem Posten verharrte und nicht weiterkam. In Bewerbungen für andere Unternehmen sah er wenig Sinn, denn da müsste er wieder ganz von vorn anfangen. Hier aber gab es zumindest theoretisch die Chance für einen Aufstieg in der Tiergartenhierarchie. Daran wollte er arbeiten und aufpassen, dass ihm niemand Knüppel zwischen die Beine warf. Denn er war nicht der Einzige mit Ambitionen.

Nun jedoch musste er sich erst einmal um diesen Neuzugang kümmern: jemand, der ihn und seine Arbeit in einem besseren Licht dastehen lassen sollte. Im wahrsten Sinne des Wortes, denn Schulte erhoffte sich von dem Neuen ein umfassendes Aufmöbeln der angestaubten Fotodatenbank. Dieser Flemming, wie er hieß, genoss einen recht guten Ruf als Fotograf. Also würde er es mit ihm probieren.

»Sie wissen ja, dass wir einen Fotografen nur befristet einstellen können. Für etwas Festes ist der Personaletat einfach nicht groß genug«, machte Schulte jegliche Erwartungshaltung zunichte. »Aber immerhin, gell?«

Paul wusste nicht so recht, was der Pressemann ihm damit sagen wollte. Dass er froh sein könnte, überhaupt einen Job bekommen zu haben?

Um diese Uhrzeit war im Tierpark kaum etwas los, weshalb Paul freien Blick auf die Gehege hatte: Links sah er Kängurus und Emus, rechts reckten einige Giraffen ihre ohnehin langen Hälse, um sich am Laub der Bäume zu laben. Jetzt, da der Tiergarten so gut wie menschenleer war, bemerkte Paul seine Weitläufigkeit. Die Gehege waren äußerst großzügig bemessen und gingen ins dichte Grün des umgebenden Lorenzer Reichswaldes über. Dazwischen setzten karminrote Sandsteinblöcke markante landschaftliche Akzente. Dass der Tiergarten mitten in eine bewaldete Felsenlandschaft gebaut worden war, vermittelte auf sehr intensive Weise die Naturverbundenheit. Zäune und Gräben, die die Tiere an der Flucht hindern sollten, fielen dadurch weit weniger auf als in anderen Zoos. Im Strom der vielen Hundert Besucher, die sich tagsüber über das parkartige Gelände ergossen, war Paul diese besondere Wirkung nie so aufgefallen wie heute. Auch die Tiergeräusche, exotisch wie bei einem Afrikatrip, hatte Paul nicht so eindrücklich erlebt wie jetzt. Ohne den Lärmbrei, den die Menschenmassen verbreiteten, erklangen klar und deutlich die Stimmen der Tiere: zwitschernd und krähend, fauchend und kreischend, trompetend und zischend.

»Herr Weinbauer erwartet uns an der Uferpromenade«, rief ihm der zwei Meter vor ihm gehende Pressesprecher zu.

Weinbauer? Musste ihm dieser Name etwas sagen, fragte sich Paul.

»Unser leitender Direktor hat Urlaub, aber der Vize wird Ihnen eine kurze Einweisung geben«, erklärte Schulte, woraus Paul schloss, dass Weinbauer ebendieser Vize sein musste. »Er wird Ihnen unser Reglement darlegen: die Vorschriften und Pflichten«, redete er weiter und führte Paul am Reich der Paviane vorbei. Diese saßen auf einem rindenlosen Baum, beäugten die beiden Passanten und gaben Kommentare in Form von Grunzlauten ab. An dieser Stelle hatte Paul früher so manches Mal gestanden und sich gefragt, wer hier wen beobachtete: die Menschen die Affen oder eher die Affen die Besucher? Er war zu dem Schluss gekommen, dass beides der Fall war und die Paviane sich über die Zoobesucher mindestens genauso lustig machten wie umgekehrt. Auch diesmal war es nicht anders: Denn Paul bemerkte, wie ein besonders lebhafter, offenbar junger Pavian ihn erst anstarrte, sich dann mit drei gekonnten Schwüngen zu einem dicken, trägen Artgenossen auf die Krone ihres toten Baums schwang und dem Älteren mit aufgeregten Gesten etwas mitzuteilen schien. Daraufhin verfolgte auch der Alte Paul und Begleiter mit Argusaugen.

»Ich werde Sie mit ihm allein lassen und Sie danach wieder abholen«, kündigte Christian Schulte an, während er Paul am Delphinarium und dem alten Flusspferdhaus vorbeiführte.

»Mit wem?« Paul war in seinen Gedanken noch bei den Pavianen.

»Mit Herrn Weinbauer.«

»Ach so.«

Besonders hell im Kopf schien dieser Flemming ja nicht zu sein, dachte sich Christian Schulte, war aber nicht böse darum. Es kam ihm sogar sehr zupass, wenn der Neue nicht allzu viel von dem mitbekam, was personell im Tiergarten vor sich ging. Flemming sollte seine Fotos machen und nicht großartig darüber nachdenken, was hier sonst noch lief. Zu viele Fragen wären schädlich. Und wenn er doch welche hatte, sollte er sie Weinbauer stellen. Schulte hätte nichts dagegen, wenn der Vize in die Bredouille käme. Im Gegenteil: Das würde seinen Interessen zuarbeiten. Ja, dachte Schulte, vielleicht könnte er sich diesen Flemming zunutze machen.

Sie gingen in Richtung des großen Sees, der von allerlei Wasservögeln besiedelt war. Allen voran die Vielzahl der Flamingos, die Paul mit ihren charakteristischen Rosatönen ein ums andere Mal an die Fernsehserie *Miami Vice* erinnerten. Auch hier bewunderte er die große Fläche des Areals und lauschte dem krächzenden Geplapper der stolzen Vögel.

Vis-à-vis der Stelzenvögel platzierte ihn der Pressesprecher bei einer Sitzgruppe, die während der Öffnungszeiten Zoogästen zum Vespern diente. »Er ist gerade beschäftigt, wird aber sicher gleich kommen«, sagte Schulte und wandte sich zum Gehen.

»Wer? Herr Weinbauer?«

»Ja.« Christian Schulte machte einen leicht genervten Eindruck. Paul fragte sich, ob es an seinen wiederholten Nachfragen lag.

»Und Sie wollen nicht so lange warten?«

»Keine Zeit, leider.« Schulte sparte sich weitere Erklärungen und ließ Paul mit einem knappen »Bis später!« zurück.

Der Mann ist ziemlich busy, dachte sich Paul, legte seine Kameratasche ab, setzte sich wie befohlen auf die Bank und sah Schulte nach. Dieser hatte es wirklich sehr eilig. Ob er zum nächsten Termin hetzte oder bloß keinen Wert darauf legte, dem Zoovize zu begegnen?

Darüber hätte Paul nur spekulieren können, aber das wollte er gar nicht, denn es war ihm herzlich egal. Lieber mochte er sich den Flamingos widmen und ungestört von anderen Besuchern ihre Kolonie bewundern. Paul hatte etwas übrig für diese großen Vögel, schätzte ihre Eleganz und auch die Lässigkeit. Stundenlang auf einem Bein im lauwarmen Wasser zu stehen und eigentlich gar nichts zu tun hatte etwas für sich. Paul hätte nichts dagegen einzuwenden, im nächsten Leben als Flamingo wiedergeboren zu werden.

Während er noch über seine Perspektiven als Vogelinkarnation nachsann, hörte er Schritte auf sich zukommen. Herr Weinbauer, wie er annahm. Doch als Paul sich umsah, erkannte er einen Mann in der Kleidung eines Tierpflegers. Zumindest nahm er an, dass graubraune Hosen, beigefarbenes T-Shirt, grüne Jacke und kniehohe Gummistiefel nicht dem üblichen Outfit eines Zoomanagers entsprachen. Obwohl: Vielleicht ging Weinbauer seine Aufgabe hemdsärmelig an und beschränkte seine Tätigkeiten nicht bloß auf den Verwaltungskram.

Da er es nicht wusste, wartete Paul ab, bis der Mann bei ihm angekommen war, stand auf und nickte ihm zu. Sein Gegenüber war etwa so groß wie Paul, hatte braunes, leicht zerzaustes Haar, neugierige Augen in der gleichen Farbe und einen Teint, der Paul sagte, dass er viel an der frischen Luft zu tun hatte. Also wohl doch ein Tierpfleger.

»Ich warte auf Herrn Weinbauer«, sagte Paul, um auf Nummer sicher zu gehen.

Der andere nickte und sagte: »Müsste gleich da sein, der Chef.« Er unterzog Paul einer flotten Musterung. »Du musst der Neue sein. Fängst heute an, ja?« Er streckte seine Rechte aus. »Ich bin der Günter. Günter Kleeberger.«

Paul schlug ein und spürte den kräftigen Händedruck des Tierpflegers. »Freut mich. Ich bin der Paul.«

»Ist er wohl schon weg?«, fragte Günter, noch bevor er Pauls Hand wieder freigab.

»Sie meinen Herrn Schulte?«

»Du! Du kannst du zu mir sagen. So halten wir es hier unter Kollegen.«

»Okay. Du meinst Herrn Schulte?«

Günter nickte. »Ist ja klar, dass er sich dünnmacht, kaum dass der Vize im Anmarsch ist. Dicke Luft zwischen den beiden, verstehst du?« Er zwinkerte Paul verschwörerisch zu.

Der wunderte sich darüber, wie schnell er in den internen Klatsch und Tratsch einbezogen wurde. Doch das kam ihm ja auch gelegen: Je eher er wusste, mit wem hier gut Kirschen essen war und mit wem nicht, desto besser.

»Mögen sich die beiden generell nicht oder gab es einen Anlass?«, erkundigte sich Paul und setzte sich wieder.

Günter tat es ihm gleich und streckte die Beine aus. Von seinen Stiefeln tropfte brackiges Wasser auf den Boden. »Beides. Schulte ist der Spezi vom Boss. Das schmeckt dem Vize nicht, denn er hält sich selbst für den besseren Pressemann«, plauderte Günter munter drauflos. »Früher hat Weinbauer den ganzen Pressekram nämlich selbst gemacht. Das ging so lange gut, bis Flocke geboren wurde und sich plötzlich die ganze Welt für den Tiergarten interessierte. Da kamen Kamerateams aus aller Herren Länder.«

»Flocke? Das Eisbärbaby?«, versuchte Paul mitzukommen.

»Genau. Das hat vor ein paar Jahren einen echten Hype ausgelöst. Weinbauer war mit den vielen Presseanfragen überfordert, und deswegen wurde Schulte eingestellt.«

»Der seitdem einen Teil seiner Kompetenzen übernommen hat.«

»Korrekt. Erst war Schulte ja nur in Teilzeit bei uns, aber er hat sich schnell unabkömmlich gemacht und gibt in der Verwaltung den Ton an – nicht nur wegen seines lauten Organs. Pass also auf, dass du dich mit dem gut stellst, wenn das mit deinem Job hier was werden soll.«

»Danke für den Tipp«, sagte Paul. »Aber du hast angedeutet, dass es einen weiteren Grund dafür gibt, warum sich die beiden aus dem Weg gehen.«

»Kannst du dir das nicht denken?« Günter lehnte sich zurück und verschränkte die Arme hinterm Kopf. Dabei ächzte er, als hätte er bereits einen ganzen Tag harter körperlicher Arbeit hinter sich. »Momentan macht der Tiergarten ja eher Negativschlagzeilen.«

»Wegen des seltsamen Tierschwunds? Die Zeitungen kolportieren ja, dass die Sicherheitsvorkehrungen zu lax sind.«

Günter nickte und verriet, dass sich Rolf Weinbauer und Christian Schulte gegenseitig die Schuld für die schlechte Presse zuschoben. Schulte halte Weinbauer vor, dass er sein Sicherheitsproblem nicht in den Griff bekomme, umgekehrt werfe Weinbauer Schulte vor, auch nach so vielen Jahren kein Vertrauensverhältnis zu den Medienvertretern aufgebaut zu haben. Die ganze Belegschaft wisse von dem Knatsch der beiden, meinte Günter, denn sobald sie sich begegneten, würden sie sich angiften, ganz egal, ob es einer der Kollegen mitbekäme oder nicht.

»Es fehlt nicht viel, dann gehen sich die beiden an die Gurgel«, spitzte Günter zu.

»So schlimm?«, fragte Paul.

»Schlimmer«, meinte Günter, diesmal jedoch mit einem Augenzwinkern.

»Es würde mich interessieren, was mit den Tieren passiert ist«, sagte Paul. »Einfach in Luft auflösen können sie sich ja nicht. Und durch Fluchttunnel zu entkommen klappt nur dann, wenn ihnen ein paar Maulwürfe dabei helfen.«

»Oder gewiefte Pinguine«, warf Günter lachend ein.

Als Paul nicht gleich verstand, erklärte der Tierpfleger, dass er auf den Film *Madagaskar* angespielt hatte. Darin hätten Tiere aus dem Zoo in der Bronx mit Unterstützung der Pinguine das Weite gesucht. Doch dann nahm Günter Pauls nicht ganz ernst gemeinten Gedanken zum Anlass, um ihm seine eigene Theorie zu unterbreiten: »Mit dem Helfen liegst du gar nicht mal so weit daneben: Dass es einem unserer Tiere gelingt, aus eigener Kraft aus einem Gehege zu entkommen, ist sehr, sehr unwahrscheinlich. Weder ein Schaf ist dazu in der Lage noch ein Zwerghirsch und erst recht nicht eine ganze Kolonie Präriehunde. Viel größer stehen die Chancen, dass da jemand die Hände im Spiel hat. Allerdings kein anderes Tier wie im Film, sondern ein Mensch.«

»Wer sollte ein Interesse daran haben, ein Schaf aus dem Streichelzoo zu klauen?«, fragte Paul und suchte selbst nach einer Antwort: »Könnten es Tierschützer sein?«

»Und was stellen die dann mit unseren Präriehunden an? Einfach im Wald aussetzen? Unser Muntjak, der abgängige Zwerghirsch, würde innerhalb kürzester Zeit vom heimischen Wild weggebissen. Nein, nein, die seriösen Tierschutzverbände wissen, dass es unseren Zöglingen bei uns gut geht.«

»Wer sollte sonst dahinterstecken? Vielleicht jemand, der sich einen schlechten Scherz auf Kosten der Tiere erlaubt?«, spekulierte Paul weiter.

Günter winkte ab. »Daran hatte ich anfangs auch gedacht, aber dafür hat das Ganze zu viel Methode. Ich denke, das Schaf, das als Erstes verschwand, diente bloß als

Versuchsballon. Aber eigentlich hat er es auf die Tiere, die danach kamen, abgesehen.«

Paul horchte auf. »Wer ist *er*? Und wozu braucht dieser Jemand den Hirsch und die Hunde?«

Günter, der sich sichtlich darüber freute, dass sich Paul für seine Überlegungen interessierte, setzte zu einer Erklärung an, als sich ihnen ein groß gewachsener Mann in grauem Anzug näherte. Er war sportlich schlank, beinahe dünn, trug sein graues Haar kurz geschnitten und eine markante, schwarz geränderte Brille auf der Nase. Mit zügigen Schritten hielt er auf sie zu.

Kaum hatte er ihn bemerkt, gab Günter seine lässige Sitzhaltung auf. Mit einem Ruck war er auf den Beinen und sagte: »Das ist er, unser Vize.« Er nickte dem Chef zu. »Ich muss dann mal wieder«, sagte er zu Paul und entfernte sich schnell. »Wir unterhalten uns ein andermal.«

Nur zu gern hätte Paul den redseligen Tierpfleger aufgehalten, um sich dessen Theorie über die mysteriösen Tierabgänge zu Ende erzählen zu lassen. Doch da war er schon weg, und an seiner Stelle stand Rolf Weinbauer. Als Paul ihm die Hand drückte, registrierte er das vorstehende Kinn des Zoovizes ebenso wie seine listig blitzenden Augen.

Dank Günter war Paul ausreichend gebrieft, um Weinbauers Gedanken erahnen zu können: Paul war von Schulte eingestellt worden, also stand der Vize dem Neuen von vornherein kritisch gegenüber. Und das ließ Weinbauer Paul mit einem äußerst frostigen Willkommensgruß deutlich spüren.

»Herr Flemming? Mein Name ist Weinbauer. Ich führe momentan den Laden, so lange unser Direktor nicht anwesend ist. Über Ihre Aufgaben lassen Sie sich vom Kollegen Schulte informieren.« Er drückte Paul einen Schnellhefter in die Hände.«»Dem entnehmen Sie alles, was wichtig ist, wenn Sie sich auf dem Gelände bewegen. Bei uns gelten besondere Vorschriften, wie Sie sich denken können. Arbeiten Sie das Material sorgsam durch. Wenn Fragen auftreten, wenden Sie sich an Ihren Fachvorgesetzten.«

»An Herrn Schulte?«, fragte Paul überflüssigerweise.

»Ja«, sagte Weinbauer mit einem Gesicht, das jedweder Freundlichkeit entbehrte. Und dann wiederholte er das, was Paul heute schon einmal zu hören gekriegt hatte: »Ihnen ist bewusst, dass es sich um eine befristete Einstellung handelt? Auch innerhalb dieser Frist nehmen wir uns heraus, das Einstellungsverhältnis vorzeitig zu beenden, sollten wir Ihre Leistung für nicht ausreichend halten.«

Eigentlich hätte sich Paul umdrehen und gehen sollen. So jedenfalls war ihm zumute. Andererseits spornte ihn Weinbauers Arroganz zum genauen Gegenteil an. Mit einem Lächeln auf den Lippen sagte er dem stellvertretenden Zoodirektor: »Aber sicher weiß ich Bescheid. Das ist genau das, was ich gesucht habe, denn Flexibilität liegt mir im Blut. Sie werden zufrieden sein.«

Damit nahm er Weinbauer den Wind aus den Segeln, denn auch dieser sah sich nun genötigt, ein wenig mehr Empathie zu zeigen. Zwar reichte es nicht für ein Lächeln, doch zumindest der verbissene Gesichtsausdruck verschwand.

3

»Heute bleibt die Küche kalt«, hatte Katinka beschlossen und Paul am Abend per Telefon direkt in den *Goldenen Ritter* gelotst. Als Paul in seinem Stammlokal in der Sebalder Altstadt ankam und in dem urig rustikalen Gastraum nach seiner Frau Ausschau hielt, wurde er jedoch nicht fündig. Alle Tische waren belegt, selbst Pauls Lieblingsplatz in einer gemütlichen Erkernische. Doch von Katinka keine Spur.

Paul wollte gerade nach dem Handy greifen und sie noch mal anrufen, als sich Marlen seiner annahm. Die zierliche Frau von Küchenchef Jan-Patrick, die ihre bescheidene Körpergröße mit sehr hohen Absätzen und mehr noch mit ihrem südländischen Temperament wettmachte, schickte Paul geradewegs in die Küche, wo Katinka und auch ihre Tochter Hannah dem Meister in die Töpfe schauen durften.

Trotz des geringen Platzes in der Küche, in der emsige Helferlein hektisch durch den nebelartigen Kochdunst eilten, hatten sich Katinka und Hannah einen Stehplatz an Jan-Patricks Seite gesichert und ließen sich erläutern, was er heute Feines zauberte. Paul freute sich, in der fast schon intimen Enge des Raums alle drei anzutreffen, und näherte sich ihnen in freudiger Erwartung. Dabei fiel ihm wieder einmal auf, wie attraktiv die beiden Frauen in seinem Leben waren: Katinka mit ihrer schlichten Eleganz, dem langen blonden Haar und einer Figur, um die sie manch andere Frau mit Mitte vierzig beneiden mochte. Daneben Hannah, ebenso schlank und adrett, deren feingelocktes Haar ein Markenzeichen war, genau wie ihre kobaltgrünen Augen.

Während Jan-Patrick schälte, schnitt und rührte, verriet er seinen aufmerksamen Zuhörerinnen ein Rezept für roh marinierten Spargel mit fränkischem Flusskrebs:

»Ich schäle einige Stangen und schneide sie in dünne Scheiben. Die Tomate wird fein gewürfelt. Joghurt, Sahne und Zitronensaft würze ich mit Salz und einer Prise Zucker, verfeinere mit gehacktem Schnittlauch und Basilikum und gebe den Spargel und die Tomaten dazu. Fertig! Dazu reiche ich den Flusskrebs, vorher kurz angebraten. Es schmeckt aber auch hervorragend mit einem zarten Saiblingsfilet.«

Paul drückte Katinka einen Kuss auf die Wange, bevor er sich einen Probierlöffel geben ließ.

»Köstlich, Jan-Patrick. Schöner kann man die Spargelzeit kaum zelebrieren.«

Auch seiner Stieftochter wollte er Hallo sagen, doch Hannah wandte sich demonstrativ ab.

Hart landete Paul, bis eben im Schwelgen begriffen, auf dem Boden der Realität. So ging das nun schon seit Monaten: Hannah ließ ihn nicht mehr an sich heran. Sie machte dicht, sobald er aufkreuzte, und zeigte ihm die kalte Schulter.

Natürlich wusste Paul, woran das lag, aber es machte die Situation nicht leichter für ihn: Ein gutes halbes Jahr war es nun her, dass hier im *Goldenen Ritter* Hannahs Verlobung gefeiert werden sollte. Alexander hieß der Glückliche, dem Pauls Stieftochter ihr Herz geschenkt hatte. Paul hatte alles vermasselt und Alex vergrault. So jedenfalls lautete Hannahs Version von der Geschichte, und Paul war es bis heute nicht gelungen, sie von dieser Meinung abzubringen. Dass Paul in Alexander irrtümlich den Mörder einer Rentnergruppe gesehen hatte und Hannah vor ihm schützen wollte, ließ sie nicht gelten. Und auch seine immer wieder vorgebrachten Entschuldigungen und Versöhnungsversuche verpufften allesamt. Allmählich war er mit seinem Latein am Ende. Doch er musste weiter versuchen, für Schönwetter zu sorgen, denn sein zerrüttetes Verhältnis zu Hannah belastete zusehends auch seine Ehe mit Katinka.

Jan-Patrick wechselte zur nächsten Arbeitsplatte, wo ein Auszubildender bereits die Zutaten für eine weitere Spargelvariation vorbereitet hatte. Paul erkannte hauchfein geschnittene Zwiebeln, Sprossen, eine Vanilleschote und eine Schüssel frisch geriebenen Hartkäse. Jan-Patrick schob den jungen Gehilfen zur Seite und machte sich daran, eine Zitrone zu schälen und die Schale zu würfeln. Er blanchierte die Zitronenwürfel in siedendem Wasser, gab Vanille und Einmachzucker hinzu. Dann nahm er das Gericht von der Flamme und zerließ Butter in einem anderen Topf. Er gab die gehackten Zwiebeln hinein, Knoblauch und schließlich eine Schale Risottoreis. Mit einem großzügigen Schluck Frankenwein, einem Silvaner in der Literflasche, löschte er ab und überließ das Weitere wieder dem Küchenjungen.

»Wenn das Risotto al dente ist, kommen der Hartkäse und die Zitronenmarmelade dazu«, kündigte Jan-Patrick an. »Garniert wird das Ganze mit grünem Spargel, den ich in der Pfanne kurz mit etwas Butter sautiere.«

»Klingt köstlich, oder?«, fragte Paul in die Runde und schielte dabei nach Hannah. Die verzog aber keine Miene, sondern senkte so weit den Kopf, dass sich ihre Locken über die Augen legten.

Als Marlen ihnen das Zitronenrisotto später an einen frei gewordenen Tisch brachte, hatten Hannah und Paul immer noch kein Wort miteinander gewechselt. Die Kommunikation erfolgte ausschließlich über den Umweg Katinka, die zwischen ihnen saß wie ein Wächter über zwei Streithähne.

»Gibt es etwas Neues? Irgendwelche Entwicklungen, von denen ich nichts weiß?«, fragte Paul aufs Geratewohl.

Gemeint war einmal mehr Hannah, die Antwort aber lieferte Katinka: »Nein. Zumindest nichts Konkretes.«

»Das ist nicht viel.«

»Dräng sie nicht«, mahnte Katinka.

»Ich werde mich hüten.«

Ob Hannah mittlerweile einen neuen Freund hatte oder sich ganz und gar auf die Arbeit konzentrierte – Paul wusste es nicht. Genauso wenig wie Katinka. Oder aber sie gab ihm gegenüber nur vor, es nicht zu wissen.

Bei jeder Gelegenheit, bei der sie sich sahen und ihre kleine Familie zusammenkam, bemühte sich Paul um einen neuen Ansatz, mit Hannah ins Gespräch zu kommen und ihr die eine oder andere Information über ihr Leben und ihre Gemütsverfassung zu entlocken. Vergebens. Seine Fragen, so unverfänglich sie auch formuliert waren, wurden schlichtweg überhört.

Doch diesmal lief es anders: »Eine Weile ins Ausland vielleicht«, sagte Hannah unvermittelt und ohne Paul anzusehen.

Ausland? Was sollte das bedeuten?

Da Hannah ihren Satz im Raum stehen ließ, ohne ihn in irgendeiner Art zu erklären, war er aufs Spekulieren angewiesen: Sicher wollte Hannah Abstand gewinnen, um mit den dramatischen Ereignissen rund um ihre verpatzte Verlobung endlich abschließen zu können. Das konnte Paul sogar nachvollziehen. Doch wie wollte sie das praktisch umsetzen? Ihren Job im Kulturreferat der Stadt kündigen? Ein Sabbatjahr einlegen? Oder sprach sie bloß von einem Urlaub?

»Wie lief's im Tiergarten?«, brachte Katinka das Gespräch auf ein anderes Thema.

»So weit ganz gut«, antwortete Paul. Vielleicht war es besser so, Hannah in Ruhe zu lassen und erst einmal von sich selbst zu erzählen. Denn dann würde sie sich nicht unter Druck gesetzt fühlen und eventuell später – aus freien Stücken – mehr von ihren Plänen preisgeben.

Also berichtete er von seinem ersten Tag und den Begegnungen mit Christian Schulte und Rolf Weinbauer. Auch Tierpfleger Günter ließ er nicht unerwähnt. Als er auf die verschwundenen Tiere und Günters Überlegungen dazu kam, hatte er tatsächlich auch Hannahs Aufmerksamkeit gewonnen: Sie wurde hellhörig, ganz klar, man sah es an ihren Augen. Zwar hielt sie demonstrativ an ihrem schmollenden Gesichtsausdruck fest, doch ihre Blicke verrieten, dass Pauls Bericht ihr Interesse geweckt hatte.

»Dieser Günter geht also tatsächlich davon aus, dass jemand ganz gezielt Tiere stiehlt?«, fasste Katinka Pauls recht weitschweifige Schilderung zusammen und fügte mit ernster Miene hinzu: »Das ist Diebstahl und eine Sache für die Polizei. In diesem Umfang vielleicht sogar etwas für die Staatsanwaltschaft.«

Paul bremste ihren Eifer: »Der Zoo hat den Tierverlust bestimmt längst angezeigt. Dass du deine Kollegen darauf ansetzt, halte ich für übertrieben.«

»Trotzdem wäre es gut, wenn du mich auf dem Laufenden hältst«, meinte Katinka. »Immerhin ist das auch ein Thema für die Presse, da kann es nicht schaden, wenn jemand von uns am Ball bleibt.«

»Ich bin aber keiner von euch«, erinnerte Paul sie.

Daraufhin stupste sie ihn an und meinte verschmitzt: »Aber du wärst es gern. Nicht umsonst mischst du dich immer wieder in meine Fälle ein.«

»Dies ist kein Fall«, stellte Paul klar. »Es geht bloß um ein paar vermisste Tiere.«

Trotzdem war er froh, dass Katinka sein Interesse an der Sache nicht von vornherein verurteilte. Wenn er sich im Zoo ein wenig umtun würde, könnte er vielleicht sogar mit ihrer Unterstützung rechnen. So zumindest legte er ihre Worte aus ...

... und lag damit nicht ganz falsch. Tatsächlich war Katinka daran interessiert, ihn zu beschäftigen. Diese Geschichte mit den abhandengekommenen Tieren war harmlos, ja in ihren Augen bloß eine Lappalie. Wenn sich Paul damit befasste, könnte er keinen nennenswerten Schaden anrichten, und sie müsste sich gegenüber ihren Kollegen nicht wieder für den leider oft unprofessionellen Übereifer ihres Mannes rechtfertigen. Noch wichtiger für sie war aber die Hoffnung, dass ihn sein Engagement im Zoo vom Dauerkrach mit Hannah abbrachte. Seit Hannahs Beziehung mit ihrem Beinahe-Ehemann Alexander gescheitert war, verhielten sich die beiden wie Hund und Katz. Nicht ein einziges Treffen lief seitdem ohne Streit über die Bühne.

Es fiel Katinka schwer, sich auf eine Seite zu stellen. Denn Schuld an der verfahrenen Lage trugen sie ja beide: Paul, weil es auf sein Konto ging, dass Alexander das Weite gesucht hatte. Und Hannah, weil ihr Dickkopf jeden Versuch einer Annäherung unterband. Es hatte keinen Zweck, für die eine oder den anderen Partei zu ergreifen – und Katinka wollte es auch gar nicht. Denn wie auch immer sie sich entscheiden würde, es bräche ihr das Herz.

Also konnte sie nur hoffen. Hoffen auf die wundersame Wirksamkeit der Zeit, die bekanntlich alle Wunden heilte und vielleicht auch die Flausen aus Hannahs Kopf vertreiben würde.

4

»Wenn ich nicht näher herankomme, haben die Bilder keine Wirkung. Die Außengehege sind einfach zu groß, und im Affenhaus reflektieren die Panzerglasscheiben«, moserte Paul.

Christian Schulte sah ihn wenig begeistert an. Nicht genug damit, dass der Neue eine halbe Stunde zu spät gekommen war, übte er jetzt auch noch Kritik! Der Pressesprecher, der schon wieder auf dem Sprung zum nächsten Termin war, kanzelte Paul mit knappen Worten ab: »Ich kann verstehen, dass Sie als Profi gewisse Vorstellungen von Ihren Arbeitsbedingungen haben, Herr Flemming. Und das ist ja an sich auch gut so. Aber Sie können nicht ernsthaft erwarten, dass wir Sie auf unseren Freianlagen herumspazieren lassen. Viel zu gefährlich.«

»Es muss aber einen Weg geben, wenn ich nicht ausschließlich mit dem Teleobjektiv arbeiten soll.«

»Ich bin mir sicher, Herr Flemming: Sie werden diesen Weg finden.« Der dynamische Kommunikationschef blinzelte Paul zu und verließ sein Büro im Verwaltungsbau, in dem Paul ihn am Morgen aufgesucht hatte. Er ließ ihn mit dem wenig hilfreichen Satz zurück: »Wenden Sie sich an die Tierpfleger.«

Da Paul bisher lediglich einen der Pfleger kannte, beschloss er, Günter aufzusuchen. Er versuchte sein Glück dort, wo er ihn das letzte Mal getroffen hatte: bei der Bank an der Uferpromenade. Über dem Teich lag zu dieser frühen Stunde ein feiner Dunst. Die Flamingos hatten ihre Köpfe ins Gefieder gesteckt und schienen zu schlafen. Auch sonst war es ruhig, die Anlage wirkte wie ausgestorben. Paul sah sich nach Günter um, doch der Pfleger ließ sich nicht blicken.

An seiner Stelle näherte sich eine Frau. Fast zwei Köpfe kleiner als Paul, mit schulterlangem dunkelblonden Haar. Sie tendierte zum Pummeligen, was ihr durchaus stand und ihre Weiblichkeit betonte. Außerdem hatte sie ganz besondere Augen: groß und dunkel. Da der Zoo noch nicht geöffnet hatte, musste sie zum Personal gehören. Wie eine Tierpflegerin war sie allerdings nicht gekleidet.

»Guten Morgen!«, grüßte Paul.

»Morgen«, sagte die Frau, als sie an der Bank angekommen war. Sie lächelte Paul ein wenig schüchtern an und sah dann an ihm vorbei.

»Suchen Sie jemanden?«, fragte er.

»Ja«, antwortete sie. »Ein Kollege macht hier normalerweise seine Frühstückspause. Ich hatte gehofft, ihn zu treffen.«

»Günter?«, riet Paul, woraufhin die kleine Blonde nickte.

»Sind Sie etwa auch mit ihm verabredet?«, wollte sie wissen.

»Verabredet wäre zu viel behauptet«, sagte Paul und stellte sich der Frau vor.

Daraufhin nannte auch sie ihren Namen: Sie heiße Claudia Fuchs und sei Zoopädagogin. Hauptsächlich habe sie mit Schulklassen zu tun. Auf die Frage, wo Paul Günter wohl sonst antreffen könnte, machte sie den Vorschlag, er solle es auf der Affenstiege versuchen. Dort, im Primatenhaus, sei sein Arbeitsplatz, und da sei er wahrscheinlich aufgehalten worden. Die Frage, ob sie Paul begleiten wolle, verneinte Claudia Fuchs, denn ihre erste Schulklasse für heute sei sicher schon im Anmarsch.

Das Affenhaus erreichte Paul nach einem kurzen Marsch den sogenannten Trampelpfad entlang. Das Gebäude für große Primaten war aus dem typischen rötlichen Sandstein errichtet worden, der charakteristisch war für diese Gegend und der in ehemaligen Steinbrüchen ganz in der Nähe aus dem Felsen gehauen worden war. Die steinernen Zeitzeugen der bergmännischen Tradition waren an den Ausläufern des Tierparks gut zu erkennen.

Während Paul draußen die frühsommerlich frische Luft genossen hatte, herrschte im Gebäude eine Affenhitze. Paul zog seine Jacke aus und hängte sie sich über die Schulter, als er Günter auf einer Besucherbank gegenüber dem gläsernen Gorillakäfig entdeckte. Neben sich hatte er seine Brotzeit ausgebreitet.

»Möchtest du auch eine Semmel?«, begrüßte Günter ihn freundlich und klopfte auf den freien Platz an seiner Seite.

Paul setzte sich, lehnte das mit Käse belegte Brötchen aber dankend ab.

»Ich hatte dich eigentlich am Vogelweiher vermutet«, sagte Paul. »Claudia Fuchs hat dich dort auch gesucht.«

Als Paul den Namen der Zoopädagogin erwähnte, ging ein leichtes Zucken durch Günters Körper. Doch dann sagte er bloß: »Hatte heute keine Lust, bis dahin zu latschen.«

So wie Günter das sagte, klang es fast ein wenig trotzig. Hatten sich die beiden gestritten und war Günter darüber beleidigt? Paul verkniff sich, Günter darauf anzusprechen. Stattdessen richtete er seinen Blick auf einen Gorilla, der in ganz ähnlicher Pose wie sie selbst auf einem Baumstumpf saß und fraß. Das mächtige Tier hatte dichtes schwarzes Fell und sah Paul durchdringend an, während es einen Apfelschnitz nach dem anderen in sein Maul schob. Zwischendurch griff es nach einer Plastikflasche und nahm ein paar Schlucke daraus.

»Was ist da drin?«, fragte Paul. »Wasser?«

»Tee«, sagte Günter. »Unsere Großaffen stehen drauf.«

»Hätte ich nicht erwartet«, meinte Paul. Ohne den Blick von dem Gorilla zu lassen, schilderte er Günter sein Problem: Dass er sich mittlerweile im ganzen Park umgesehen habe, aber keine zufriedenstellenden Perspektiven für seine Aufnahmen finden könnte. Christian Schulte verlange Fotos, die die Faszination der Wildtiere darstellen sollten, gebe ihm jedoch keinerlei Hilfestellung bei der Umsetzung.

»Er hat gesagt, ich soll mich an die Pfleger wenden«, gab Paul das Ende des Gesprächs mit dem Pressesprecher wieder.

»Typisch«, meinte Günter. »Große Ansprüche, aber nichts dafür tun. Daran musst du dich bei dem leider gewöhnen.«

»Also schön, aber wie komme ich jetzt weiter? Zum Beispiel bei deinen Gorillas: Mit der dicken Scheibe davor bringe ich kein vernünftiges Bild zustande. Das gibt Reflexe ohne Ende. Kann ich nicht mit einem von euch hineingehen, um zu fotografieren? Genauso bei den Raubtieren: Im Zirkus ist es doch auch möglich, sich den Tieren zu nähern, ohne dass etwas passiert. Und der große Kerl hier sieht eigentlich ganz nett aus.«

Günter schmunzelte wissend. »Mit dem Zirkus kannst du das nicht vergleichen, denn dort arbeiten sie mit dressierten Tieren.« Er legte sein Frühstück beiseite, wandte sich Paul zu und erklärte: »Bei den Großkatzen gehen die Kollegen nur ins Innengehege, wenn die Tiere auf der Freianlage sind, und umgekehrt. Es gibt wenige Ausnahmen, in denen sich ein Mensch einem Tiger oder Löwen nähert. Etwa wenn eines der Tiere erkrankt ist. Ich möchte mit den Großkatzen jedenfalls keinen näheren Kontakt haben, das kannst du mir glauben. Ganz ähnlich ist es hier bei den Menschenaffen. Und das ist auch gut so, denn einmal wurde ein Kollege angegriffen, weil er es versäumt hatte, einen Schieber zu schließen. Da stand unbeabsichtigt alles offen. Für die Menschenaffen ist das eine Verletzung ihres Reviers, was für den Kollegen ein paar Tage Krankenhaus bedeutete.« Als würde der Gorilla Günters Worte verstehen, erhob er sich und ballte die Fäuste.

Krankenhaus? So weit wollte es Paul nicht kommen lassen. Er musste sich etwas anderes einfallen lassen, um seinem Anspruch gerecht zu werden und möglichst authentische Tierfotos zu schießen. Authentisch? Dieses Wort brachte ihn auf eine Idee: Wie wäre es, wenn er seine Fotomotive eben nicht isoliert und auf sich selbst reduziert, sondern ganz bewusst im Umfeld des Zoos abbilden würde? Also keine einzeln dargestellten Kraniche, Gazellen und Eisbären, sondern jeweils im Kontext des Tiergartens mit all seinen Facetten. Das hieße dann auch, gemeinsam mit den Besuchern, die die Tiere betrachten.

Während Paul abwog und sich in seinem Kopf die Settings für die ersten Aufnahmen konkretisierten, griff er zu seiner Kameratasche, um das Objektiv seines Fotoapparats auszutauschen. Er wollte seinen Einfall gleich in die Tat umsetzen und einige Probeaufnahmen anfertigen.

»Willst du wohl schon weiter?«, erkundigte sich Günter, der Pauls Aufbruchsstimmung richtig deutete.

»Ja«, sagte Paul mit aufkeimendem Elan. »Ich habe so eine Vorstellung, wie ich das mit meinen Fotos doch noch hinbekommen könnte.«

»Viel Glück«, wünschte ihm Günter. Bevor er Paul ziehen ließ, wollte er etwas wissen: »War Claudia sehr enttäuscht, dass ich nicht auf sie gewartet habe?«

Paul wunderte sich etwas über diese Frage. »Ich glaube schon«, sagte er, woraufhin sich ein zufriedener Ausdruck über Günters Züge legte. Hatte er die Zoopädagogin absichtlich versetzt, um herauszufinden, ob er ihr etwas bedeutete? Paul verwarf diesen Gedanken, als ihm selbst noch etwas einfiel. Beinahe hätte er versäumt, sich danach zu erkundigen: »Du wolltest mir etwas über die verschwundenen Tiere sagen. Deine Theorie ...«

Günter neigte den Kopf: Er wog ab, ob er den Neuen wirklich ins Vertrauen ziehen sollte. Paul schien ein netter Kerl zu sein, ein echter Kumpel. Noch dazu einer, der sich dafür interessierte, was ein einfacher Pfleger wie er zu sagen hatte. Auch die Art, wie sich Paul gab, gefiel ihm: Er war nicht so ein abgehobener Spinner wie manch anderer Marketingfuzzi, sondern schlicht und einfach einer, der seinen Job erledigte und Fotos schoss. Dafür hatte Paul bei ihm einen Stein im Brett.

Trotzdem musste Günter seine Zunge hüten. Das war ihm klar. Wenn er jetzt herumlief und damit anfing, die Leute zu verunglimpfen, konnte das leicht nach hinten losgehen. Die anderen saßen am längeren Hebel, und wenn man ihn als unbequemen Mitarbeiter loswerden wollte, würden sich dafür sicherlich Mittel und Wege finden lassen. Dann wäre er ruck, zuck seinen Arbeitsplatz los und er säße auf der Straße.

Andererseits wirkte dieser Paul ziemlich vertrauenswürdig. Das war keiner, der ihn anschwärzen würde. Ja, rang sich Günter durch: Paul war es wert, seine Version von der Geschichte zu erfahren.

»Und?«, hakte Paul nach. »Verrätst du mir, was du denkst?«

»Wenn es dich interessiert, gern.«

»Sicher interessiert mich das!«, bekräftigte Paul. »Hast du einen bestimmten Verdacht?«

Günter deutete ein Nicken an. »Beweisen lässt sich das natürlich nicht. Jedenfalls bislang. Aber ich bin mir ziemlich sicher, dass ich recht habe. Zumindest passt in meiner Theorie, wie du es nennst, alles gut zusammen.«

»Lass mal hören, auf was du gekommen bist.«

»Das ist eigentlich recht einfach: Ich habe mir überlegt, wer wohl davon profitieren könnte, dass bestimmte Tiere aus dem Bestand genommen werden. Mein zweiter Gedanke war, wer hat die Möglichkeit dazu? Beides zusammengenommen führte mich schnell zum Ergebnis.«

»Und das lautet wie?«, fragte Paul.

Günter holte zu einer Antwort aus. Doch wieder kam er nicht dazu, Paul einzuweihen. Ausgerechnet jetzt bog ein anderer Mann in Tierpflegerkluft um die Ecke. »Schluss mit Pausieren!«, rief er Günter zu. »Die Paviane haben Hunger.«

»Komm ja schon«, raunzte ihm Günter zu, wobei ihm anzumerken war, dass er lieber noch ein Weilchen mit Paul geplaudert hätte. Mit den Worten »Die Pflicht ruft« schloss sich Günter dem Kollegen an.

Paul würde ihn wohl ein andermal ausfragen müssen, dachte er sich und stellte sich vor die gepanzerte Scheibe des Affengeheges. Er betrachtete sein Gegenüber. Groß und massig wirkte der Gorilla, mit dem Brustkorb eines Ringers und den Muskelpaketen eines Schwergewichtlers. Noch immer formten die prankenhaften Hände des gewaltigen Menschenaffen Fäuste, und noch immer sah er Paul unverwandt an. Fast ein bisschen unheimlich, dachte Paul und überlegte, was wohl im Kopf des Primaten vor sich gehen mochte.

Noch während er darüber spekulierte, ließ der Gorilla seinen rechten Arm plötzlich vorschnellen. Mit voller Wucht krachte die Affenfaust gegen die Scheibe und ließ sie mit dumpfem Schlag erzittern. Paul meinte, sein Herz würde aussetzen, als er einen Satz nach hinten machte. Sein Puls schoss mit Raketentempo nach oben.

Er schnappte nach Luft, während der Gorilla ihn neugierig beäugte und die Zähne fletschte. Oder war das gar kein Fletschen? Paul hatte eher den Eindruck, als würde der Riesenaffe über Pauls Schreckhaftigkeit lachen. Aber war das denn überhaupt möglich? Konnten Affen lachen? Paul nahm sich vor, Günter bei nächster Gelegenheit danach zu fragen.

Als er nach draußen an die Luft trat, normalisierte sich sein Herzschlag. Die ersten Besucher strömten in den Park, sodass Paul gleich mit seinen Testaufnahmen beginnen konnte. Das half ihm, das beängstigende Affentheater schnell wieder zu vergessen. Er schlug den etwas höher gelegenen Panoramaweg ein und war beeindruckt, wie jedes Mal, wenn er sich hier aufhielt. Kein Wunder, dass der Nürnberger Tiergarten zu den schönsten zoologischen Parks Europas zählte, denn faszinierende Felsformationen aus rotem Sandstein, uralte Bäume und idyllische Weiherlandschaften boten eine wunderbare Kulisse für Nashörner, Bisons, Steinböcke und Mähnenwölfe. Die großen Freiflächen mit teils dichtem Grasbewuchs durchzogen das Gelände und wechselten sich mit den bewaldeten Zonen und Steinlandschaften ab.

Paul machte eine Runde durch den Aquapark, wo er begeisterte Schulkinder vor quirligen kleinen Pinguinen und gemächlich ihre Bahnen ziehenden Seelöwen ablichtete. Er schoss auch Fotos von Kropfgazellen und Kaffernbüffeln, bevor er sich den Raubtieren widmete. Den Vordergrund für seine Tiger- und Löwenfotos bildete zunächst eine Rentnergruppe, später kamen weitere Passanten hinzu. Im bunt gemischten Publikum spiegelte sich die große Breite der

Tiergartenfreunde wider: ein Ausflugsziel für alle Altersgruppen und sozialen Schichten. Genau diesen Eindruck würden Pauls Bilder dokumentieren.

So sehr hatte er sich während seiner Arbeit auf den Tierbestand und die landschaftliche Kulisse konzentriert, dass seinen geschulten Fotografenaugen etwas entgangen war: Zwei Männer, die für einen Zoobesuch recht unpassende Anzüge trugen, fielen ihm erst später auf. Paul war längst daheim in seiner Wohnung an der Kleinweidenmühle. Er hatte es sich mit seinem Notebook auf dem Sofa bequem gemacht, und – während Katinka über einigen Unterlagen aus dem Oberlandesgericht brütete – mit der Sichtung seines Tagewerks begonnen. Er sortierte die Bilder grob vor, löschte verwackelte oder unscharfe Fotos – und stutzte, als er die zwei Anzugträger entdeckte: Sie standen inmitten einer Gruppe anderer Besucher und stachen in ihrem grauen Businesslook aus den frühsommerlich farbenfrohen Garderoben heraus. Zwar stand nirgends geschrieben, dass man nicht in Anzug und Krawatte durch einen Zoo bummeln dürfte, trotzdem passten diese beiden Schießbudenfiguren irgendwie nicht dorthin. Sie wirkten fehl am Platz, was wohl auch an ihrer angespannten Körperhaltung lag.

Paul entdeckte die beiden Männer noch auf zwei weiteren Fotos. Wieder hielten sie sich im Hintergrund beziehungsweise tauchten in Gruppen unter und wieder wirkten sie wie bestellt und nicht abgeholt. Paul versuchte, die Gesichter der beiden zu vergrößern. Je weiter er das Bild allerdings aufzog, desto körniger wurde es. Hinzu kam, dass die Männer Sonnenbrillen trugen. Sie zu erkennen war deshalb so gut wie unmöglich.

»Sind deine Fotos schön geworden?«, erkundigte sich Katinka, die ihren Aktenstoß beiseitegelegt hatte. »Wen hast du denn vor die Linse gekriegt? Auch die Delphine? Die finde ich nämlich besonders interessant.«

»Wohl eher ein paar Haie«, antwortete Paul und klappte sein Notebook zu. Für heute sollte es genug sein.

5

Als Paul am Mittwoch die Straßenbahn an der Endhaltestelle am Tiergarten verließ, erkannte er sofort, dass etwas nicht stimmte. Mehrere Fahrzeuge parkten direkt vor dem hohen, schmiedeeisernen Tor, das von Tierskulpturen bewacht wurde. Es handelte sich um Streifenwagen, auch ein Krankentransporter war darunter.

Paul zögerte, bevor er weiterging. Er wusste nicht, was los war. Der Zoo war ja zu so früher Stunde noch nicht geöffnet, also konnte kein Besucher verunglückt sein. Warum also all die Einsatzwagen?

Böses schwante ihm, als er einen alten Bekannten sah, der im gleichen Moment auch ihn erkannte: Mit ausgebreiteten Armen kam Victor Blohfeld auf Paul zu. Der schlaksige Boulevardreporter mit dem grauen strähnigen Haar setzte Paul mit wenigen Worten ins Bild: »Es gab einen Todesfall bei den Raubkatzen: Einer der Wärter ist angefallen worden. Von einem Löwen, wie es heißt.«

»Wie schrecklich!«, rief Paul bestürzt.

Doch Blohfeld ließ ihm nicht die Zeit, die schlimme Nachricht zu verarbeiten. Er nahm Paul beiseite und sah ihn eindringlich an. »Die wollen mich da nicht reinlassen«, sagte er. »Trotz Presseausweis.«

»Oder gerade wegen Ihres Presseausweises.«

»Eben drum brauche ich Sie«, sagte Blohfeld. »Sie arbeiten doch jetzt für den Zoo. Also nehmen Sie mich einfach mit.«

»Einfach mitnehmen soll ich Sie?« Paul sah den Reporter verwundert an. »Aber das geht nicht.«

»Und ob das geht! Fällt niemandem auf in dem Durcheinander«, gab sich Blohfeld zuversichtlich. »Sie zeigen am

Eingang Ihren Ausweis, und ich schlüpfe an Ihrer Seite mit hinein.«

Paul wollte endlich wissen, um wen es sich bei dem Toten handelte und wie es zu dem Unglück überhaupt kommen konnte. Um nicht noch mehr Zeit mit unnützem Geschwätz zu verplempern, gab er also klein bei. Tatsächlich stellte die Kontrolle am Tor kein echtes Hindernis dar, sodass Blohfeld problemlos mit Paul in den Park gelangen konnte. Dort herrschte ein beunruhigendes Chaos: Von überallher strömten Mitarbeiter zusammen, tuschelten aufgeregt miteinander, um dann gemeinsam in Richtung der Raubtiergehege zu laufen. Leute aus der Verwaltung ebenso wie Tierpfleger, Kioskverkäufer und Gärtner. Die Unruhe der Menschen übertrug sich auf die Tiere, was Paul am Verhalten der Totenkopfäffchen nahe dem Eingang bemerkte, die kreischend auf und ab sprangen.

Paul sprach einen der Mitarbeiter an, aber der schien ihn gar nicht wahrzunehmen. Er fragte einen anderen, doch auch der zuckte bloß mit den Schultern und sagte nur etwas von einem Unfall. Wenn Paul genau wissen wollte, was vorgefallen war, musste er es selbst herausfinden. Zusammen mit den anderen Neugierigen und Besorgten strebten Blohfeld und er in Richtung des Unfallorts. Vorbei an Kängurus und Makis, an Takinen und Alpensteinböcken. Victor Blohfeld wurde von seiner Sensationsgier getrieben oder vielmehr von der seiner Leser. Aber auch Paul zog das Unglück magisch an. Obwohl er sich ausmalen konnte, dass ihn ein schlimmer Anblick erwarten würde und er den Toten höchstwahrscheinlich kennen würde, hatte er es eilig, sein Ziel zu erreichen. An Blohfelds Seite drängelte er sich im Strom der Schaulustigen sogar bis ganz nach vorn.

Seine eigentliche Triebkraft lag in der Erwartung, eine böse Ahnung bestätigt zu sehen. Zwar war Paul kein Hellseher, doch je näher sie dem Großkatzengehege kamen, desto stärker wuchs sein Verdacht, dass es jemand ganz Bestimmten erwischt haben könnte. Jemanden, der Paul ein Geheimnis anvertrauen wollte, aber nicht mehr dazu gekommen war.

Als sie eine Voliere mit krummschnäbligen Waldrappen und einen Tümpel mit Fischkatzen hinter sich gelassen hatten, sah Paul seine Vision bestätigt. An der Brüstung zum Löwengehege schnappte er im aufgeregten Geplapper der Umstehenden den Namen auf, den er schon die ganze Zeit über im Kopf gehabt hatte: Günter.

Paul bekam eine Gänsehaut, als er den Blick nach unten aufs Freigelände der Großkatzen wagte. Es trennten ihn etliche Meter vom Ort des Geschehens, dennoch bewegte ihn das Bild des niedergestreckten Mannes zutiefst: Das Opfer lag flach auf dem Rücken. Die Beine waren leicht angewinkelt, ebenso der linke Arm. Der rechte lag einige Meter weit vom Körper des Toten entfernt – einer der Löwen schien ihn ausgerissen und halb zerfetzt zu haben. Genau wie einen der Unterschenkel. Auch der Rumpf wies Bisswunden auf. An einigen Stellen klaffte das Fleisch weit auf. Innereien quollen hervor.

»Warum haben sie ihn getötet, aber nicht aufgefressen?«, hörte Paul eine dünne Frauenstimme fragen.

»Sie waren satt. Das, was sie taten, diente nur ihrer Verteidigung. Günter war für sie ein Eindringling.«

Ja, dachte Paul, genau diese Worte hatte Günter einen Tag zuvor gewählt, als er ihm vom Zwischenfall im Affenhaus erzählt hatte. Doch während der Machtkampf mit dem Gorilla den Kollegen nur ins Krankenhaus gebracht hatte, hatte dieses Duell zwischen Mensch und Tier tödlich geendet. Gegen die Löwen hatte Günter den Kürzeren gezogen.

»Warum zum Teufel ist er in das Gehege gegangen?«, dachte Paul laut.

»Das frage ich mich auch.«

Die Stimme in seinem Rücken ließ Paul aufschrecken. Als er sich umwandte, sah er in das mit Sommersprossen übersäte Gesicht von Oberkommissarin Jasmin Stahl. Nahezu gleichzeitig machte sich Victor Blohfeld aus dem Staub und tauchte im Gedränge der Gaffer unter. Gerade rechtzeitig, bevor ihn Jasmin erkennen und des Platzes verweisen konnte.

»Ein grauenvoller Unfall. So etwas habe ich noch nicht erlebt«, sagte Paul und drückte seine gute Freundin kurz an sich. »Hat man dir diese Sache aufgehalst?«

»Aufgehalst? Nein, ich habe halt Dienst und muss nehmen, was kommt. Und ob es sich um einen Unfall handelt, muss sich erst zeigen.«

»Was soll es denn sonst sein?«, fragte Paul gegen seine eigenen Vorbehalte. Denn er wusste ja, dass Günter womöglich den Hintermännern des Tierdiebstahls auf der Spur gewesen war. Es gab einen guten Grund dafür, dass er mit diesem Wissen nicht sofort herausrückte: Er wollte sich Jasmin nicht schon wieder als Hobbyermittler aufdrängen. Damit war er ja oft genug auf der Nase gelandet.

»Selbstmord zum Beispiel«, verkündete Jasmin überraschenderweise. Auf Pauls verwunderten Gesichtsausdruck hin erläuterte sie: »Das hat es schon einmal gegeben, genau hier im Raubtiergehege.«

»Das ist leider wahr.« Rolf Weinbauer war neben ihnen aufgetaucht. Er wirkte mitgenommen, die Augen hinter seiner Designerbrille waren matt. Der stellvertretende Zoodirektor stellte sich Jasmin vor und hatte sofort die entsprechenden Daten parat: »1954 und 1998: Beide Male waren Männer in selbstmörderischer Absicht ins Gehege eingedrungen. Jeweils mit tödlichem Ausgang.«

Jasmin sah den hochgewachsenen Vize prüfend an, bevor sie ihn kurz entschlossen ins Kreuzverhör nahm: »Ist Ihnen etwas bekannt darüber, ob sich der Tote …«

»Günter Kleeberger«, warf Paul ein.

»… ob sich Herr Kleeberger mit Suizidgedanken getragen hatte, oder haben Sie bemerkt, dass er in letzter Zeit niedergeschlagen war? Oftmals kündigt sich so etwas ja an.«

»Es tut mir leid, aber da muss ich passen«, antwortete Weinbauer. »Wir haben einfach zu viel Personal, als dass ich mich mit der Psyche eines jeden Angestellten befassen könnte. Derzeit sind es hundertzehn Kolleginnen und Kollegen. Es muss reichen, wenn ich die Stimmungslage unserer Tiere im Blick habe.«

Jasmin hob die Brauen. »Bitte?«

»Die Tiere sind unser Kapital. Ich muss ihren Stresspegel im Auge behalten. Das ist eminent wichtig für ihren Seelenhaushalt und damit für ihren Gesundheitszustand per se. Ein Wirbel, wie er heute Morgen herrscht, ist nicht förderlich. Die Tiere spüren die Aufregung. Unsere Tierärztin kann Ihnen das bestätigen.« Er hob die Hand, um die Kollegin heranzuwinken, doch Jasmin hielt ihn davon ab.

»Bevor ich mich mit dem Seelenheil Ihrer tierischen Schützlinge abgebe, möchte ich mich mit dem des menschlichen Opfers befassen«, sagte sie für Pauls Geschmack etwas zu scharf. »Also noch einmal, Herr Weinbauer: Ist Ihnen irgendetwas zu Ohren gekommen, das den Suizid hätte andeuten können?«

»Nein«, antwortete der Angesprochene knapp. Jasmins Zurechtweisung passte ihm nicht, daraus machte er kein Hehl. »Für weitere Informationen über den Verstorbenen wenden Sie sich an unsere Personalabteilung. Ich muss mich um die Löwen kümmern. Sie sind dieser Belastung nicht gewachsen und müssen schleunigst ins Innengehege verlegt werden.« Damit wandte er sich ab und ließ sie stehen.

»Nicht zu fassen«, sagte Jasmin. »Wer glaubt er, dass er ist?«

»Momentan der Chef vom Ganzen«, sagte Paul. »Und so viel steht fest: Er hat hier eine Menge Verantwortung zu tragen.«

Jasmin neigte den Kopf. »Das sagt der Richtige. Soweit ich weiß, bist du erst seit wenigen Tagen beim Tiergarten beschäftigt. Also kannst du weder die Abläufe noch die Leute gut genug kennen, um dir ein Urteil erlauben zu können. Oder?«

Nun musste Paul die Karten wohl doch auf den Tisch legen. Er klärte Jasmin über seine gerade geschlossene Freundschaft mit Günter auf, berichtete von dessen Aufgaben als Pfleger bei den Primaten und erwähnte auch das Verschwinden einiger Tiere, über das sich Günter den Kopf zerbrochen hatte.

»Es hörte sich ganz so an, als wenn er auf einer heißen Spur gewesen wäre«, schilderte Paul seine Eindrücke. »Nur leider kam er nicht dazu, mir zu verraten, wen er in Verdacht hatte.«

Jasmin kaute auf ihren Lippen, während sie nachdachte. »Mit anderen Worten: Du glaubst nicht an einen Selbstmord«, sagte sie dann.

»Glauben?« Paul musste trotz der Tragik der Situation kurz auflachen. »Hast du mir nicht vor gar nicht allzu langer

Zeit vorgehalten, dass Polizeiarbeit nichts mit Glauben zu tun hat?«

»Hat sie auch nicht. Für mich zählen nur Fakten. Und ein Fakt ist, dass die meisten Toten, in deren Nähe du dich aufhältst, auf nicht natürliche Weise ums Leben gekommen sind.« Sie zwinkerte ihm zu. »Die Kriminaltechniker werden alles unter die Lupe nehmen und die Gerichtsmediziner den Leichnam beschauen. Bis die Ergebnisse vorliegen, nutze ich die Zeit, um Meinungen einzuholen und mir ein Bild zu machen. Insofern nur her mit den Spekulationen! Und da du schon einmal hier bist, kannst du mir helfen, weitere zu sammeln.«

»Gern«, sagte Paul, verblüfft von Jasmins ungewohnter Offenheit.

»Dann also zunächst dieselbe Frage, die ich Herrn Weinbauer gestellt habe, diesmal an dich gerichtet: Trug sich Günter Kleeberger mit Selbstmordgedanken? War er schwermütig?«

»Keineswegs«, winkte Paul ab. »Ich habe ihn zwar nur zweimal gesprochen, aber da machte er auf mich den Eindruck eines Mannes, der in sich ruht und insgesamt ziemlich zufrieden mit sich und der Welt ist. Vom Typ her war er so ein Gemütlicher, der sich nicht überarbeitete und die Ruhe weghatte. Nur die Sache mit den abhandengekommenen Tieren hat ihm echte Bauchschmerzen bereitet. Das fuchste ihn.«

»Gibt es sonst etwas, das du mir über ihn sagen kannst? Wie stand er zu seinen Kollegen? War er beliebt oder unbeliebt?«

»Ich kann mir nicht vorstellen, dass sich einer wie Günter Feinde gemacht hat, falls es das ist, worauf du hinauswillst.«

Jasmin hakte das mit einem kurzen Nicken ab. »Ich habe seine personenbezogenen Daten noch nicht abrufen können. Weißt du, ob er verheiratet war?«

»Keine Ahnung.« Paul versuchte, sich an Details seiner Begegnungen mit Günter zu erinnern. »Es steckte kein Ring an seinem Finger. Aber das muss nichts heißen. Gut möglich, dass die Pfleger im Dienst keinen Schmuck tragen dürfen.« Ihm fiel etwas ein: »Es kann sein, dass es eine Freundin gab: eine Zoopädagogin, die sich gestern Vormittag mit ihm verabredet hatte.«

In der Hoffnung, seine Vermutung kurzfristig überprüfen zu können, sah er sich in der noch immer unter Schock stehenden Menge der Mitarbeiter um, die sich am Löwengehege eingefunden hatte. Tatsächlich machte er Claudia Fuchs ganz am Rand des Geländers ausfindig, auf das sie sich mit gekrümmtem Rücken stützte und sich mit dem Handrücken wieder und wieder die Tränen aus dem Gesicht wischte.

»Das ist sie«, sagte Paul.

Bevor Jasmin und er bis zu ihr durchgedrungen waren, kam ihnen jemand zuvor: Bettina Rübsam, allgemein nur Betti genannt, nahm sich der schluchzenden Claudia an und legte tröstend ihren Arm um sie. Paul hatte die kräftige und zugleich herzensgute Betti am Vortag getroffen und wusste daher, dass sie beim Tiergarten als Veterinärin beschäftigt war.

»Das ist ja die Frau, die Herr Weinbauer zu sich rufen wollte«, erkannte Jasmin. »Die Tierdoktorin.«

Paul bestätigte das. »Rübsam heißt sie.«

Als beide zu ihr aufgeschlossen hatten, bedachte Betti sie mit einem abweisenden Blick. In ihrem Overall, der eng an ihrer Rubensfigur anlag, wirkte die ohnehin stattliche Tierärztin geradezu einschüchternd. Am Vortag hatte Paul sie von einer ganz anderen Seite kennengelernt: als zuvorkommend und voller Humor. Nun aber ging sie in Abwehrhaltung: Schützend stellte sich Betti vor Claudia Fuchs.

»Stahl, Kripo Nürnberg.« Jasmin klappte ihren Ausweis auf.

»Ich bin nicht für die Großkatzen zuständig«, sagte Betti mit resolutem Tonfall. Jetzt, da sie Jasmin direkt gegenüberstand, fiel Paul der beachtliche Größenunterschied auf.

»Ich möchte nicht mit Ihnen sprechen, sondern mit Frau Fuchs«, sagte Jasmin.

Betti rührte sich nicht vom Fleck. »Claudia ist viel zu aufgewühlt, um mit Ihnen reden zu können. Fangen Sie mit Ihren Fragen woanders an.«

Jasmin räusperte sich, und es entging Paul nicht, wie sie sich auf die Zehenspitzen stellte, als sie bekräftigte: »Ich möchte ein paar Worte mit Frau Fuchs wechseln. Unverzüglich. Bitte machen Sie den Weg frei.«

Doch die Tierärztin dachte gar nicht daran: Noch immer stand Betti, die Hände in den Hosentaschen, zwischen ihnen. »So wie ich es sehe, benötigt Claudia Ruhe, wenn nicht sogar ein Beruhigungsmittel.«

»Ich dachte, Sie sind Veterinärin. Wie wollen Sie das beurteilen?«

»Man muss keine Humanmedizin studiert haben, um zu erkennen, wenn es einem Menschen dreckig geht. Lassen Sie Claudia in Frieden. Bitte.«

Jasmin schnaubte vor Wut. Doch auch ihr musste aufgefallen sein, was für ein Häuflein Elend Claudia Fuchs in diesen Minuten darstellte. Sie wechselte einen Blick mit Paul, der nachsichtig die Schultern zuckte.

»Na schön«, sagte sie und trat einen Schritt zurück. »Erholen Sie sich von dem Schrecken, ich werde Sie so lange in Ruhe lassen, Frau Fuchs. Aber ich komme wieder. Und dann möchte ich Sie beide sprechen. Auch Sie, Frau Rübsam.«

Betti quittierte diese Ansage mit einem abschätzigen Blick, in dem Paul gleichsam Trotz, aber auch ein gewisses Einsehen erkannte.

»Die soll mich noch kennenlernen«, zischte Jasmin, als sie sich von den beiden entfernten. »Kennst du hier sonst jemanden, den es sich zu befragen lohnt?« Ihr letzter Satz wurde halb vom Klingeln ihres Handys verschluckt.

Paul dachte nach. Mit allzu vielen Kolleginnen und Kollegen hatte er in seiner kurzen Zeit beim Tiergarten nicht Bekanntschaft machen können. Dies war ja erst sein dritter Tag. Aber vielleicht würde wenigstens der eine oder andere, mit dem er mal ein Wort gewechselt hatte, in der Nähe sein. Er schaute sich in der nach wie vor unruhigen Menge um. Gab es da jemanden, auf den er Jasmin hinweisen könnte?

»Stahl?«, meldete sich Jasmin zur selben Zeit am Handy. »Ja, Herr Schnelleisen, ich bin vor Ort ...«

Paul sah in Gesichter, von denen ihm die meisten gänzlich fremd waren. Alle aber hatten eines gemein: Sie drückten Kummer, Entsetzen und Ratlosigkeit aus.

»... nein, Herr Hauptkommissar, noch ist nicht klar, ob wir es mit einem Unfall zu tun haben ...«

Auch wenn Polizisten inzwischen versuchten, die herandrängenden Mitarbeiter davon abzuhalten, in das Gehege zu blicken, gelang es einigen, bis ans Geländer vorzustoßen. Die Reaktion beim Anblick des Toten sah fast immer gleich aus: weit aufgerissene Augen, die Hand ruckartig vor den Mund gerissen. Einige Beamte beeilten sich jetzt, einen Sichtschutz aufzubauen, und verhinderten auf diese Weise wohl die eine oder andere Ohnmacht.

»... bevor die KTU nicht abgeschlossen ist, habe ich überhaupt keine Möglichkeit, mich auf irgendwas festzulegen ...«

Die Menschen waren schockiert. Nur zwei Gesichter, in die Paul blickte, fielen aus dem Rahmen: Statt Trauer und Betroffenheit verrieten sie keinerlei Emotion. Paul blieb bei diesen beiden hängen, sah näher hin – und war mehr als erstaunt.

»... die Presse liegt Ihnen in den Ohren? Was Sie denen sagen sollen? Aber es ist doch nicht meine Aufgabe, Antworten für die Journalisten zu finden ...«

Paul war sich im ersten Moment nicht zu hundert Prozent sicher, ob sie es wirklich waren. Doch ihre erneut unpassende Kleidung verriet die beiden Männer: Es waren ebenjene seltsamen Gestalten, die Paul auf seinen Probefotos identifiziert hatte. Statt ihrer steifen Anzüge trugen sie heute khakifarbene Hemden und Camouflage-Shorts. Beide völlig identisch, als hätten sie sich abgesprochen. Ihre vermeintliche Absicht, nicht aufzufallen, wurde dadurch konterkariert. Paul fragte sich erneut, wer die beiden Männer waren – und wie sie vor der offiziellen Öffnungszeit überhaupt hereinkommen konnten.

Er zupfte Jasmin am Ärmel, um sie auf seine Entdeckung aufmerksam zu machen, doch die verdrehte nur genervt die Augen. Das Telefonat mit ihrem Chef nahm ihre volle Aufmerksamkeit in Anspruch.

Da die Fremden in ihrer Tropenkleidung langsam weitergingen, sah sich Paul in Zugzwang. Jasmin telefonierte noch immer, also musste er selbst die Initiative ergreifen. Er setzte sich in Bewegung, um näher an die Männer heranzukommen. Diese entfernten sich zügig. Paul blieb dran.

Das gelang ihm bis auf wenige Meter. Dabei bemerkte er, dass einem der Männer – genau wie Paul – eine Spiegelreflexkamera um die Schulter hing. Paul handelte aus dem Bauch heraus, als er einige weitere Fotos von den beiden schoss. Leider erwischte er sie nur von hinten oder im Profil. Außerdem stand zu befürchten, dass die Bilder verwackelt sein würden, denn er lief während des Fotografierens weiter und bewegte sich zu stark.

Beinahe hatte Paul die Männer erreicht, als sich ihm ein Polizist in den Weg stellte. Dieser deutete auf Pauls Fotoapparat und schnauzte ihn an: »Zeitung?« Er wedelte mit seinem Zeigefinger. »Der Unfallort ist nicht für die Presse freigegeben! Was haben Sie hier zu suchen?«

Paul beeilte sich, das Missverständnis aufzuklären und sich als Tiergartenmitarbeiter auszuweisen. Doch bis er den misstrauischen Polizeibeamten überzeugt hatte, waren die beiden Männer aus seinem Blickfeld verschwunden.

6

Schalotten fein würfeln. Petersilienwurzel und Kartoffeln schälen und in dünne Scheiben schneiden. Butter in einem Topf erhitzen.

Die Küchenarbeit tat ihr gut. Hannah empfand es als eine Art Seelenmassage, sich auf die Umsetzung von Jan-Patricks Rezept zu konzentrieren. Solange sie am Herd stand und die Kerbelsuppe mit Radieschen vorbereitete, musste sie nicht die Nähe von Paul ertragen, der gemeinsam mit ihrer Mutter im Wohnzimmer wartete.

Schalottenwürfel glasig dünsten. Petersilienwurzel und Kartoffelscheiben zugeben und zwei Minuten köcheln.

Sie wusste selbst nicht, wie es so weit hatte kommen können. Sie kannte Paul jetzt seit elf Jahren. Damals, als sie als Nürnberger Christkind den berühmten Prolog auf dem weihnachtlichen Hauptmarkt gesprochen hatte, hatten sie sich kennengelernt und waren seitdem freundschaftlich verbunden gewesen. Mehr noch: Durch dick und dünn waren sie gegangen! Auch später, als Paul mit ihrer Mutter zusammenkam, blieben sie sich sehr nahe. Als Stieftochter im negativen Sinn hatte sie sich bei Paul nie fühlen müssen. Doch dann der Bruch. Das Zerwürfnis. Hannah konnte Paul einfach nicht verzeihen, dass er seine Leidenschaft fürs Detektivspielen über ihre Interessen gestellt hatte. Dass er nicht davor zurückgescheut war, ihren Alexander fälschlicherweise zum Mörder zu deklarieren. Ausgerechnet den Mann ihres Lebens.

Mit Weißwein ablöschen. Gemüsefond und Wasser zugießen, salzen und pfeffern. Zugedeckt köcheln lassen. Inzwischen Kerbel mit den Stielen zerkleinern. Radieschen putzen und in Würfel schneiden.

Da ihr Paul nicht wirklich entgegenkam, sondern sich in Rechtfertigungen flüchtete, sah sie keinen Weg zurück zu einem normalen, spannungsfreien Verhältnis. Als ob das allein nicht schlimm genug wäre, fühlte Hannah, wie auch ihre enge Bindung zu ihrer Mutter litt. Verständlich, dass diese nicht dazu bereit war, ihren eigenen Mann zu sanktionieren. Ihre Mutter musste zu Paul stehen – und entfernte sich mit ihrer Haltung unweigerlich von der eigenen Tochter.

Den grob geschnittenen Kerbel und Sahne zum Gemüse geben. Mit einem Mixer fein pürieren, bis die Suppe eine hellgrüne Farbe hat.

Hannah war sich darüber im Klaren: Wenn sie so weitermachte, würde sie die Ehe ihrer Mutter schwer belasten, wenn nicht sogar auseinanderbringen. Das wollte sie nicht. Lieber würde sie das Feld räumen.

Suppe noch einmal aufkochen. Mit Muskat und Zitronensaft verfeinern. In die Suppenteller geben und mit Kerbel und Radieschen bestreuen. Fertig.

Hannahs Locken standen heute Abend besonders widerborstig ab, und auch ihre Miene verhieß nichts Gutes, als sie die duftende Suppe abstellte. Gemeinsam saßen Katinka, Paul und sie am großen Esstisch in ihrer Kleinweidenmühle-Wohnung. Der Blick hinaus durch die Panoramascheibe reichte bis an die Pegnitz. Eigentlich hätte es ein schöner Freitagabend werden können, ein harmonischer Auftakt zum Wochenende. Doch weder von der schönen Aussicht noch vom guten Essen bekam Paul viel mit, denn alle Konzentration war auf die Stieftochter gerichtet.

»Das ist nicht dein Ernst, oder?«, fragte Paul, nachdem Hannah ihre jüngsten Zukunftspläne offengelegt und damit jede Farbe aus dem Gesicht ihrer Mutter getrieben hatte. Selbst wenn Katinka von ihrem Vorhaben gewusst hatte,

hatte sie es offenbar nicht für bare Münze genommen oder schlichtweg verdrängt.

Doch es war Hannah sogar sehr ernst damit, ihr bisheriges Leben völlig umzukrempeln und einen Neustart zu wagen: Hannah ließ ihren Andeutungen, die sie am Montag im *Goldenen Ritter* gemacht hatte, Taten folgen: Sie wolle ihren Job beim Kulturamt der Stadt hinwerfen, ihre Zelte in Nürnberg abbrechen und ins Ausland gehen. Genauer gesagt nach Chile, wo sie vorerst bei einer Facebook-Freundin unterkäme. Dabei handele es sich keineswegs um einen Urlaub, sondern eine längerfristige Angelegenheit, vielleicht sogar um eine Entscheidung für immer.

Während Katinka zur Salzsäule erstarrt schien und kein Wort herausbekam, löcherte Paul Hannah mit Fragen: »Was willst du denn in Chile machen? Hast du überhaupt ein Visum? Und wovon willst du das alles bezahlen?« Nur die Frage, warum sie auswandern wollte, ersparte er sich, weil er die Antwort fürchtete.

Statt ihn und seine Fragen zu ignorieren, wie er es erwartet hatte, ging sie auf jeden Punkt ein: »Erst einmal reisen, um Land und Leute kennenzulernen, dann suche ich mir eine Arbeit. Meine Freundin führt mit ihrem Mann zusammen ein kleines Restaurant. Vielleicht fange ich da als Kellnerin an. Ums Visum habe ich mich gekümmert, und für den Anfang reicht die Kohle, die ich auf der hohen Kante habe.« Hannah sagte das alles sehr ruhig, doch war ihr die innere Anspannung gut anzumerken.

»Findest du es nicht ziemlich gewagt, aus einer bloßen Laune heraus alles hinzuwerfen und deine Familie im Stich zu lassen?«, fragte Paul.

»Nein, das ist keine fixe Idee von mir. Ich habe mir alles gut überlegt.« Sie sah Paul fest in die Augen und ergänzte:

»Ich lasse niemanden im Stich.« Dann blickte sie Katinka an. »Du bist jederzeit willkommen, Mami«, sagte sie zu ihr. »Komm mich bald besuchen!«

Das war zu viel. Katinka musste um ihre Fassung ringen. Für sie waren Hannahs vage Vorhaben nichts anderes als konkrete Auswanderungspläne. Sie merkte, wie es ihr die Brust zusammenschnürte, als sie daran dachte, dass aus dieser Reise ins Ungewisse unversehens eine Entscheidung für die Ewigkeit werden könnte. Natürlich wusste Katinka, dass ihre Tochter viel zu aufgeweckt und unternehmungslustig veranlagt war, um auf Dauer in ihrer Nähe zu bleiben. Katinka hatte schon seit Längerem damit gerechnet, Hannah Ade sagen zu müssen, weil sie fortziehen würde. Nach München vielleicht, ihretwegen auch nach Berlin oder Hamburg. Selbst mit dem nahen Ausland hätte sich Katinka anfreunden können. Alles, was in fahrbarer Entfernung lag, wäre ihr recht gewesen. Aber Südamerika und noch dazu mit völlig ungewisser Zukunftsaussicht – das ging zu weit, im wahrsten Sinne des Wortes. Für Katinka stand fest: Hannahs Entscheidung war aus dem Trotz heraus geboren. Sie handelte rein emotional und daher unbedacht. Ein Rückfall in ihr bockiges Verhalten, das Hannah als Kind oft und gern an den Tag gelegt hatte. Sie musste diese Charaktereigenschaft von ihrem Vater geerbt haben, dachte sich Katinka, denn auch der hatte ja das Weite gesucht, kaum dass in der Beziehung mit Katinka ernsthafte Probleme aufgetreten waren. Er hatte sie verlassen – und nun würde auch Hannah ihr den Rücken kehren.

Katinka konnte nicht länger an sich halten. Ihr kamen die Tränen. Eine Entschuldigung murmelnd schob sie ihren Stuhl zurück, stand auf und flüchtete sich in die Küche.

»Musste das sein?«, fragte Paul. »Warum tust du deiner Mutter so weh?«

Hannah lachte auf. Ihre schmale Faust sauste auf den Tisch, als sie sagte: »Halt dich mit solchen Vorwürfen zurück! Denn du bist der Meister im Wehtun.«

Paul hatte befürchtet, dass dieses Gespräch eine solche Wendung nehmen würde. »Willst du mir bis ans Ende meiner Tage übel nehmen, dass ich deine Verlobung sabotiert habe?«, fragte er jetzt ganz offen.

»Alexander war die Liebe meines Lebens.«

»Wenn das so ist, warum hast du ihn dir nicht längst zurückgeholt? Warum hast du keinen neuen Anfang gewagt?«

»Die Gräben sind zu tief«, sagte sie verbittert. »Dank dir, Paul Flemming.«

Paul kannte Hannah lange genug, um zu wissen, dass mit ihr heute keine vernünftige Diskussion mehr zu führen sein würde. Denn sie war ein wahrer Sturkopf. Also schritt er nicht ein, als sie ihre Jacke von der Garderobe nahm, sich mit einem Wangenkuss von der noch immer sprachlosen Katinka in der Küchenzeile verabschiedete und die Haustür ins Schloss krachen ließ.

Wow, was für ein Abgang, dachte Paul und sorgte sich um seine Frau. Katinka würde diese Trennung von ihrer über alles geliebten Tochter schwer verkraften können, so viel stand fest. Wenn Hannah nach Erlangen gezogen wäre oder seinetwegen auch nach Fürth – damit wäre sie klargekommen. Auch ein Umzug in ein anderes Bundesland wäre für Kati wohl verschmerzbar gewesen, nahm Paul an. Aber musste es ausgerechnet Chile sein?

Paul machte sich Gedanken darüber, wie er Katinka trösten könnte. Er legte sich die Worte im Kopf zurecht, während er auf sie zuging, und wollte gerade seinen Arm um ihre Schulter legen, als sie ihn barsch zurückwies.

»Lass mich!«, fauchte sie.

Paul zuckte zurück. Die starke Emotion erschreckte ihn. Warum wandte sie sich gegen ihn, fragte er sich. Ob auch sie ihm für Hannahs Verhalten die Schuld gab? Aber das wäre völlig kontraproduktiv, denn mussten sie beide jetzt nicht erst recht zusammenhalten?

»Katinka, ich ...«, versuchte er einen neuen Ansatz.

»Ich möchte meine Ruhe haben«, gab ihm Katinka zu verstehen. »Ist das so schwer zu begreifen?«

Paul spürte einen Stich. Ja, er konnte verstehen, weshalb Katinka allein sein wollte. Denn es ging um ihre Tochter, nicht um seine. Aber gehörte Paul seit ihrer Heirat nicht auch zur Familie?

Niedergeschlagen zog er sich ins Wohnzimmer zurück, ließ sich aufs Sofa fallen und beschloss, abzuwarten, bis sich Katinkas Groll verzogen hatte – und auch der seine. Er wollte sich gerade ein Fotofachmagazin schnappen, das auf dem Couchtisch lag, und darin herumblättern, um sich abzulenken, da schellte das Telefon.

»Hallo?«, meldete er sich.

»Selber hallo!«

»Jasmin, bist du das?« Er vergewisserte sich, indem er auf die im Display erscheinende Nummer schielte. »Du rufst aus dem Präsidium an? Um diese Zeit?«

»Meine Dienstzeit richtet sich nach der meiner Klienten. Und wie du weißt, kennt das Verbrechen keinen pünktlichen Feierabend.«

»Okay, was gibt's?«

Er erwartete, dass Jasmin mit ihm über die ominösen Männer sprechen wollte, auf die sie inzwischen vielleicht selbst aufmerksam geworden war. Doch anscheinend hatte ihr Anruf einen anderen Hintergrund. Statt damit herauszurücken, redete sie umständlich um den heißen Brei herum und bat ihn, zu ihr ins Büro zu kommen.

»Unmöglich«, sagte Paul. »Katinka hockt in ihrer Schmollecke. Wenn ich sie jetzt sitzen lasse, mache ich alles schlimmer.«

»Ach was!«, tat Jasmin die Sache ab. »Wenn sie ihre Ruhe haben will, dann akzeptier das. Lass sie eine Weile allein, und wenn du zurückkommst, haben sich die Wogen geglättet.«

Paul wusste, dass das wahrscheinlich nicht so sein würde. Trotzdem stimmte er zu. Denn was hatte es für einen Sinn, wenn er den Frust in sich hineinfressen würde? Eine Luftveränderung würde ihm guttun. Außerdem war er neugierig auf das, was Jasmin zu berichten hatte.

Trotz der fortgeschrittenen Stunde war das Präsidium am Jakobsplatz erstaunlich belebt. Während Jasmin ihn durch den Flur bis zu ihrem Büro begleitete, kamen ihnen Uniformierte, aber auch etliche Mitarbeiter in Zivil entgegen. Lästig für eine emsige Putzfrau, die sich bemühte, den Boden feucht zu wischen, dabei aber immer wieder unterbrochen wurde.

In Jasmins winzigem Büro nahm Paul Platz. Sie musterte ihn, und ihr gefiel noch immer, was sie sah. Längst war ihre kurze, flüchtige Affäre Vergangenheit. Mein Gott, acht Jahre war das jetzt her! Sie waren zusammen im Bett gelandet in einer Phase, in der sich die Wege von Paul und Katinka vorübergehend getrennt hatten und Katinka der Karriere zuliebe nach Berlin gezogen war. Jasmin hatte sich damals eingebildet, dass es echte Liebe war. Dass Paul es mit ihr ernst meinte. Dass aus dieser einen, nie vergessenen Nacht eine Beziehung hätte entstehen können. Doch damit lag sie falsch: Es war beim One-Night-Stand geblieben und Paul – kaum dass seine Kati wieder in Nürnberg war – in die Arme seiner wahren Liebe zurückgekehrt. Jasmin hatte gelernt, das zu akzeptieren und den Tatsachen ins Auge zu blicken. Dennoch spürte sie noch immer, wie sich ihr Herzschlag beschleunigte, kaum dass sich Paul in ihrer Nähe aufhielt.

Was schaut sie mich so an, fragte sich Paul. Die Oberkommissarin stellte ihm einen Plastikbecher hin, den sie auf dem Weg hierher aus einem Automaten gezogen hatte.

Paul nippte an dem lauwarmen Kaffee und verzog das Gesicht. »Verrätst du mir jetzt, weshalb ich hier bin?«, fragte er.

Jasmin rieb sich die Nase, die ebenso mit Sommersprossen gesprenkelt war wie ihre Wangen. »Klar. Ich brauche deine Aussage.«

»Aussage?« Paul versteifte sich. Sollte es sich hier um einen hochoffiziellen Termin handeln? Darauf war er nicht eingestellt.

»Oder sagen wir besser: deine Einschätzung der Lage.« Jasmin blätterte ziellos durch eine Akte. »Ich habe einen Haufen Informationen. Vorläufige Untersuchungsergebnisse, Protokolle von Personalbefragungen ...«

»Ja, und?«

Sie klappte die Mappe zu. »Das bringt mich alles nicht wirklich weiter. Was ich brauche, sind die Beobachtungen eines kühlen Kopfes.«

Paul atmete erleichtert auf. »Sag das doch gleich, dass du noch einmal auf mein detektivisches Know-how zurückgreifen willst.« Und mit dem schönsten George-Clooney-

Lächeln fügte er hinzu: »Es ehrt mich, dass du mich für einen kühlen Kopf hältst.«

»Jetzt heb nicht gleich ab«, dämpfte sie seine Erwartungen. »Es hat ganz praktische Gründe, weshalb ich auf dich zurückkomme: Du arbeitest momentan beim Zoo. Wenn ich mit meinen Ermittlungen weiterkommen will, muss ich wohl oder übel auf die Mithilfe eines Insiders zurückgreifen, und ich kenne dort nun mal niemanden anderes als dich.«

»Aber du hast mich bereits ausgequetscht, als wir uns vorm Raubtiergehege getroffen haben. Was willst du denn noch?« Paul roch den Braten: »Du willst mich als Maulwurf einsetzen.«

»So in etwa, ja.«

Paul wusste nicht, ob er sich darüber freuen oder ärgern sollte. Wollte ihn seine alte Freundin ausnutzen, oder gab sie ihm eine Chance? Er entschied sich dazu, ihren Vorschlag positiv aufzunehmen, und sagte scheinbar ungerührt: »Wenn das so ist, brauche ich erst einmal ein anständiges Briefing. Ich weiß ja so gut wie nichts über Günter.«

»Was willst du denn wissen?«

»Ein paar persönliche Daten wären für den Anfang nicht schlecht. Die hast du mittlerweile doch, oder?«

»Kannst du haben«, sagte Jasmin und lugte in ihre Kladde. »Günter Kleeberger, Jahrgang 1984, geboren in Fürth. Realschulabschluss, danach eine dreijährige Ausbildung zum Tierpfleger an der Berufsschule in Triesdorf. Seitdem arbeitete er im Nürnberger Tiergarten. Bezahlt wurde er von der Stadt Nürnberg nach dem Tarif des öffentlichen Dienstes. Große Sprünge konnte er nicht machen, aber ehe du darin ein Selbstmordmotiv witterst: Die Schufa-Auskunft war unauffällig.«

Paul nickte nachdenklich. »Familienstand?«

»Wie du vermutet hattest, war er ledig.« Jasmin sah ihn herausfordernd an. »Also: Hilfst du uns?«

Paul genoss diese ungewöhnliche Situation und wollte sie auskosten. Er ließ sich bitten und fragte mit geheucheltem Desinteresse: »Warum hältst du das für nötig? Mit der ganzen hochaufwendigen Kriminaltechnik, die euch zur Verfügung steht, habt ihr alle Möglichkeiten der Welt! Es kann nicht sonderlich schwer sein herauszufinden, ob bei Günter jemand nachgeholfen hat. Für die Spurensicherung ist das ein Klacks.«

Jasmin seufzte. »Mein lieber Paul, du wirfst mal wieder einiges durcheinander. Mit deinem Halbwissen über Polizeiarbeit treibst du mich irgendwann in den Wahnsinn.«

»Dann klär mich halt auf«, meinte Paul schnippisch.

»Oho, der Herr will aufgeklärt werden. Wird aber auch Zeit in deinem Alter.«

»Haha.«

Jasmin schob die Ärmel ihres Jacketts zurück und holte tief Luft. »Die forensische Kriminaltechnik gliedert sich in verschiedene Bereiche. Die Ballistik zum Beispiel, bei der Geschosse einer bestimmten Waffe zugeordnet werden, was in unserem Fall aber keine Rolle spielt. Dann gibt es die Linguistik, bei der Texte danach ausgewertet werden, ob sie Rückschlüsse auf den Täter zulassen. Wiederum unbrauchbar, da bisher kein Abschiedsbrief aufgetaucht ist. Ganz ähnlich die Phonetik, bei der unsere Spezialisten Tonaufnahmen analysieren. Aber Herr Kleeberger hat auch keine Audiobotschaft hinterlassen. Bei der Daktyloskopie werden Fingerabdrücke abgeglichen, ein Verfahren, das es übrigens schon seit 1860 gibt. Und heute nicht mehr wegzudenken: die IT-Forensik zum Auswerten von sichergestellten PCs.«

»Das ist ja alles schön und gut, bringt uns in Günters Fall aber nicht wirklich weiter«, wandte Paul ein.

»Deswegen gibt es ja uns!« Der, der das sagte, war ein schrankgroßer Mann mit Vollbart. Ohne dass Paul es bemerkt hatte, war der Riese aufgetaucht und füllte mühelos den Türrahmen von Jasmins Büro.

»Sie kommen gerade recht«, freute sich Jasmin über den Überraschungsgast. Als sie sich erhob, um ihm die Hand zu schütteln, wirkte sie neben dem Hünen wie ein Kind.

Auch Paul begrüßte den Mann, der sich ihm als Dr. Todt vom Gerichtsmedizinischen Institut der Uni Erlangen vorstellte.

»Bitte keine Witze über meinen Namen«, sagte Todt mit Bassstimme. »Ich kenne sie schon alle.«

Paul war der bullige Doktor auf Anhieb sympathisch. Gern hörte er sich an, wie Todt Jasmins Vortrag ergänzte.

»Der Fall des toten Tierpflegers ist in der Tat eine harte Nuss. Fast alle Spielarten der Gerichtsmedizin kommen zum Tragen: die Traumatologie, die Ursachenforschung bei körperlichen Verletzungen: Prankenhiebe und Bisse. Dann die Serologie, die Zuordnung von Blutspuren. Außerdem die Molekularbiologie, die uns bei der Auswertung von DNA-Spuren hilft oder auch nicht: Am Tatort wurde kein fremdes Erbgut sichergestellt. Aber auch die Toxikologie spielt eine Rolle.«

»Hat das nicht mit dem Nachweis von Giften zu tun?«, wunderte sich Paul.

»Sehr richtig.«

»Um auszuschließen, dass dem Opfer eine Substanz verabreicht worden war, werden wir sein Blut untersuchen lassen«, erklärte Jasmin. »Das ist Standard in solchen Fällen.«

»Bis wir das Ergebnis haben, dauert es leider ein wenig. Aber ich rechne ohnehin mit keinen Überraschungen«, griff Dr. Todt dem Ergebnis der Blutuntersuchung vor. »Aus meiner Sicht stellt es sich so dar, dass das Opfer aus freien Stücken in das Gehege gegangen ist, um sich dort zerfleischen zu lassen. Seine äußerlichen Verletzungen geben keinen Anlass dafür, daran zu zweifeln.«

»Also wirklich ein Selbstmord«, folgerte Paul, auch wenn er sich mit diesem Gedanken nur schwer anfreunden konnte.

»So leicht geben wir uns nicht geschlagen«, sagte Jasmin mit einem ehrgeizigen Funkeln in den Augen. »Nur weil wir bisher keine anderen Hinweise entdeckt haben, muss das lange nicht heißen, dass wir uns auf Suizid festlegen müssen. Denn auch dafür fehlt ja jeder Beweis. Wenn ich erinnern darf: Es gibt weder einen Abschiedsbrief noch hat das Opfer irgendjemandem gegenüber lebensmüde Gedanken geäußert. Übrigens ist auch sein PC clean – Stichwort IT-Forensik: Die Browser-Verläufe deuten nicht darauf hin, dass er nach Möglichkeiten der Selbsttötung gegoogelt hat.«

Dr. Todt zog die Stirn in Falten, als er sagte: »Gleichwohl gab es sie schon: Menschen, die sich ohne jede Vorwarnung von Hochhäusern stürzten oder vor Züge warfen.«

»Wenn Sie auf eine Depression anspielen: Ich habe mit dem Hausarzt des Opfers gesprochen, der sich zwar auf seine Schweigepflicht berufen hat, mir aber indirekt zu verstehen gab, dass ihm nichts in dieser Richtung bekannt war«, sagte Jasmin. »Und ehe Sie fragen, Dr. Todt: Nein, er hat unter keiner tödlichen Krankheit gelitten.«

»Diese Frage wäre mir nicht über die Lippen gekommen. Denn bei der Obduktion ist uns nichts dergleichen aufgefallen«, bestätigte Todt.

Jasmin schloss die Augen und massierte sich die Schläfen. »Das wird meinem Chef gar nicht gefallen. Die Presse ist ganz heiß auf diesen Fall, und solange wir nicht definitiv sagen können, ob es sich um eine Selbsttötung, einen Unfall oder am Ende gar um Mord handelt, nährt das ständig neue Spekulationen.«

»Was schlägt er denn vor, der werte Herr Schnelleisen?«, wollte Paul wissen.

»Dass wir uns auf Selbstmord festlegen. Das erspart ihm lästige Nachfragen und hält die Berichterstattung im Rahmen. Denn bei der Presse gibt es einen Kodex, laut dem über Suizide nicht oder nur in engen Grenzen berichtet wird. Man will damit Nachahmungen vermeiden.«

Paul konnte sich sehr wohl vorstellen, in was für einer Klemme Jasmin steckte. So wie er Hauptkommissar Winfried Schnelleisen kannte, würde er seine SoKo und allen voran Jasmin so lange piesacken, bis sie sich festlegte und er vor die gierige Journalistenmeute treten könnte. Aber wie sollte sie das anstellen ohne jeden vernünftigen Hinweis? Paul überlegte, ob er abermals seine Beobachtung von den beiden seltsamen Männern anbringen sollte, doch auch das würde wohl zu nichts führen. Denn wie könnte der Zusammenhang zwischen ihrem Auftauchen und Günters Tod hergestellt werden? Paul hatte dazu keine passende Idee.

Jasmin gab sich einen Ruck, sprang von ihrem Bürostuhl auf und sagte: »Ich werde mir alle Untersuchungsergebnisse noch einmal genau ansehen, damit wir erfahren, wie Kleeberger in das Gehege gelangt ist. Kennen wir den genauen Weg, gibt uns das vielleicht Aufschluss über seine Motivation. Und du, Paul«, sie lächelte ihn breit an, »du darfst im Tiergarten deine Ohren spitzen.«

»In offizieller Mission?«, fragte er hoffnungsvoll.

»Sagen wir: in halb offizieller Mission.«

Paul erwiderte Jasmins Lächeln, woraufhin sie sich eine Anspielung nicht verkneifen konnte: »Solltest du gefasst oder getötet werden – der Minister weiß von nichts.«

7

Paul hatte Jasmins letzte Worte in den Ohren, als er am Montag wieder seinen Dienst antrat. Der Samstag und der Sonntag waren mehr oder weniger ereignislos verstrichen. Katinka, die an einem Wochenendseminar teilnahm, glänzte durch Abwesenheit, und auch Hannah hatte nichts von sich hören lassen. Folglich blieb viel zu viel leere Zeit, die Paul mit diversen Erwägungen um Günters Tod ausgefüllt hatte.

Jetzt, zu Beginn der neuen Woche, war er nicht viel schlauer als zuvor. Einerseits auf Motivsuche für seine Tiergartenbilder, hielt er andererseits Ausschau nach auskunftsfreudigen Mitarbeitern oder zumindest nach denjenigen, von denen er es erwartete. Bei seiner Suche kam ihm der besondere Aufbau der Zooanlage zugute: Bestimmt durch seine Hanglage, war der Tiergarten auf drei Geländestufen aufgebaut, die die Orientierung trotz der enormen Größe von mehr als fünfundfünfzig Hektar erleichterten und den Zoo überschaubar machten. Hilfreich war auch die landschaftsarchitektonische Aufteilung: In der untersten Stufe dominierte freie Fläche, die an eine Auenlandschaft erinnerte. Die mittlere Ebene wurde geprägt von ihrem Steppencharakter, die obere besaß die Kennzeichen eines pittoresken Steingebirges. Der geschickt einbezogene alte Baumbestand erweiterte das Spektrum dieser vielseitigen und trotzdem übersichtlichen Parkanlage.

Ein lohnendes Fotomotiv und gleichzeitig einen vielversprechenden Informanten erspähte Paul auf der zweiten Ebene, genauer gesagt auf halber Höhe des Trampelpfades: Inmitten einer großen Pfütze stand ein steingraues Nashorn. Ein Pfleger schrubbte mit einem Besen seine Flanken.

Der Dickhäuter strahlte eine stoische Ruhe aus und ließ die Wäsche seines Panzers ohne Murren über sich ergehen. Der friedlichen Szene zum Trotz stand ein zweiter Pfleger im Hintergrund, die eine Hand am Gatter des Geheges. Auf diese Weise hielt er seinem Kollegen den Rücken frei beziehungsweise einen Fluchtweg offen.

Paul machte einige Bilder von der Nashornwäsche und wartete, bis der Mann mit dem Besen das Gehege verlassen hatte. Dann fing er ihn ab. Formal, um sich das Einverständnis für die Veröffentlichung der Fotos abzuholen. Aber das war nur der Vorwand dafür, um mit dem Pfleger ins Gespräch zu kommen.

»Ihr Nashorn sieht ja genauso aus wie das von Albrecht Dürer«, suchte Paul nach einem Einstieg in ihr Gespräch.

Der Tierpfleger, ein hochgeschossener, rotwangiger Kerl von höchstens dreißig Jahren, neigte den Kopf, als er sagte: »Der Dürer hat zeitlebens nie ein Nashorn zu Gesicht bekommen und nur nach Hörensagen gemalt. Dafür ist es ihm gut gelungen.«

»Ach ja? Wusste ich gar nicht«, sagte Paul und freute sich darüber, dass er das richtige Thema gefunden hatte. »Aber seinen berühmten Hasen hat er ganz bestimmt nach Originalvorlage gezeichnet.«

»Davon gehe ich aus«, meinte auch der Pfleger, der sich ihm als Torsten vorstellte. »Und auch noch ein paar andere Tiere suchte er sich als Modell: Papageien, wie es heißt, und sogar einen Affen ließ er sich besorgen. Aber den hat seine Frau Agnes aus dem Haus geworfen, ehe er ihn skizzieren konnte.«

Das Nashorn schnaubte hinter ihnen laut und vernehmlich, doch der Pfleger zuckte nicht einmal mit der Wimper. Ob seine Arbeit nicht gefährlich sei, tastete sich Paul an sein eigentliches Anliegen heran. »Nicht, wenn man sich mit den Viechern auskennt«, behauptete Torsten und gab eine fünfundzwanzig Jahre alte Anekdote preis: Der damalige Tiergartenchef hatte für Pressefotografen neben einem Nashorn posiert. Doch das hatte keine Lust auf den Rummel. Es stieß den Direktor um – der landete im Schlamm. Torsten lachte schallend über sein Geschichtchen und hörte erst auf, als Paul ihn auf den Tod seines Kollegen Günter ansprach. Da zeigte sich auch der fröhliche Torsten betroffen und erzählte bereitwillig, dass es unter den Pflegern heiß diskutiert wurde, wie es zu dem Unfall hatte kommen können.

»Unfall?«, hakte Paul ein. »Nach dem, was ich gehört habe, geht die Polizei eher von Selbstmord aus.«

»So ein Unsinn!«, protestierte Torsten. »Jeder, der Günter kannte, weiß, dass das nicht wahr ist. Der hat viel zu sehr am Leben gehangen, als dass er es den Löwen zum Fraße vorgeworfen hätte.«

Eine überaus bildliche Sprache, dachte sich Paul, stellte ein paar weitere Fragen, kam jedoch nicht recht voran.

Torsten bestätigte mehr oder weniger bloß das, was Paul schon wusste. Nur ein Punkt schien ihm interessant: »Günter war ja kein Kind von Traurigkeit«, ließ Torsten anklingen. »Vor allem, wenn er mal einen über den Durst getrunken hatte, war kein Rock vor ihm sicher. Wie sagt man so schön: Er ließ nichts anbrennen. Und er hatte Erfolg mit seiner Masche, das muss der Neid ihm lassen. Sag selbst: Bringt sich so einer um? Einer, der bei den Mädels landet wie Günter?«

»Ich dachte, Günter sei in festen Händen gewesen«, warf Paul ein. Claudia Fuchs' Namen zu nennen hielt er jedoch für zu gewagt, denn das wäre unfair ihr gegenüber gewesen.

»Günter? Nee. Das war eher der Typ ewiger Junggeselle.« Ein nachdenklicher Zug bildete sich in Torstens Gesicht. »Moment mal. Jetzt, wo du es ansprichst: Es sind Gerüchte rumgegangen, dass es Günter nun doch erwischt hatte. Manche behaupteten, er habe sich ernsthaft verliebt. Aber da drauf gebe ich nicht viel.«

»Du weißt nicht zufällig, um wen es bei diesen Gerüchten ging?«, fragte Paul.

»Nö. Und jetzt, nach Günters Unfall, ist es eh egal, oder?«

Paul setzte die Unterhaltung mit Torsten ein Weilchen fort, um letztlich ohne verwertbares Ergebnis weiterzuziehen. Als Nächstes horchte er einen Gärtner aus, den er am Rande der Kamelanlage traf. Von dem Mann, der nach eigenen Worten schon seit über dreißig Jahren im Tiergarten arbeitete, erfuhr er einmal mehr, dass Günter ein allseits geschätzter Kollege gewesen sei, der sich mit allen gut verstanden hatte.

»Wirklich mit allen?«, versuchte Paul das positive Bild des Toten zu hinterfragen.

Der Gärtner, in dessen wettergegerbtem Gesicht zwei kleine Augen verschmitzt aufblitzten, strich sich übers unrasierte Kinn. »Wenn man es genau nimmt, nur mit fast allen.«

Endlich einer, der nicht nur auf eitel Sonnenschein macht, dachte sich Paul und hakte sofort nach: »Mit wem hat er sich denn nicht verstanden?«

»Es gab wohl hin und wieder Zoff mit der Verwaltung.«

»Mit wem aus der Verwaltung?«, blieb Paul beharrlich.

»Günter hat sich mit Weinbauer nicht besonders gut verstanden«, räumte der Gärtner ein. »Da flogen öfter mal die Fetzen. Einmal habe ich es hautnah miterlebt.«

»Krach mit dem Vizechef? Weißt du Näheres darüber?«

Pauls Gesprächspartner stützte sich auf dem Stiel einer Harke ab, als er mit gesenkter Stimme versicherte: »Natürlich nicht! Bei solchen Streitereien hört unsereins weg. Ist auch besser so, wenn man keinen Ärger haben will. Mein Motto lautet: Leg dich nie mit den Oberen an. Damit bin ich gut gefahren in den letzten drei Jahrzehnten.«

Paul versuchte noch einmal, mehr aus dem Mann herauszukitzeln, aber seine Fragen versandeten. Schließlich hielt er ihm die Fotos mit den beiden Anzugträgern vor die Nase, doch der Gärtner zuckte bei deren Anblick bloß mit den Achseln.

»Kenne ich nicht, glaub ich«, sagte er und sah noch einmal genauer hin. Er schüttelte den Kopf. »Sind ziemlich schlechte Aufnahmen. Total unscharf.«

Da hatte er recht, musste sich Paul eingestehen. Eine fototechnische Meisterleistung stellten seine selbst gefertigten Fahndungsfotos nicht dar. Und selbst wenn es sich um erstklassige Porträts gehandelt hätte, wäre er mit seinen Bildern wohl nicht weitergekommen. Inzwischen mochte er selbst kaum mehr daran glauben, dass die beiden Männer mit Günters Tod zu tun hatten. Zumindest hatte er bislang keinen hinlänglich logischen Zusammenhang konstruieren können – trotz der Denkarbeit am Wochenende.

Paul zog weiter und erklomm die dritte Ebene des Tiergartenterrains. Dort, nahe der Großkatzengehege, traf er auf Bettina Rübsam, die burschikose Veterinärin. Als diese ihn erblickte, kam sie sogleich auf ihn zu und drückte ihm kräftig die Hand.

»Nichts für ungut«, sagte sie, »ich habe eine Aversion gegenüber übereifrigen Polizisten. Wenn ich gewusst hätte, dass diese Kommissarin eine Freundin von dir ist, hätte ich mich neulich vielleicht anders verhalten.«

Paul zollte ihrer offenen Art Respekt und lächelte sie an. »Schon gut, Jasmin kommt damit klar, wenn ihr mal jemand Kontra gibt.«

Sie schlenderten durch die Raubtieranlage – ein Haus im Fels: Aus Pauls Sicht handelte es sich um eine architektonische Meisterleistung, die sich die Planer damals, in den Dreißigerjahren, hatten einfallen lassen und die das Charakteristische dieser einzigartigen Gesteinslandschaft unterstrich. Nur durch einen mehr als zwanzig Meter langen Stollen gelangten die Besucher ins Innere des kreisförmig angelegten Raubtierhauses, das dank erhabener Höhe und schlanker Säulen an einen antiken Rundtempel erinnerte. Natürliche Sandsteinwände bildeten die Begrenzung des Rundbaus, der über eine Lichtkuppel im Dach mit Tageslicht erhellt wurde. Durch Panoramascheiben bot sich ein ungehinderter Blick auf Löwen und Tiger. Eine atemberaubende Erfahrung, wie Paul meinte.

»So, wie die Tiere träge im Halbschatten liegen, wirken sie wie zu groß geratene Miezekatzen«, sagte Paul und nickte in Richtung des Löwenrudels.

»Ob klein oder groß: Miezekatzen, wie du sie nennst, werden sauer, wenn man sie reizt. Sie sind Jäger, das bestimmt ihr Naturell.«

»Du gehst wohl davon aus, dass Günter sie gereizt hat?«, fragte Paul.

»Am Hunger lag es jedenfalls nicht, dass sie ihn so zugerichtet haben. Wir verfüttern an unsere Katzen ausreichend Fleisch, übrigens ganz bewusst mit Haut und Haaren. Das kommt ihrer natürlichen Ernährungsweise sehr nahe. Wenn sie sich trotzdem aus der Ruhe haben bringen lassen und auf Günter losgegangen sind, müssen sie sich von ihm provoziert gefühlt haben.«

Hatte er richtig gehört? Günter sollte die Löwen gepiesackt haben? Paul konnte es nicht glauben. »Weshalb hätte er das tun sollen?«

Betti, deren buddhahafte Statur ebenso Ruhe ausstrahlte wie ihre gemächliche Art zu sprechen, nickte langsam: »Sicher hat er das, sonst hätte Pascha nicht so reagiert. Das heißt aber nicht, dass Günter die Großkatzen bewusst geärgert oder gar aufgescheucht haben muss. Allein die Revierverletzung kann ausreichen, um den Rudelführer gegen sich aufzubringen.«

Paul beobachtete mit Respekt, wie sich der imposante Pascha streckte und mit erhabener Anmut erhob.

Betti griff Pauls Blick auf. »Beeindruckend, gell? Nicht umsonst gelten Löwen als die Könige unter den Tieren. Die langmähnigen Männchen sind imposant, und einen Harem haben sie auch. Aber glaube mir, Paul: Der Name Pascha bedeutet nicht, dass ein Löwenmännchen ohne Grund den lieben langen Tag auf der faulen Haut liegt und seine Frauen auf die Jagd schickt, um sich dann als Erster am Riss zu weiden. Der Löwenmann ist kein Patriarch aus Trägheit, nein, auf ihm lastet die Verantwortung für den Bestand des Rudels. Um ihre Fortpflanzungschancen zu erhöhen, müssen die Männchen den Weibchen ihre Potenz durch ihre eindrucksvolle Mähne anzeigen. Aber was sie bei den Damen beliebt macht, hat unter der afrikanischen Sonne große Nachteile: Es ist einfach viel zu heiß! Wenn Löwenmännchen selbst auf die Jagd gehen, können sie nur halb so viel Körperwärme abführen wie die Löwinnen. Da wundert es doch nicht, dass Pascha und seine Geschlechtsgenossen lieber im Schatten liegen bleiben. Schließlich sollen sie ihre Kräfte schonen, um das Rudel vor Gefahr zu schützen. Denn dann sind sie gefordert und müssen aus dem Stand heraus Stärke zeigen.«

»Zum Beispiel dann, wenn ihnen ein Mensch zu nahe kommt – wie Günter«, griff Paul diesen Aspekt auf und sah Betti forschend an.

»Ja«, bestätigte sie. »Obwohl das aber eigentlich nicht passieren dürfte. Niemand von uns geht zu den Löwen. Jedenfalls nie allein und nie ohne Schutzvorkehrungen. Wenn das Gehege gesäubert wird, dann nur, solange sich die Tiere im Innengehege aufhalten, und umgekehrt. Und wenn man doch mal an sie ranmuss, dann nur nach einer Narkose. Es gibt dafür ganz klare Verfahrensanweisungen.«

Pauls Blicke wanderten wieder auf das Rudel, das bis eben friedlich vor sich hin gedöst hatte. Nun reckte sich das Familienoberhaupt und erhob sich gemächlich. Als Pascha stand, riss er sein Maul weit auf und gähnte ausgiebig. Seine beachtlichen Reißzähne glänzten im Sonnenlicht, das durch die Deckenöffnung drang.

»Folglich hat sich Günter fahrlässig verhalten, indem er die Regeln missachtete?«, fragte Paul.

»Auf jeden Fall«, bestätigte Betti. »Das ist jetzt nicht böse gemeint, denn ich will nicht schlecht über einen verstorbenen Kollegen reden. Aber dass er einen Fehler begangen hat, steht für mich fest. Außerdem gehörten die Großkatzen gar nicht in seinen Bereich. Er war doch auf Affen spezialisiert. Mir ist das Ganze ein Rätsel.«

Nachdem sich Pascha abermals gestreckt hatte, setzte er seinen massigen Körper in Bewegung und trottete auf sie zu. Dabei wirkte sein ohnehin mächtiger Kopf, umgeben von der bauschigen Mähne, noch größer.

Paul krümmte seinen Zeigefinger und klopfte gegen die Panoramascheibe. Er dachte daran, wie der Gorilla mit der Faust gegen das Fenster seines Käfigs gehauen und es damit zum Erzittern gebracht hatte. »Was könnte passieren, wenn Pascha Anlauf nimmt und sich gegen das Glas schmeißt? Würde es standhalten?«

Betti sah ihn amüsiert an. »Wer weiß? Wir sollten es nicht auf den Versuch ankommen lassen.« Da Paul sie ein wenig eingeschüchtert ansah, stellte sie richtig: »Du bist nicht der Erste, der sich mit dieser Frage beschäftigt, wie stark die Scheibe bei einem Ansprung durch eine Großkatze belastet wird«, klärte sie ihn auf und berichtete von einer aufwendigen Versuchsreihe der Fachhochschule München, bei der tote Rinder gegen ein baugleiches Fenster geschleudert worden waren. Das Panzerglas bestand die Probe mit Bravour.

Aber Pascha schien sich ohnehin nicht mit dem Gedanken zu tragen, die Scheibe einer neuen Belastungsprobe zu unterziehen. Als er sich ihnen bis auf wenige Meter genähert hatte, blinzelte er in ihre Richtung, gähnte erneut und tapste scheinbar gelangweilt davon.

»Gehörten Raubkatzen eigentlich von Anfang an zum Tiergartenbestand?«, interessierte sich Paul, während er Pascha nachschaute.

»Ja, zumindest hier am Schmausenbuck«, wusste Betti und erteilte Paul eine kurze Geschichtsstunde: Bei der Eröffnung 1939 waren es zehn männliche Tiere. Nach dem Krieg blieb man vorerst dabei, sich auf »Kater« zu beschränken, weibliche Artgenossen zogen erst 1970 ein. Der Nachwuchs ließ nicht lange auf sich warten. Aber der war ungeplant und rassentechnisch nicht astrein. Zu einer geordneten Neuzucht kam es erst mit dem Zugang zweier sehr seltener asiatischer Löwen: Hill und Hilla stießen 1982 aus dem Züricher Zoo dazu. Später folgte ein weiteres Weibchen aus Vorderindien.

Betti berichtete von den beachtlichen Zuchterfolgen in den Folgejahren, ein Zeichen dafür, dass sich die Löwenpopulation in Nürnberg wohlfühlte. »Die Mütter India und Indra warfen sogar Zwillinge«, erzählte sie.

Bei aller Euphorie für die Zuchterfolge konnte Betti nicht ausblenden, dass es vor Günters tragischem Ableben bereits zu Zwischenfällen mit den Raubkatzen gekommen war. Paul erinnerte sie daran und bat um mehr Informationen darüber.

Betti war anzumerken, dass sie dieses Thema gern gemieden hätte. Über ihre breite Stirn zogen sich tiefe Furchen, als sie berichtete: »Über die Sache von 1954 weiß ich nicht viel. Das war ja weit vor meiner Zeit. Aber es spielte sich wohl so ab, dass ein Mann in selbstmörderischer Absicht die Barrieren überwand – und das vor den Augen der Zoobesucher. Er kletterte über den Zaun und schwamm durch den Wassergraben. Anschließend soll er die Löwen mit Steinen beworfen und mit Wasser bespritzt haben. Das nahmen sie ihm übel. Ein Prankenhieb des Rudelführers reichte, um den Mann zu töten. Er war erst einundzwanzig.«

»Und wie spielte sich der jüngere Fall ab?«

»Vom Hergang selbst ist wenig bekannt: Es war an einem Oktobermorgen im Jahr 1998, als Tierpfleger in der Freianlage einen reglosen menschlichen Körper fanden, der vom Rudel bewacht wurde. Die Tiere wichen erst zur Seite, als man Schüsse mit der Schreckschusspistole abgab. Das Opfer war ein Student, wiederum ein Suizid.«

»Wie konnte es den beiden gelingen, die Abzäunungen einfach so zu umgehen?«, wollte Paul wissen.

»Das war keine große Kunst, denn der Löwengraben ist so ausgelegt, dass die Tiere nicht entkommen, aber nicht um Menschen abzuhalten, die schwimmen können. Inzwischen hat man nachgebessert. Doch ein Tierpfleger, der sich auskennt, gelangt natürlich trotzdem hinein.« Sie schüttelte heftig den Kopf. »Bleibt nach wie vor die Frage, welcher Teufel Günter geritten hat, so leichtfertig zu handeln. Sein unerwartetes Auftauchen müssen die Großkatzen als aggressiven Akt ausgelegt haben. Pascha, das Alphatier, konnte gar nicht anders, als sein Rudel gegen den potenziellen Aggressor zu verteidigen. Das hätte Günter klar sein müssen.«

Sie verließen das Raubtierhaus durch den Tunnel, an dessen Ausgang sich die Tierärztin verabschiedete. Sie müsse noch nach den Luchsen und Buntmardern sehen, bei denen sie gerade ein neues Entwurmungsmittel teste.

Genauer wollte es Paul gar nicht wissen und wollte ebenfalls gehen, als ihm noch etwas einfiel: »Was meinst du: Ist die Zoopädagogin inzwischen wieder ansprechbar?«

»Claudia?« Betti zögerte kurz, bevor sie ihm antwortete. »Ich denke, den ersten Schock hat sie mittlerweile überwunden. Die Polizei hat sie doch auch schon in der Mangel gehabt, oder?« Paul überhörte diese Frage, woraufhin Betti riet: »Wenn du sie auf Günter ansprichst, fasse sie mit Glacéhandschuhen an, denn sie hat ein zartbesaitetes Gemüt. Immerhin stand sie Günter sehr nahe. Es wird dauern, bis sie darüber hinwegkommt.«

»Waren die beiden denn ein Paar?«

»Ich weiß nicht genau, was zwischen ihnen lief«, antwortete Betti und fügte hinzu: »Es geht mich ja auch nichts an.«

Damit wollte sie wohl sagen, dass dies ebenso für Paul gelten sollte. Der bedankte sich für den wohlgemeinten Rat und schlug den Weg in Richtung der Flamingoweiher ein. Dort hielt er vergebens nach Claudia Fuchs Ausschau, woraufhin er sein Glück im Naturkundehaus versuchte. Aber auch dort war sie nicht zu finden. Stattdessen traf er auf eine auffallend dürre Gestalt, deren langer grauer Kittel sie als Zoomitarbeiter auswies. Das schmalbrüstige Männchen litt offensichtlich unter Skoliose, denn sein Rücken war gebeugt. Sein faltiges Gesicht wurde von einem wirren grauen Haarkranz gekrönt. Paul sprach ihn an und erkundigte sich nach Claudia Fuchs' Verbleib.

»Claudia?«, fragte der kauzige Kollege mit krächzender Stimme. »Die suche ich auch. Das Kindchen hat zwei Exponate für die Lehrstunden bei mir ausgeliehen und nicht zurückgegeben.«

Wie Paul erfuhr, hörte sein Gesprächspartner auf den Namen Hugo Kleinlein, seines Zeichens Tierpräparator. Paul schloss sich ihm auf seiner ziellos wirkenden Suche durch die verbleibenden Räume des Naturkundehauses an und folgte Kleinlein bis hinab in dessen Reich – einem der Öffentlichkeit verborgenen Refugium im Keller. Dort angekommen, öffnete Kleinlein eine Metalltür, die den Weg in ein eigentümliches Archiv freimachte.

Paul sah auf eine geschlossene Wand aus Eisenblechverschlägen. Rollbare Regale, wie Paul feststellte, denn ein jedes verfügte über eine Art Steuerrad, mit dem es sich auf im Boden versenkten Schienen bewegen ließ. Kleinlein folgte seinem Blick und betätigte eines der Räder, woraufhin die Regale auseinanderfuhren und eine beachtliche Sammlung ausgestopfter Tiere preisgaben. Hauptsächlich Vögel, aber auch kleine Nager und Wildtiere. Über dem ins Halbdunkel getauchten Raum lag ein säuerlicher Geruch, den Paul noch aus dem Biologieunterricht seines Gymnasiums in der Nase hatte.

»Hier ist sie auch nicht«, stellte Kleinlein fest und wedelte scheltend mit dem Zeigefinger. »Das junge Fräulein wird sich etwas anhören müssen! So geht es einfach nicht!«

Paul, den die geballte Ansammlung toter Wesen ein wenig gruselte, fand entschuldigende Worte für Claudia: »Der Vorfall im Löwengehege hat sie ziemlich mitgenommen. Ich kann mir gut vorstellen, dass sie gerade anderes im Kopf hat, als die Leihgaben zurückzubringen.«

Kleinlein hob den Kopf, was ihm angesichts seiner körperlichen Einschränkung sichtlich schwerfiel. »Es geht nicht bloß um einfache Leihgaben«, sagte er vorwurfsvoll. »Sie hat sich einen Bartgeier und eine Schneeeule ausgeborgt – die einzigen beiden Exemplare in meinem Bestand. Haben Sie überhaupt eine Ahnung, wie lange es dauert, so große Vögel zu präparieren?«

Paul zuckte die Achseln, woraufhin Kleinlein zu einem Vortrag über die Diffizilität seiner anspruchsvollen Arbeit ansetzte. Paul hörte der Höflichkeit halber zu, um sich bei der erstbesten Gelegenheit aus dem unheimlichen Tierleichenhaus zurückziehen zu können. Aber dann kam ihm eine Idee. Aufs Geratewohl fragte er Kleinlein: »Woher bekommen Sie eigentlich all diese Vögel, Schlangen und Nager – von den großen Viechern dort hinten ganz zu schweigen?«

Kleinlein klärte ihn darüber auf, dass er einen Gutteil seines Materials aus den eigenen Beständen erhalte: »Verendete Tiere landen auf meiner Arbeitsplatte, wenn ich sie für geeignet halte. Ich bekomme aber auch Lieferungen von anderen zoologischen Betrieben, hin und wieder von Jägern, manchmal sogar vom Zirkus.«

»Dann haben Sie ja keinen Mangel an Nachschub«, konstatierte Paul.

Kleinlein winkte ab. »Ich gehöre einer aussterbenden Zunft an. Ausgestopfte Tiere sind heutzutage nicht mehr opportun. Was früher von jedermann bewundert wurde und zum Unterrichtsmaterial jeder weiterführenden Schule gehörte, über das rümpft der aufgeklärte Mensch von heute die Nase. Zumindest hierzulande will man Sammlungen dieser Art lieber loswerden, als sie zu pflegen und auszubauen. Abgesehen davon: Nur die allerwenigsten Kadaver sind es wert, konserviert zu werden. Denn das Präparat darf ja keinerlei äußere Verletzungen aufweisen. Außerdem sollte der Verwesungsprozess noch nicht eingesetzt haben, wenn ich das Objekt erhalte. Hinzu kommen immer strengere Einfuhrbeschränkungen für artgeschützte Tiere – egal, ob tot oder lebendig. Das Ausland als Quelle scheidet damit beinahe aus. Manchmal muss ich jahrelang warten, bis ich ein passendes Exemplar finde.«

Damit hatte Paul den richtigen Ansatzpunkt, um seinen Einfall anzubringen: »Wie schaut es denn mit den gestohlenen Tieren aus? Denen, die dem Tiergarten abhandengekommen sind? Wären die der Mühe wert, ausgestopft zu werden?«

Der Präparator machte große Augen. »Sie meinen ...« Er ließ Pauls Worte eine ganze Weile auf sich wirken. »Daran habe ich noch gar nicht gedacht. Aber gewiss: Die Präriehunde und unser Zwerghirsch – das wären durchaus interessante Kandidaten.«

So wie Kleinlein es ausdrückte, sollte man glauben, dass erst Paul ihn auf diese Möglichkeit aufmerksam gemacht hatte. Dennoch gewann Paul den Eindruck, dass der Präparator längst selbst ähnliche Überlegungen angestellt hatte, es nur nicht zugeben wollte. Doch weshalb tat er so überrascht und spielte ihm etwas vor?

Paul konnte nicht weiter auf diese möglicherweise heiße Spur eingehen, denn Rolf Weinbauer erschien auf der Bildfläche. Der Verwaltungschef war so plötzlich aufgetaucht, dass weder Paul noch Kleinlein ihn hatten hereinkommen hören.

Mit den Händen in den Hüften baute er sich vor Paul auf. Sein Tonfall war alles andere als freundlich, als er sagte: »Herr Flemming, wir zahlen Ihnen gutes Geld dafür, dass Sie sich um eine neue Bildwelt für unseren Tiergarten kümmern. Vom Herumstehen und Reden entstehen aber keine guten Fotos. So geht es einfach nicht! Immer wenn ich Sie sehe, plaudern Sie mit unserem Personal, anstatt Ihre Arbeit zu machen.«

Paul schluckte. Eine solch heftige Attacke kam für ihn unerwartet. Zwar hatte Weinbauer prinzipiell recht, denn in seinen eigentlichen Auftrag hatte Paul bisher nicht sonderlich viel Zeit investiert. Doch musste der Verwaltungsboss ihn deshalb vor einem anderen Kollegen rundmachen? Das passte Paul nicht, und er sagte es auch: »Sie wissen genauso gut wie ich, dass ich ein Laie bin, was die Zoologie anbelangt. Wenn ich mich nicht darüber informiere, auf was es bei der Tierfotografie ankommt, kann ich keine vernünftigen Aufnahmen liefern. In meinem Gewerbe nennt man das Recherche. Je gründlicher die Recherche, desto höher die Qualität der Arbeit.«

Weinbauers Wangen verfärbten sich rötlich. Nur mit Mühe unterdrückte er einen weiteren bissigen Kommentar. Mit zusammengepressten Lippen nuschelte er schließlich so etwas wie »Auch meine Geduld ist endlich« und ging.

Auch Kleinlein hatte es jetzt eilig, die Unterhaltung mit Paul zu beenden. Etwas benommen verließ Paul daraufhin die Präparatesammlung und beschloss um des lieben Friedens willen, den Rest des Tages brav seine Fotos zu schießen. Doch schon am Ausgang des Naturkundehauses lief er dem nächsten »Chef« in die Arme.

»Ach, hallo, Herr Schulte!«, grüßte Paul den Pressesprecher.

Christian Schulte trug über einer dunklen Bluejeans ein hellblaues Polohemd, in der Armbeuge lag ein Sakko. In seinem raspelkurzen Haar steckte eine Sonnenbrille. Schulte grinste Paul breit an und gab ihm einen leichten Klaps auf den Arm. »Machen Sie sich nichts draus«, sagte er.

»Bitte?«

»Gerade ist Weinbauer wutschnaubend an mir vorbeigestürmt. Ich gehe davon aus, dass er Ihnen die Leviten gelesen hat, richtig?«

Paul verzog den Mund. »So kann man das wohl nennen.«

»Nehmen Sie das nicht so ernst, Herr Flemming. Die Probeaufnahmen, die Sie mir bisher gemailt haben, sind einwandfrei. Machen Sie nur weiter so.« Noch immer lächelnd rieb er sich die Nase und ergänzte eine Spur leiser, so als wollte er Paul in ein Geheimnis einweihen: »Weinbauer hat es nicht gern, wenn ich Leute anheuere, ohne mich vorher mit ihm abzustimmen. Dass ich Sie ausgesucht habe und nicht er, passt ihm nicht. Da fühlt er sich in seinen Kompetenzen beschnitten.« Man sollte fast meinen, der Pressesprecher würde ein gewisses Verständnis für seinen Vorgesetzten aufbringen. Doch dem war nicht so: »Ich an seiner Stelle wäre ja sehr vorsichtig mit solchen Attacken wie gerade eben gegen Sie. So ein Schuss kann leicht nach hinten losgehen.«

»Meinen Sie?«

»Weinbauer sitzt auf einem hohen Ross, aber wer weiß, wie lange noch«, sagte Schulte hinter vorgehaltener Hand.

Das wunderte Paul. Denn soviel er wusste, hatte der Verwaltungschef beste Chancen, dem kurz vor der Pensionsgrenze stehenden Tiergartendirektor nachzufolgen.

»Warum glauben Sie, dass der Stuhl von Herrn Weinbauer wackeln sollte?«

Schulte setzte zu einer Antwort an, besann sich aber. »Ich will nichts gesagt haben«, sagte er und zog sich zurück.

Haben Sie aber, dachte Paul und zog seine Schlüsse aus der offensichtlichen Missstimmung zwischen Weinbauer und Schulte: Vielleicht rechnete sich der Pressesprecher selbst Chancen auf den Chefsessel aus. Das wäre ja nicht das erste Mal, dass ein gut vernetzter Pressemann bis ganz nach oben gerückt wäre.

Es war siebzehn Uhr vorbei, als Paul entschied, dass er für heute genug geleistet hatte. Gemeinsam mit einigen Besuchern verließ er den Tiergarten durch das große Drehtor am Haupteingang. In Gedanken war er bereits beim Abendessen mit Katinka, für das er sich zumindest einen kleinen Ansatz von Harmonie wünschte. Vielleicht würde sich ja sogar Hannah blicken lassen, hoffte er.

Der Mann mit der fahlen Gesichtsfarbe und dem Atem eines starken Rauchers, der sich ihm in den Weg stellte, ließ seine Vorfreude auf den Abend verpuffen.

»Blohfeld?«, fragte Paul überrascht, denn mit dem Boulevardreporter hatte er nicht gerechnet. Vor der langen Reihe von geparkten Autos der Besucher, umsäumt vom dichten Baumbestand des angrenzenden Waldes, standen sie sich gegenüber. Blohfelds unerbittlich fordernder Blick verhieß nichts Gutes.

»Ich warte seit einer geschlagenen Stunde auf Sie, Flemming«, fuhr Blohfeld ihn vorwurfsvoll an.

»Waren wir denn verabredet?«

»Nein, aber im öffentlichen Dienst lässt man doch normalerweise um Punkt vier den Stift fallen.«

»Öffentlicher Dienst?« Paul lachte. »Ich bin hier als Freelancer beschäftigt, da gibt es keinen pünktlichen Feierabend. Außerdem kann man einen Zoo sowieso nicht stur nach Stechuhr führen.« Er neigte den Kopf und beäugte den hageren Reporter misstrauisch. »Was wollen Sie von mir?«

Blohfeld redete nicht lange um den heißen Brei herum und erzählte Paul, zu was für einer Bombenstory sich der Todesfall im Löwengehege gemausert habe. Die Leser gierten nach jeder noch so kleinen Neuigkeit über dieses Thema und rissen den Kioskbetreibern die druckfrischen Zeitungen geradezu aus der Hand.

»Die Leserschaft schreit nach mehr!«, machte Blohfeld deutlich – und Paul wusste, woher der Wind wehte.

»Sie wollen Interna bei mir abgreifen, ist es das?«

»Na klar! Sie sitzen an der Quelle.«

»Ich habe Sie neulich mit hineingeschleust und musste am nächsten Tag ganz schreckliche Fotos in Ihrer Zeitung sehen. Das hat mir gelangt.« Paul wollte an dem Reporter vorbeigehen, um zur Straßenbahnhaltestelle zu kommen. Doch Blohfeld stellte sich ihm erneut in den Weg. »Verraten Sie mir wenigstens, was mit dem Killerlöwen passiert. Wird die Bestie erschossen?«

»Soviel ich weiß, hat der Löwe nur sein Revier verteidigt. Er hat sich seinem Naturell entsprechend verhalten. Killer ist das falsche Wort.«

»Vielleicht hat er sich ja jetzt an Menschenfleisch gewöhnt und will mehr ...«

»Sie sind geschmacklos, Blohfeld.«

»Geschmacklos? Dann muss ich wenigstens nicht fürchten, das nächste Opfer des Menschenfressers zu werden.«

Jetzt reichte es Paul wirklich. »Lassen Sie mich durch!«, forderte er energisch.

Doch so schnell gab ein Victor Blohfeld nicht auf. »Wie ich Sie kenne, glauben Sie nach wie vor nicht an eine Selbsttötung oder einen Unfall, oder? Ich habe läuten hören, dass Sie bereits die Witterung aufgenommen und zwei dunkle Gestalten im Visier haben.«

Der kurze Draht des Reporters ins Polizeipräsidium war hinlänglich bekannt. Paul sah ein, dass er seine Entdeckung kaum leugnen konnte. »Mir sind zwei seltsame Gestalten vor die Linse gelaufen. Möglicherweise ganz normale Zoobesucher, vielleicht aber auch nicht. Bevor Sie aber eine große Nummer daraus machen, sage ich Ihnen gleich: Jasmin Stahl interessiert sich nicht besonders dafür. Immer wenn ich davon anfange, kommt sie auf ein anderes Thema zu sprechen.«

Blohfelds Augen blinkten. »Vor die Linse gelaufen? Heißt das, dass es Bilder von den beiden gibt?«

Mit einem Handgriff hatte Paul die Abzüge mit den verwaschenen Konterfeis parat und zeigte sie ihm in der vagen Hoffnung, der umtriebige Reporter würde einen von ihnen identifizieren. Schließlich kam er ja viel herum und kannte Hinz und Kunz. Blohfeld kramte eine Lesebrille aus seiner Innentasche und hielt die Aufnahmen dicht vor seine Nase.

»Viel ist darauf ja nicht gerade zu erkennen«, sagte er.

»Entschuldigung, wenn die Bildschärfe nicht den Erwartungen des Herrn Chefredakteurs entspricht«, sagte Paul eingeschnappt und war geneigt, ihm die Fotos gleich wieder abzunehmen.

Doch dann erhellte sich Blohfelds Miene. Er nahm seine Brille ab, schaute an Paul vorbei und sagte: »Wenn mich nicht alles täuscht, weisen die Typen auf Ihren Verbrecherfotos eine gewisse Ähnlichkeit mit den beiden Herren dort drüben auf.«

Paul drehte sich ruckartig um und wollte seinen Augen nicht trauen: Zwischen einer Familie mit zwei kleinen Kindern und einem älteren Ehepaar kamen die beiden Männer aus dem Drehtor. Diesmal hatten sie sich schrille Hawaiihemden übergezogen und trugen Käppis, doch Statur und Haltung verrieten Paul, dass es sich eindeutig um dieselben Kerle handelte, die ihm verdächtig erschienen.

»Das sind sie!«, bestätigte er das Offensichtliche.

Blohfeld schob Paul beiseite. »Dann gilt es, keine Zeit zu verlieren.«

»Was haben Sie vor?«, fragte Paul.

»Ich hänge mich an sie dran und finde heraus, wo sie herkommen und was sie im Schilde führen.«

Paul hielt ihn am Ärmel fest. »Das habe ich auch schon versucht, die beiden aber aus den Augen verloren.«

»Das ist doch kein Grund, es nicht noch einmal zu probieren.«

»Mag sein, aber ich glaube, dass das nicht ganz ungefährlich ist.«

»Weichei!« Blohfeld drückte Pauls Hand beiseite. »Ich werde Ihnen zeigen, wie man das richtig anstellt. Gelernt ist gelernt. Spätestens bis morgen früh liefere ich Ihnen die Namen, die Adresse und meinetwegen auch noch die Schuhgröße der komischen Gestalten.«

Mit diesen Worten machte er sich ans Werk. Paul sah ihm skeptisch nach. Er wusste ja, was man von Victor Blohfelds Aktionismus erwarten konnte: nichts.

8

Katinka war nicht mehr ganz so kurz angebunden, als sie eine halbe Stunde nach Paul zu Hause eintraf, ihm einen Kuss auf die Wange drückte und sich den Bauch rieb.

»Was essen wir denn heute? Ich hatte so viel um die Ohren, dass ich es mittags nicht in die Kantine geschafft habe.«

»Bei Jan-Patrick gibt es bestimmt was Gutes mit Spargel.«

»Ach nein, nicht schon wieder.« Katinka löste die Spangen, die ihr Haar zusammengehalten hatten, schlüpfte aus ihren Pumps und tapste durch das große Wohn- und Esszimmer hinter die Küchentheke. Sie öffnete den Kühlschrank, holte eine feuerrote Peperoni und einen Bund Petersilie aus dem Gemüsefach, dazu stellte sie eine Flasche Olivenöl. Anschließend suchte und fand sie eine Packung Nudeln und füllte einen großen Topf mit Wasser.

»Spaghetti aglio e olio«, meinte Paul sehr zufrieden über Katinkas Wahl und machte sich daran, einen Block Grana Padano auf einem Käsehobel zu reiben.

»Was gibt's Neues aus dem Tiergarten?«, erkundigte sich Katinka, während sie den am Küchenschrank hängenden Knoblauchzopf um einige Zehen erleichterte. »Die Ermittlungen der Polizei gehen ja leider nur sehr schleppend voran.«

»Tja, wenn es Zeugen gäbe oder zumindest Aufnahmen von Überwachungskameras, würden sie sich leichter tun. Aber leider ist die SoKo darauf beschränkt, die wenigen dürftigen Spuren auszuwerten.« Paul machte sich nun daran, die Petersilie klein zu hacken.

»Eine schlimme Geschichte«, befand Katinka. Sie blätterte die Tageszeitung durch, die auf der Anrichte lag, blieb bei einem Artikel hängen und schüttelte den Kopf. »Wenigstens profitiert der Tiergarten von höheren Besucherzahlen«, kommentierte sie einen von Blohfelds Berichten über die Folgen der Tragödie im Zoo.

»Du spielst auf die Schaulustigen an? Ja, das Löwengehege ist dicht belagert. Jeder will den Menschenfresser sehen, wie Blohfeld ihn tituliert hat.« Als er über Blohfeld sprach, dachte Paul daran, wie es dem Reporter bei seiner »Verfolgungsjagd« wohl ging. Ob er an den beiden Männern tatsächlich drangeblieben war? Paul gab zwar nicht viel auf Blohfelds Alleingang, war nun aber doch gespannt auf seinen Bericht.

Das Salzwasser sprudelte. Katinka legte die Zeitung beiseite und ließ die ungebrochenen Spaghetti in den Topf gleiten. »Wenn du mich fragst, wird es am Ende auf Suizid hinauslaufen. Mit oder ohne Abschiedsbrief. Damit kommt auf uns als Staatsanwaltschaft die Aufgabe zu, Fahrlässigkeit auszuschließen. Es muss geklärt werden, ob das Gehege ausreichend gegen unbefugtes Eindringen geschützt war.«

»Günter war kein Unbefugter«, hielt Paul dem entgegen.

»Im Löwenkäfig schon. Doch ob man dafür wirklich jemanden zur Rechenschaft ziehen kann, ist mehr als fraglich. Das wird wohl im Sande verlaufen.«

Sie ließen es sich schmecken, stießen mit einem stimmigen Chianti an und schafften es, das Thema Hannah bis zum letzten Bissen auszublenden. Erst als sie die Teller abräumten und Paul gerade eine zweite Flasche Wein entkorken wollte, kamen sie auf Hannah zu sprechen.

»Heute hat sie sich den ganzen Tag nicht gemeldet«, sagte Katinka bekümmert. »Nicht mal eine Nachricht auf WhatsApp kam an.«

»Sie wird viel um die Ohren haben«, suchte Paul nach Gründen für die ungewöhnliche Funkstille. Normalerweise rief Hannah mindestens einmal täglich an oder kam spontan vorbei, bevorzugt zu Essenszeiten.

»Was soll sie denn um die Ohren haben?«

»Na ja, die Reisevorbereitungen ...« Paul wusste, kaum hatte er das Wort ausgesprochen, dass dies ein Fehler war.

Katinka sprang sofort darauf an. »Chile! Muss es ausgerechnet Chile sein?«

»Wahrscheinlich ist das ja nur eine fixe Idee von ihr«, versuchte Paul die Wogen zu glätten. Doch zu spät.

»Daran glaubst du selbst nicht!«, zischte Katinka und fuhr sich aufgebracht durchs Haar. »Hast du nicht eben gesagt, dass sie in ihren Reisevorbereitungen steckt? Genau das denke ich auch.«

Das harmonische Einvernehmen war dahin. Paul legte den Korkenzieher zurück in die Schublade. Er wusste, dass Katinka jetzt weder tröstende Worte annehmen noch sich auf eine Diskussion über das Für und Wider von Hannahs Plänen einlassen würde. Doch konnte es auch keine Lösung sein, gar nicht mehr über dieses Thema zu sprechen.

Katinka nahm Paul die Entscheidung, wie er die Situation retten könnte, ab, indem sie verkündete: »Bist du so lieb und räumst die Küche auf? Ich nehm ein Bad und leg mich dann hin.«

Paul blieb zurück. Wieder einmal.

Für ihn war an Schlaf allerdings nicht zu denken. Paul suchte nach Ablenkung, indem er durchs Fernsehprogramm zappte. Doch keine Sendung konnte ihn länger als fünf Minuten fesseln, weil es ihm nicht gelang, sich auf etwas anderes zu konzentrieren als auf den schief hängenden Familiensegen.

Er sah Katinka vom Bad ins Schlafzimmer huschen, wo kurz darauf das Licht ausging. Abermals schaltete er um, sah sich das Ende einer Dokumentation über Wunderwaffen der Wehrmacht im Zweiten Weltkrieg an, dann ein Viertel eines Basketballspiels auf einem Sportkanal und landete schließlich bei einer politischen Diskussionsrunde. Dort wurde so leidenschaftlich und laut gestritten, dass er das Läuten an der Haustür beinahe überhört hätte. Erst beim zweiten Klingeln konnte er sich sicher sein, dass er sich nicht getäuscht hatte, und erhob sich schwerfällig vom Sofa. Ein Blick auf die Armbanduhr verriet ihm, dass es auf Mitternacht zuging. Ein ungewöhnlich später Besuch, fand Paul.

Er schlurfte durch den Flur. Erst langsam und unwillig. Dann kam ihm in den Sinn, dass es Hannah sein könnte. Dafür sprach die späte Stunde: Vielleicht war sie aus gewesen, in einem ihrer Stammlokale oder mal wieder im Kino. Und jetzt, kurz vorm Heimgehen, hatte sie Lust zum Plaudern bekommen. Ja, dachte Paul, das würde zu ihr passen. Sie war ein willkommener Gast!

Die letzten Schritte bis zur Tür legte er in freudiger Erwartung zurück. Wenn es ihm gelingen würde, ein einigermaßen vernünftiges Gespräch mit Hannah zu führen und so etwas wie eine Versöhnung mit ihr hinzukriegen, dann käme er auch mit Katinka wieder besser klar. Wie sollte er es am besten anstellen? Er nahm sich vor, Hannah das Reden zu überlassen, ihr in aller Ruhe zuzuhören und sich auf sie einzulassen. Dann würde er gemeinsam mit ihr doch noch die zweite Rotweinflasche köpfen und seine Sicht der Dinge darlegen ...

Voller Elan riss er die Tür auf – und war sehr erstaunt darüber, dass er anstelle von Hannah jemand ganz anderem gegenüberstand.

»Blohfeld?«, fragte Paul entgeistert, um gleich darauf zurückzuschrecken. »Meine Güte, was haben Sie denn angestellt? Sie bluten ja!«

Der Reporter, dessen Trenchcoat an einem Ärmel aufgerissen war, presste sich ein rot durchtränktes Papiertaschentuch vor die Nase. Sein graues Haar wirkte noch zerzauster als üblich, und auch sonst sah er sehr mitgenommen aus.

»Diese Schweine!«, stieß er aus. »Sie haben mich zusammengeschlagen.«

»Wer?« Paul sah ihn besorgt an.

»Sie haben mir die Nase zertrümmert.«

Paul hielt es für das Beste, Blohfeld erst einmal hereinzubitten. Er führte den lädierten Reporter ins Wohnzimmer, setzte ihn auf die Couch und holte einen nassen Waschlappen aus dem Bad.

»Hier«, sagte Paul, »nehmen Sie den.«

Als Blohfeld daraufhin das blutverschmierte Taschentuch wegsteckte, erkannte Paul, dass der Reporter zwar einen Schlag ins Gesicht bekommen hatte, aber gebrochen schien nichts zu sein. Zumindest war die Nase nicht geschwollen.

»Also, Blohfeld, was ist passiert?«, fragte Paul, nachdem sich sein Überraschungsgast einigermaßen beruhigt hatte.

Blohfeld setzte zu einer Antwort an, doch dann entdeckte er die Flasche Wein, die noch immer auf dem Tisch stand. Paul erkannte den Wink, holte Korkenzieher und zwei Gläser und goss ein.

»Das tut gut«, meinte Blohfeld, nachdem er sein Glas mit drei großen Schlucken geleert hatte. Er war so frei, sich selbst nachzuschenken.

»Erzählen Sie«, forderte Paul ihn auf. »Was genau ist vorgefallen?«

Blohfeld leerte das zweite Glas zur Hälfte, bevor er endlich zu reden begann: »Ich bin den beiden Typen hinterhergegangen. Zunächst im Zickzack über den Parkplatz. Es schien so, als wollten sie sichergehen, dass ihnen keiner folgt, bevor sie in ihren Wagen stiegen. Ein Golf GTI übrigens. Ich hatte meine liebe Mühe, mit meinem untermotorisierten Redaktionsauto an ihnen dranzubleiben. Dank stockendem Stadtverkehr ist es mir dann aber doch gelungen.«

»Und weiter? Wobei haben Sie sich Ihre blutige Nase eingefangen?«

»Mal langsam. Immer der Reihe nach.« Blohfeld trank und schenkte sich abermals nach. »Die Strecke, die die beiden fuhren, entsprach voll und ganz dem Muster: Es ging ihnen darum, potenzielle Beobachter abzuschütteln.«

»Potenzielle Beobachter?«, zweifelte Paul. »Sind Sie sicher, dass die Männer Sie nicht von Anfang an erkannt hatten?«

»Nie und nimmer!«, sagte Blohfeld im Brustton der Überzeugung. »Ich habe mich absolut unauffällig benommen. Die hatten keine Chance, mich zu entdecken. Ich gehe eher davon aus, dass die beiden diese Strategie generell anwenden. Quasi als vorbeugende Sicherheitsvorkehrung.«

Das nahm Paul ihm nicht ab. Aber wenn er dem Reporter widerspräche, würde sich die Unterhaltung unnötig in die Länge ziehen. Also fragte er bloß: »Am Ende haben sie Sie doch noch erwischt. Wie ist es dazu gekommen?«

»Na ja«, druckste Blohfeld herum und drückte sich den Waschlappen an die Nase, obwohl kein einziger Blutstropfen mehr herauslief. »Nach ihrer Irrfahrt durch die halbe Stadt haben sie ihren PS-Boliden endlich abgestellt. Das war irgendwo im Stadtteil Schniegling. Ich hielt ebenfalls an. In gebührendem Abstand natürlich ...«

»Natürlich.«

»Ja, ich bin schließlich kein Anfänger«, bekräftigte Blohfeld. »Mir gelang es, sie unerkannt bis zu einem Gebäude zu verfolgen, in dem ich ihr Hauptquartier vermutete.«

»Hauptquartier von was?«

»Unterbrechen Sie mich nicht ständig!«, schimpfte Blohfeld. »Sonst werden Sie nie erfahren, was geschehen ist.«

»Entschuldigung.«

»Schon gut.« Er kratzte sich am Kopf und setzte sein Glas an. Nach zwei tiefen Schlucken fragte er: »Wo war ich stehen geblieben?«

»Vorm Hauptquartier.«

»Ach ja. Wie Sie sich vorstellen können, war es in Wahrheit gar kein Hauptquartier«, erläuterte der Reporter mit schwerer Zunge. Der Wein zeigte seine Wirkung.

»Nein? Was war es dann?«

»Ich weiß es nicht. Wahrscheinlich ein x-beliebiges Haus.«

»Soso.« Paul zweifelte allmählich daran, dass Blohfeld überhaupt etwas herausgefunden hatte. »Dann hat man Sie also in eine Falle gelockt, richtig?«

Blohfeld verzog verärgert das Gesicht und gestand unwirsch ein: »So muss es wohl gewesen sein. Ich bin an den beiden drangeblieben, was nicht leicht war in der einsetzenden Dunkelheit, als mich in einer schmalen Seitengasse neben dem Haus etwas Hartes am Kopf traf.«

»Eine Faust?«, riet Paul.

»Schlimmer«, klagte Blohfeld. »Viel schlimmer.«

»Sind die etwa mit einer Eisenstange auf Sie losgegangen?«

Blohfeld schüttelte den Kopf. »Keine Stange. Sondern eine Tür. Die haben sie mir glatt vor die Stirn geknallt.«

Paul versuchte, sich die geschilderte Situation bildlich auszumalen. Er stellte sich vor, wie Blohfeld den Fremden nachschlich, sie ihn bemerkten, woraufhin sie sich in den Seiteneingang eines Hauses flüchteten. Kaum war Blohfeld auf ihrer Höhe angekommen, stießen sie die Tür gegen ihn und setzten ihn damit schachmatt. Von »verprügelt« oder »zusammengeschlagen« konnte wohl kaum die Rede sein.

»Und weiter?«, fragte Paul. »Haben sich die beiden auf Sie gestürzt und Fausthiebe hageln lassen?«

Blohfeld wich seinem Blick aus. »So ähnlich war es, ja.«

Er wollte sich wieder nachgießen, doch Paul schob die Flasche beiseite. »War es nicht eher so, dass sie Ihnen die Tür vor den Kopf geknallt und anschließend weggelaufen sind? Weil sie Sie einfach nur loswerden wollten?«

»Mmm. Vielleicht.« Diese Antwort fiel ausgesprochen kleinlaut aus.

Paul sah den Reporter verächtlich an. »Und wie ist das mit Ihrem Trenchcoat passiert?«

»Als ich aufstand, bin ich am Scharnier hängen geblieben und habe ihn eingerissen.«

»Sie Held«, konnte sich Paul nicht verkneifen. »Haben Sie wenigstens eine Ahnung, wer die beiden Kerle sind und was sie im Schilde führen? Vor allem, warum sie sich so oft im Zoo herumtreiben?«

»Nein«, lautete die sehr leise artikulierte Antwort. »Ich habe keinen blassen Schimmer.«

Paul, den dieser Vorfall trotz all seiner Lächerlichkeit ernsthaft besorgte, wollte die Sache nicht einfach auf sich beruhen lassen. Ob er denn die Polizei benachrichtigt habe, fragte er seinen zusehends schläfriger wirkenden Gast. Nein, antwortete Blohfeld, denn er wolle sich von den Bullen ja nicht seine Story wegschnappen lassen. Außerdem gebe es keinen Zeugen, also stünde seine Aussage gegen die seiner beiden Kontrahenten. Der eigentliche Grund, warum er die Körperverletzung nicht zur Anzeige brachte, lag aber wohl in Blohfelds gekränkter Eitelkeit, nahm Paul an: Der Reporter war diesen Männern auf den Leim gegangen, und das wollte er niemandem eingestehen.

Dazu passte auch seine Bitte: »Kein Wort darüber zu Frau Stahl, versprochen? Und auch Ihrer Frau müssen Sie nichts von heute Abend erzählen.«

Paul rechnete es dem Reporter hoch an, dass er sich wenigstens ihm offenbart hatte. Er willigte ein, die peinliche Panne für sich zu behalten, woraufhin Blohfeld neuen Mut fasste und nach den Fotoabzügen mit dem Konterfei der beiden Männer verlangte: »Geben Sie mir die Bilder mit. Ich will versuchen, die Identität der beiden zu prüfen, selbst wenn das angesichts der miserablen Qualität Ihrer Fotos verdammt schwierig werden dürfte.«

Paul suchte die Fotos. Als er sie Blohfeld geben wollte, ließ der sich zurückfallen, schloss mit einem tiefen Seufzer die Augen und fing sofort an zu schnarchen.

9

Katinka war bereits aus dem Haus, als Paul am Dienstagmorgen aufwachte. Sie hatte ihm einen Zettel hinterlassen, der auf ihrer Seite des Bettes lag:

»*Nächstes Mal möchte ich gewarnt werden, wenn bei uns fremde Männer auf dem Sofa schlafen! Ich habe mich total erschreckt. Gruß, K.*«

Paul haute sich mit der flachen Hand vor den Kopf. Er hatte es versäumt, sie auf den ungebetenen Übernachtungsgast hinzuweisen. Das war natürlich ein Fehler gewesen, über den er sich jetzt selbst ärgerte.

Er schlug die Decke zurück, stand auf und zog sich einen Bademantel über seinen Pyjama. Im Wohnzimmer wähnte er Blohfeld, der gewiss noch seinen Rausch ausschlief. Doch das Sofa war verwaist. Anstelle des derangierten Reporters fand er wieder eine Notiz, diesmal aber nicht mit Katinkas Schönschrift. Wohl eher der von Blohfeld, krakelig und in übertrieben großen Buchstaben:

»*Was ist das denn für ein Saftladen? Gibt's denn kein Frühstück? Bin dann mal weg. V. B.*«

Na toll, dachte Paul und blickte sich in der leeren Wohnung um. Statt überall Zettelchen zu verteilen, hätten die beiden ja auch auf die Idee kommen können, ihn zu wecken. Ziemlich angefressen ging er duschen. Als er sich gerade eingeseift hatte, hörte er das Telefon.

Verdammt. Warum gerade jetzt?

Er schnappte sich das Handtuch und eilte tropfend durch die Wohnung.

»Ja?«, rief er kurzatmig in den Hörer.

»Paul? Habe ich dich etwa bei irgendetwas gestört?« Es war Jasmin.

»Das hast du, ja. Fasse dich also kurz.«

»Bevor du in den Tiergarten gehst, wollte ich dich auf dem Laufenden halten.«

»Ach, Futter für den Maulwurf?«, fragte Paul etwas spitz.

»Sei froh, dass du diesmal eine solche Rolle spielen darfst! Sonst bettelst du um Informationen und heulst mir die Ohren voll, dass ich dir nichts verrate. Aber wenn man dir die Hinweise freiwillig gibt, ist es auch nicht recht ...«

»Schon gut. War ja nicht so gemeint. Es ist nur gerade ein ungünstiger Zeitpunkt.« Zu seinen Füßen bildete sich eine Wasserlache, durchsetzt von Schaumbläschen.

»Dann also in der Kurzfassung: Wie du als Insider vielleicht weißt, ist der Zoo in Reviere eingeteilt: Affenhaus, Kinderzoo, Aquapark, Raubtierhaus – all diese Reviere haben einen eigenen Reviertierpfleger plus Stellvertreter. Die werden zwar von zwei Tierinspektoren überwacht, sind im Tagesgeschäft aber selbst für ihre Bereiche zuständig.«

»Ja, und Günter war Revierstellvertreter im Affenhaus«, wusste Paul. »Deswegen frage ich mich nach wie vor, was er bei den Löwen zu suchen hatte.«

»Genau das ist der Punkt, Paul. Unsere Ermittlungen haben ergeben, dass in früheren Jahren fast jeder Tierpfleger über einen Generalschlüssel verfügt hat, der ihm Zugang zu allen Gehegen verschaffte. Das hat man aber aus Sicherheitsgründen geändert, sodass heute jeder nur noch die Schlüsselgewalt für seinen Zuständigkeitsbereich hat. Wenn ein Mitarbeiter doch mal irgendwo anders reinmuss, holt er sich den passenden Schlüssel von der Geschäftsstelle. Aber dort wird jede Schlüsselausgabe penibel vermerkt.«

»Und? Hat sich Günter den Schlüssel geliehen?«

»Eben nicht!«

Paul horchte auf. »Mit anderen Worten: Günter hätte gar nicht ins Raubtiergehege gelangen können, es sei denn, er wäre über das Geländer geklettert und durch den Graben geschwommen. Was er nicht tat, denn sonst wären seine Kleider durchnässt gewesen.«

»Richtig. Da mir bisher niemand sagen konnte, wie Herr Kleeberger das Unmögliche möglich gemacht hat, möchte ich, dass du dich dahinterklemmst. Finde die Schwachstelle heraus, die Kleeberger genutzt hat. Oder ermittle denjenigen, der dies für Kleeberger getan hat. Aber komm mir bitte nicht mit dem Direktor. Der hat zwar einen Generalschlüssel, ist aber auf Kur.«

»Weiß ich«, sagte Paul und nieste. Allmählich wurde es ihm im zugigen Flur zu kalt. »Aber er ist sicher nicht der Einzige mit einem Generalschlüssel, oder?«

»Nein. Sein Vertreter hat einen, außerdem gibt es einen in der Werkstatt, einen in der Veterinärstation und weitere bei den Posten des privaten Sicherheitsdienstes, die nachts ihre Kontrollgänge machen.«

»Ganz schön viele.«

»Ja, allerdings ist keiner der Schlüssel als verloren gemeldet, und außerdem trug Kleeberger keinen bei sich, als er starb. Wir haben jedenfalls keinen bei ihm finden können.«

»Sehr rätselhaft.«

»Noch etwas solltest du wissen: Wir sind auf jeden kleinen Fingerzeig angewiesen. Das Tiergartengelände wird, wie gesagt, nachts von Mitarbeitern eines Wachdienstes im Auge behalten. Die Wachleute drehten auch in besagter Nacht ihre Runden, was durch ihre Registrierung an mehreren Stechuhren belegt ist. Doch sie haben nichts Verdächtiges beobachtet. Auch die Videoüberwachung hilft uns nicht weiter. Zwar steht direkt am Raubtiergehege ein Kameramast, doch gab es eine Fehlfunktion. Wir können auf keinerlei Überwachungsmaterial zurückgreifen.«

»Ist mir klar«, sagte Paul und kam auf eine Idee: »Könnte es sich um Sabotage handeln?«

»Ich denke nicht, denn das technische Problem am Kameramast ist nicht erst in besagter Nacht aufgetreten. Es handelt sich um einen Sturmschaden. Diese Woche soll er repariert werden.«

»Zu dumm«, meinte Paul und tapste mit den Füßen im auskühlenden Duschwasser. »Sag mal: Hast du inzwischen Claudia Fuchs verhören können? Mir ist sie leider immer wieder durch die Lappen gegangen.«

»Verhören: nein. Befragen: ja«, erinnerte Jasmin Paul an die korrekte Ausdrucksweise. »Aber das Gespräch mit ihr war nicht sonderlich ergiebig.«

»Nicht? Immerhin soll sie seine Freundin gewesen sein.«

»Ach ja? Sie stellt das ganz anders dar: Sie sei mit Günter gut befreundet, aber keineswegs liiert gewesen. Das hat sie ausdrücklich betont, und bisher konnte mich niemand vom Gegenteil überzeugen.«

»Warum war sie dann in Tränen aufgelöst, als sie von Günters Tod erfuhr?«, fragte Paul.

»Das wärst du hoffentlich auch, wenn es mich erwischen würde – obwohl wir kein Paar sind.«

Paul hüstelte. »Na klar. Ich würde eine Träne für dich vergießen. Vielleicht auch zwei.« Er kündigte an, es trotzdem noch einmal bei Claudia Fuchs versuchen zu wollen. »Vielleicht verrät sie mir etwas, das sie vor der Polizei lieber geheim halten möchte«, begründete er.

»Du kannst es ja mal probieren. Versuch macht kluch«, witzelte Jasmin.

Obwohl der tropfnasse Paul eine Erkältung riskierte, wollte er noch eines wissen: »Ist Günters Blutbild inzwischen ausgewertet worden?«

Jasmins Stimme klang belegt, als sie antwortete: »Ja, das Ergebnis liegt vor. Es spielt allerdings eher den Verfechtern der Selbstmordtheorie in die Hände.«

»Habt ihr nichts finden können?«

»Doch, haben wir: Alkohol, aber mit keinen sonderlich hohen Promillewerten, und eine gewisse Konzentration des Wirkstoffs Rusti.«

»Rusti? Nie gehört. Klingt nach einem Snack. Sind das Erdnussflips?«

»Spaßvogel! Rustinathol ist ein Neuroleptikum«, klärte sie ihn auf. Doch Paul verstand noch immer nicht, woraufhin Jasmin nach anderen Begrifflichkeiten suchte: »Ein Tranquilizer, Psychopharmaka.«

»Also litt Günter an psychischen Problemen«, folgerte Paul.

»Es sieht ganz so aus.«

»Sind solche Mittel nicht verschreibungspflichtig?«

»In der Regel ja. Bisher konnten wir nicht herausfinden, wie Kleeberger an das Rusti gekommen ist und ob er es regelmäßig eingenommen hat. Sein Hausarzt weiß jedenfalls von nichts. Wir lassen das jetzt von seiner Krankenkasse überprüfen.«

»Okay«, meinte Paul ziemlich ratlos. »Und du meinst, ich soll trotzdem weiter Detektiv spielen? Auch wenn alles auf Suizid hinausläuft?«

»Ja, Paul. Bleib am Ball, übertreib es aber nicht.« Jasmin wollte auflegen, als Paul eine letzte Frage in den Sinn kam:

»Wie wirkt dieses Rusti eigentlich?«

»Ich bin keine Expertin für so etwas. Laut Dr. Todt wird es vorrangig als Beruhigungsmittel eingesetzt. Es verlangsamt auch das Denken, sagt Todt.«

»Danke für deinen Anruf«, sagte Paul und musste heftig niesen.

Paul setzte sein Vorhaben unverzüglich in die Tat um: Kaum am Tiergarten angekommen, strebte er das Naturkundehaus an, in dem Claudia Besuchergruppen in Empfang nahm. Paul kam zur rechten Zeit, denn er traf die kleine Frau mit dem rotblonden Haar inmitten einer Schulklasse an. Die Gruppe stand vor der Scheibe eines Geheges mit drolligen kleinen Pelztieren, die zutraulich bis dicht vors Glas kamen und die Kinder ebenso neugierig zu mustern schienen wie umgekehrt. »Zwergmangusten«, las Paul auf einem Schild.

»... von Franken bis Französisch-Guayana: Unser Tiergarten beherbergt mehr als hundertfünfzig heimische Vogelarten und über fünfzig Säugetiere«, erklärte Claudia ihren jungen Zuhörern. »Dank unserer Spezialisierung auf Tiere der tropischen Regenwälder gelingt es uns, die Brücke zu anderen Regionen der Welt zu schlagen: Schabrackentapire, Prinz-Alfred-Hirsche und Panzernashörner stammen aus den asiatischen Wäldern. Bei uns findet ihr aber auch Arten, die in tropischen Flussläufen und Küstengebieten leben, wie den Krauskopfpelikan oder den Chileflamingo. Selbst die Polarzonen werden abgebildet: vom Eisbär bis zum Pinguin ...«

Paul machte sich bemerkbar, indem er sich direkt hinter die Schülergruppe stellte, womit er Claudia aus dem Konzept brachte. Sie bat die Kinder, sich einen Moment mit den Zwergmangusten zu beschäftigen, und nahm Paul beiseite.

»Du kommst sehr ungelegen«, sagte sie, und ein strenger Zug mischte sich in ihr sonst so aufgeschlossenes Gesicht.

»Wir müssen uns unterhalten. Es ist wichtig.«

»Es geht um Günter, richtig?« Claudia biss sich auf die Lippen. »Meinetwegen. Aber nicht im Tiergarten. Unter den Kollegen wird genug getratscht.«

»Gut. Wo und wann können wir reden?«, versuchte Paul sie festzunageln.

Claudia wich seinem Blick aus, als sie vorschlug: »Heute nach Dienstschluss. Treffen wir uns draußen bei den Parkplätzen?«

Paul willigte ein. Sogleich widmete sich Claudia Fuchs wieder ihrer Schulklasse und beachtete ihn nicht weiter.

Als er das Naturkundehaus verlassen wollte, lief er Christian Schulte beinahe in die Arme.

»Na, so zeitig zu Werke?«, fragte der Pressesprecher, dessen gepflegter Dreitagebart in etwa die gleiche Stoppellänge aufwies wie sein geschorenes Haupthaar. Sein Lächeln war viel zu breit für diese frühe Stunde. »Sie wollen wohl die Morgensonne einfangen.«

Paul klopfte auf die Fototasche, die an seiner Schulter baumelte. »Jaja, die Morgensonne. Die kommt auch noch dran.«

Schulte folgte Pauls Blick, der an ihm vorbei auf die Schulklasse wanderte, die sich langsam entfernte. »Ach, und die Kids wollen Sie wohl in den Vordergrund stellen. Keine schlechte Idee.«

Paul, der ganz andere Gedanken im Kopf hatte, stimmte der Form halber zu.

»Schön, dass sich unsere Zoopädagogin inzwischen wieder so gut gefangen hat«, meinte Schulte. »Der Tod vom Kollegen Kleeberger hat sie ja ziemlich gebeutelt.« Er kratzte sich am Kinn. »Obwohl doch zwischen den beiden ziemlich dicke Luft herrschte.«

Paul sah auf. »Hatten die beiden Krach?«

»Krach?« Schulte hob die Brauen. »So weit will ich nicht gehen. Aber es ist allgemein bekannt, dass unser Günter ein Auge auf Claudia geworfen hatte. Da bin ich gewiss nicht der Erste, der Ihnen das erzählt.«

»Nein, das sind Sie nicht. Aber weshalb lagen die beiden im Clinch?«

»Wie man hört, hat Frau Fuchs unseren Günter zwar auch gemocht, doch eher auf kollegialer Basis, wenn Sie verstehen, was ich meine. Ihr Herz schlägt für einen anderen.«

»Tatsächlich?« Paul brannte darauf, mehr zu erfahren, doch er musste zumindest den Anschein wahren, als ob sein Interesse an solchem Tratsch nur mäßig ausgeprägt war.

Schulte nickte. »Da läuft wohl schon länger was mit ...« Er unterbrach sich selbst, weil er sichergehen wollte, dass niemand mithörte.

»Mit wem?«, fragte Paul.

»Angeblich hat sie eine Affäre mit Weinbauer.« Er zeigte seine großen weißen Zähne, als er hinzufügte: »Aber das haben Sie nicht von mir.«

Nachdem Schulte gegangen war, blieb Paul mit dem seltsamen Gefühl zurück, dass der Pressesprecher dieses Gerücht nicht ohne Eigennutz streute. Es war ein weiterer Nadelstich gegen den Zoovize. Darin sah Paul seine Vermutung bestätigt, dass Schulte an Weinbauers Stuhl sägte und bei der Wahl seiner Mittel nicht zimperlich war.

Andererseits könnte es durchaus zutreffen, was er gesagt hatte. In diesem Fall ließe sich daraus schließen, dass es mit dem Verhältnis zwischen den potenziellen Nebenbuhlern

Weinbauer und Günter Kleeberger nicht zum Besten stand. Eine eifersuchtsgetriebene Spannung, die sich letztlich in einem Mord entlud? Paul glaubte nicht recht an diese Version, nahm sich aber vor, die Spur im Auge zu behalten.

Und nun? Da er schon mal im Naturkundehaus war, beschloss Paul, sein gestern so abrupt beendetes Gespräch mit Hugo Kleinlein fortzusetzen. Statt also nach draußen zu gehen, um seine Morgenlichtaufnahmen einzufangen, nahm Paul die Treppen nach unten und suchte den schrulligen Präparator in seinem Gruselkabinett auf.

Paul tauchte ein ins Halbdunkel des Vorraums, der auch als Lagerstätte für Messestände und Utensilien von Familienfesten diente. Er klopfte an die Stahltür zum Tierarchiv, konnte sich aber schon denken, dass Hugo Kleinlein ihn drinnen nicht hören würde. Also drückte er die Klinke und trat ein.

Wieder stieg ihm der eigentümlich säuerliche Geruch in die Nase. Die gläsernen Augen eines Nashornkopfes, der unmittelbar neben der Tür hing, starrten ihn an. Nein, dachte Paul, das war kein Arbeitsplatz, an dem er sich wohlfühlen würde.

Auf der Suche nach Kleinlein schritt er die lange Reihe der Metallregale ab. Vorbei an einem ganzen Schwarm Vögel, konserviert für die Ewigkeit. Am Ende des lang gezogenen Raums stand der Schreibtisch des Präparators. Auf der Arbeitsplatte lag der kleine Körper eines Eichhörnchens, der offensichtlich beschädigt war. Kleinlein hatte es unter einer Lampe drapiert, die in der Mitte mit einer Aussparung für ein großes Lupenglas ausgestattet war. Daneben lag ein aufgeklapptes Etui, bestückt mit Gerätschaften, die wie winziges Operationsbesteck aussahen. Kleinlein selbst war aber auch hier nicht zu finden.

Paul entschied, seine Suche in einem Nebenraum fortzusetzen. Dort sah er sich einer Gruppe von Skeletten gegenüber. Eines musste von einem Gorilla stammen, ein anderes möglicherweise von einem Wolf. Außerdem waren da die knöchernen Überbleibsel von allerlei Kleingetier, sogar das filigrane Rückgrat einer Schlange entdeckte er auf einem Regalbrett. Doch auch hier kein Hugo Kleinlein.

Paul wollte seinen Versuch, den Präparator erneut zu sprechen, aufgeben, da wurde er auf mehrere Kisten aufmerksam, die sich in einer Ecke stapelten. Sie stachen Paul ins Auge, weil sie nicht die angestaubte Patina all der anderen Dinge besaßen, die hier seit vielen Jahren im Dornröschenschlaf lagen. Paul bückte sich, um nachzusehen, ob die Beschriftung Aufschluss über den Inhalt der großen Holzboxen gewährte. Da es in der Nische zu dunkel war, stellte er die Taschenlampenfunktion seines Smartphones ein und beleuchtete damit einen Versandaufkleber. Demzufolge waren die Kisten für die Ausfuhr an ein Unternehmen in Dubai bestimmt.

Paul stutzte. Er schob die oberste Kiste beiseite, um auch die anderen Adressen lesen zu können. Diese wiesen dieselbe Anschrift auf. Er konnte sich zunächst keinen Reim darauf machen. Doch er brauchte nicht lange, um seine Schlüsse aus der Entdeckung zu ziehen: Es handelte sich mit großer Wahrscheinlichkeit um Tierpräparate, die Kleinlein an die Araber verschicken wollte. Sofort kamen Paul Fragen in den Sinn: War das rechtens, und um welche Tiere handelte es sich?

Die Gedanken in Pauls Kopf überschlugen sich, denn schon hatte er die nächste Vermutung: Er dachte an die vermissten Präriehunde, und auch der abgängige Zwerghirsch könnte darunter sein, denn die unterste Box war besonders lang und hoch. Paul spürte, wie sein Puls beschleunigte, als er sich Kleinleins Worte ins Gedächtnis rief: Die vermissten Tiere wären lohnende Objekte für einen Präparator und könnten bei Sammlern einen guten Preis erzielen.

Hatte Paul das Rätsel um die verschwundenen Tiere gelöst? Und war er damit auf der gleichen Fährte, auf die vor ihm Günter gestoßen war?

Er hatte nicht die Zeit, diesen Gedanken zu vertiefen, denn aus dem Flur erklangen Schritte. Paul stand auf, schaltete das dünne Handylicht aus und verließ eilig den Nebenraum. Gerade rechtzeitig, denn Hugo Kleinlein war auf der Bildfläche erschienen und sah ihn irritiert an.

»Sie hier?«, fragte er verwundert. »Ich war kurz austreten. Hatten wir etwa einen Termin?«

»Nein, nein«, sagte Paul und stahl sich an dem kleinen, gebeugten Mann vorbei in Richtung Ausgang. »Ich bin spontan vorbeigekommen. Aber eigentlich habe ich gar keine Zeit.«

»Also so was ...«

Paul entschwand so schnell er konnte. »Ich besuche Sie ein andermal. Ade!«

Er war froh, als er das Naturkundehaus verlassen hatte. Paul atmete die frische Frühlingsluft in tiefen Zügen ein und fingerte nach seinem Handy. Er wollte Jasmin unverzüglich über die neuesten Entwicklungen in Kenntnis setzen. Und zwar sowohl über das Gerücht von einer angeblichen Affäre zwischen Rolf Weinbauer und Claudia Fuchs als auch über den Kistenfund in Kleinleins Keller. Vor allem bei Letzterem glaubte Paul, keine Zeit verlieren zu dürfen. Denn sollte er mit seinem überstürzten Abgang das Misstrauen des Präparators geweckt haben, würde sich dieser beeilen, die Beweismittel verschwinden zu lassen.

Bevor Paul Jasmins Nummer eintippen konnte, begann das Mobiltelefon in seiner Hand zu klingeln. Auf dem Display sah er Katinkas Nummer. Ungewöhnlich, fand Paul. Normalerweise rief seine Frau nie oder nur sehr selten während ihrer Bürozeiten bei ihm an.

»Ja, Kati, was ist los?«, fragte er mit gewisser Besorgnis.

»Hannah hat sich gerade bei mir gemeldet«, platzte es aus ihr heraus. »Sie rief vom Flughafen aus an.«

Paul merkte sofort, wie brüchig Katinkas Stimme klang. Als hätte sie gerade geweint. »Verstehe ich nicht«, sagte er. »Was treibt sie am Flughafen?«

»Fliegen!« Ein Schluchzen drang durchs Telefon. »In einer Stunde muss sie eingecheckt haben, sagt sie.«

»Schon heute?« Nun fiel auch Paul aus allen Wolken. »Davon war nie die Rede, dass es so schnell gehen würde.«

»Aber es ist so. Wenn du Hannah noch einmal sehen willst, komm sofort zum Flughafen. Wir treffen uns vor den Sicherheitskontrollen.«

Damit hatten sich Pauls Prioritäten schlagartig verschoben.

10

Weil er umsteigen müsste – von der Straßenbahn in die U-Bahn – und dadurch wertvolle Zeit verlieren würde, nahm Paul ein Taxi. Der Fahrer schaffte die Strecke bis zum Flughafen in sportlichen zwanzig Minuten und ließ Paul direkt vor der Abflughalle aussteigen. Paul rundete den Fahrpreis großzügig auf, da er nicht auf die Herausgabe des Wechselgeldes warten wollte, und spurtete ins Terminal.

Nach kurzer Orientierung hatte er den Treffpunkt gefunden: Katinka und Hannah standen vor einer Buchhandlung direkt gegenüber der Sicherheitskontrolle. Beide sahen ihm entgegen. Aus Katinkas Blick las Paul Verlustangst und Sorge, aus Hannahs ebenfalls eine gewisse Besorgnis, aber auch Zuversicht und Entschlossenheit.

»Fein, dass du es geschafft hast«, begrüßte sie ihn und drückte ihn fest an sich. Damit brach Hannah das Eis – wenn auch reichlich spät.

»Wieso fliegst du schon jetzt, so überstürzt?«, fragte Paul, wobei er sich bemühte, es nicht wie einen Vorwurf klingen zu lassen.

»Warum denn nicht? Meine Entscheidung war getroffen, bei der Arbeit alles geklärt, das Ticket ruck, zuck gebucht – worauf sollte ich warten?«

Zum Beispiel darauf, dass du es dir anders überlegst, dachte Paul. Oder auf eine anständige Verabschiedung von deiner Mutter und mir. Und ihm fielen etliche weitere Gründe ein. Doch er fragte bloß: »Wo kommst du denn unter?«

»Sagte ich schon: bei einer Bekannten.«

Eine Lautsprecherstimme erklang und rief alle Gäste mit dem Flugziel Zürich auf, sich unverzüglich zu ihrem Gate zu begeben.

»Das bin ich!« Hannah wurde unruhig. »Ich fliege mit der Swiss und steige in Zürich um.«

»Dann musst du dich beeilen«, sagte Paul, was Katinka mit einem bösen Blick quittierte. Sie wollte ihr Töchterchen nicht ziehen lassen, so viel stand fest.

Hannah nahm sie in den Arm, flüsterte ihr etwas ins Ohr, woraufhin sich wenigstens ein kleines Lächeln auf Katinkas Lippen schummelte.

Dann kam Paul an die Reihe. Statt einer weiteren Umarmung bekam er eine kleine Tüte in die Hand gedrückt. Als er Hannah fragend ansah, forderte sie ihn auf, hineinzusehen. Das tat er und förderte eine Playmobilfigur zutage: ein kleiner Löwe mit beweglichen Vorder- und Hinterläufen, wie Paul gleich ausprobierte.

»Den Schwanz kannst du auch verdrehen«, erklärte sie und schob nach: »Für deine Sammlung. Ich weiß ja, wie gern du deine Kriminalfälle mit Plastikspielzeug nachstellst.«

Wieder erklang die blecherne Lautsprecherstimme. Letzter Aufruf für die Fluggäste nach Zürich, hieß es diesmal.

Hannah warf Katinka und Paul einen Luftkuss zu und beeilte sich, durch die Kontrolle zu kommen. Keine Minute später hatten sie sie aus den Augen verloren. Trotzdem sah Katinka noch immer in die Richtung, in die ihre Tochter gegangen war.

»Sollen wir auf die Besucherterrasse gehen? Da können wir ihren Abflug beobachten«, schlug Paul vor.

»Nein«, sagte Katinka knapp und unterdrückte mühsam ihre Tränen. »Ich möchte weg von hier. So schnell wie möglich.«

Katinka hatte ihren Mini ganz in der Nähe geparkt. Da sie offenbar nicht die Zeit gefunden hatte, einen Parkschein zu lösen, steckte ein Knöllchen hinterm Wischblatt. Das war ihr gleichgültig. Sie ignorierte den Strafzettel und stieg in den Wagen. Paul nahm auf dem Beifahrersitz Platz. Beim rückwärts Ausparken missachtete Katinka die Vorfahrt eines Taxerers, der dies mit bösem Hupen quittierte. Anschließend fuhr sie in rasanter Geschwindigkeit durch die Tempo-30-Zone des Airports und sagte kein Wort, bis sie die Marienbergstraße erreichten.

»Sie hat es wirklich getan«, redete sie vor sich hin, den Blick stur geradeaus auf die Fahrbahn geheftet. »Hat ihren Dickkopf wieder einmal durchgesetzt.«

»Hannah ist und bleibt Hannah«, meinte Paul. »Wenn sie sich etwas vorgenommen hat, dann setzt sie es ...« Weiter kam er nicht.

Denn Katinka fuhr ihm ins Wort: »Ich möchte nichts mehr davon hören«, machte sie klar. »Jedenfalls nicht jetzt. Erzähl mir irgendetwas. Bring mich auf andere Gedanken. Bitte.«

Paul konnte ihren Wunsch nachvollziehen und musste nicht lange nach einem Thema suchen. Denn plötzlich waren die drängenden Gedanken wieder da, die ihn im Tiergarten so sehr alarmiert hatten: »Es gibt da etwas, um das du dich kümmern solltest. Du oder die Polizei.«

»Diese Löwengeschichte?«, fragte Katinka, dankbar über jede Ablenkung.

»Auch wenn die äußeren Umstände für einen Suizid sprechen, stoße ich auf jede Menge Ungereimtheiten. Sogar mehr als das: Man kann wohl von echten Verdachtsmomenten sprechen.«

»Lass hören«, forderte Katinka ihn auf.

Paul berichtete zunächst davon, dass sich das Opfer und die Zoopädagogin nähergestanden hatten, Claudia Fuchs aber wohl auch dem stellvertretenden Tiergartenleiter schöne Augen gemacht hätte. Katinka fand das nur mäßig relevant, spitzte aber die Ohren, als Paul auf seine zweite Spur zu sprechen kam: Er schilderte ihr die Aufgaben und das eigentümliche Wesen des Präparators, um dann auf die verschwundenen Tiere und schließlich auf die versandfertigen Kisten überzuleiten.

»Donnerwetter!«, stieß Katinka aus. »Die Kisten sollen nach Dubai verschifft werden? Bist du sicher?«

»Es stand jedenfalls drauf«, bestätigte Paul. »Ich sehe es so, dass Hugo Kleinlein einen regen Handel mit ausgestopften Tieren betreibt und sich von Sammlern gutes Geld dafür zahlen lässt. Er verhökert die Präparate, die sich hierzulande keiner mehr zu zeigen traut, an betuchte Saudis. Dabei scheut er nicht davor zurück, auch auf lebende Tiere aus dem Zoobestand zurückzugreifen und sie für seine Kundschaft zu konservieren.«

»Du gehst davon aus, dass dieser Kleinlein die abhandengekommenen Präriehunde, das Schaf und den Zwerghirsch getötet hat, um daraus Profit zu schlagen?«, vergewisserte sich Katinka.

»Nun ja, das Schaf vielleicht nicht. Ich glaube kaum, dass die Ölscheichs viel für ein so gewöhnliches Tier bezahlen würden. Aber wer weiß.«

»Wie soll er das denn bewerkstelligt haben?«, begann Katinka, seine These zu hinterfragen. »Einfangen, töten, in sein Labor schleppen. Ganz allein ist das kaum möglich. So wie du ihn beschrieben hast, ist Kleinlein ja nicht gerade kräftig.«

Paul sah den geeigneten Moment gekommen, um seinen Joker aus dem Ärmel zu ziehen: »Kleinlein handelt nicht allein. Nein, nein, es gibt fleißige Helfer.«

»Etwa beim Tiergartenpersonal?« Katinka wirkte überrascht.

»Nein, es sind zwei Externe: die beiden Männer, von denen ich dir erzählt habe.«

»Ach, diese seltsamen Figuren, die du fotografiert hast?« Katinka wirkte noch immer interessiert, jedoch nicht vollends überzeugt. »Wo besteht der Zusammenhang mit dem Tod des Tierpflegers?«, wollte sie wissen.

»Günter ist allen dreien auf die Schliche gekommen, wollte sein Wissen mit mir teilen und hat das mit dem Leben bezahlt.«

Damit war das Maß voll. Viel zu viel Spekulation für die kühl denkende Oberstaatsanwältin. »Deine Folgerungen sind kreativ, aber auch verrückt. Typisch Paul«, befand sie.

Paul sah sich gezwungen, die Zusage, die er Blohfeld gegenüber gemacht hatte, zu brechen: »Blohfeld hat sich an Kleinleins Helfershelfer drangehängt. Dieses Wagnis endete für ihn mit einer blutigen Nase. Das war übrigens auch der Grund dafür, weshalb er uns so spät am Abend besucht hat.«

»Als ich schon schlief.« Katinka trommelte auf ihr Lenkrad. »Ihr hättet mich wecken müssen, wenn es dermaßen wichtig war.«

»Da hatte ich die Zusammenhänge noch nicht so klar gesehen wie jetzt«, rechtfertigte sich Paul. »Außerdem erschien mir dieses Konstrukt allzu abenteuerlich.«

»Abenteuerlich ist es immer noch«, urteilte Katinka. »Aber du solltest unbedingt die Polizei davon in Kenntnis setzen. Hast du schon mit Jasmin darüber gesprochen?«

Nein, aber das holte Paul sogleich nach. Er tat das, was er bereits im Tiergarten vorgehabt hatte, und rief Jasmin an. Kurz und präzise wiederholte er ihr gegenüber, was er soeben Katinka unterbreitet hatte. Darauf ertönte ein Pfiff am anderen Ende der Leitung. Jasmin versprach, sich darum zu kümmern, und fragte auch gleich, ob sie auf die Unterstützung der Staatsanwaltschaft rechnen könne. Dann hätte sie ihrem Chef Schnelleisen gegenüber einen besseren Stand. Paul, der sein Handy auf laut geschaltet hatte, wartete Katinkas Reaktion ab und sagte ihr zu.

Katinka ließ Paul am Bahnhofsvorplatz aussteigen, um in ihrem Mini ins Oberlandesgericht zu flitzen. Er wartete die nächste Straßenbahn der Linie 5 ab, mit der er zurück zum Tiergarten fahren würde. Für den Abend hatte er ja noch eine Verabredung vor sich, die er keinesfalls verpassen wollte. Vielleicht hatte Günter seine Angebetete eingeweiht, sodass Claudia Fuchs seinen Verdacht gegen Hugo Kleinlein bestätigen könnte. Damit hätte Paul ein weiteres Indiz in der Hand, sogar mehr als das: eine Zeugin! Er war sehr gespannt auf die Zusammenkunft mit ihr.

11

Allmählich senkte sich die Sonne gen Horizont, als Paul zum wiederholten Mal auf seine Armbanduhr sah. Laut Dienstplan, auf den er nachmittags einen Blick geworfen hatte, musste Claudia Fuchs um siebzehn Uhr ihre letzte Gruppe führen. Also hätte sie um spätestens halb sieben fertig sein und am Treffpunkt erscheinen müssen. Nun aber war es schon fast halb acht.

Paul hockte auf einer Holzbarke, die die Mitarbeiterparkplätze abgrenzte. Von da aus hatte er einen guten Blick auf den Vorplatz des Zoos. Er sah zu, wie zunächst die letzten Besucher und dann nach und nach die Beschäftigten den Tierpark verließen.

Acht Uhr. Ob Claudia Fuchs ihn vergessen hatte? Oder ob sie ihn versetzte? Doch wie war sie an ihm vorbeigekommen, ohne dass er es bemerkt hatte? Vermutlich war sie aufgehalten worden, vielleicht wegen einer kurzfristig anberaumten Besprechung. Obwohl es dafür ja schon reichlich spät war ...

Paul wartete eine weitere Viertelstunde ab, bis ihm endgültig der Kragen platzte. Längst hatte die Dämmerung eingesetzt, als er durch die Mitarbeiterpforte zurück in den Tiergarten ging und auf das Naturkundehaus zustrebte. Die Gefühle, die er dabei hegte, waren nicht eben freundlich. Er war fest entschlossen, mit Claudia Fuchs Tacheles zu reden. Und ihre schönen Augen würden ihr dabei nicht helfen.

Er fand das Gebäude verschlossen vor. Dort konnte sich Claudia nicht mehr aufhalten. Aber wo sonst? Paul kehrte zurück auf den Hauptweg, der durch Laternen und bodennahe Strahler recht gut beleuchtet war. Zunächst blieb er beim Kiosk am Giraffengehege stehen. Eine der dünnbeinigen Bewohnerinnen senkte ihren meterlangen Hals, um den späten Besucher neugierig zu beäugen.

Paul folgte dem Weg und überlegte, wo sich Claudia verborgen haben könnte. Möglicherweise besuchte sie einen der Tierpfleger. Denn manche von ihnen waren in Dienstwohnungen untergebracht, blieben also über Nacht auf dem Gelände. Oder aber sie war in der Kantine hängen geblieben. Paul hatte gehört, dass dort ab und zu private Feste von Angestellten ausgerichtet wurden. Manchmal ging es hoch her, wie einer von Günters Kollegen ausgeplaudert hatte. Sollte Claudia dort zu finden sein?

Einen Versuch war es wert, dachte Paul und hielt sich in Richtung der Delphinlagune. In unmittelbarer Nachbarschaft, versteckt in einer Senke, lag der Betriebshof, der auch die Mensa beherbergte.

Jetzt war es kurz vor neun und verdammt dunkel. Unterwegs zu seinem Ziel passierte Paul Abschnitte, in denen er den Weg unter seinen Füßen mehr oder weniger erahnen musste. Eine Taschenlampe wäre nicht schlecht, dachte er, als er auf einer Unebenheit ins Stolpern geriet. Er versuchte es mit der Minilampe seines Smartphones, doch sehr viel mehr sah er damit auch nicht.

Langsam durch die Dunkelheit schreitend, konzentrierte sich Paul instinktiv mehr auf seine Ohren als auf die Augen. Die Geräusche, die er wahrnahm, steuerten nicht gerade zu seiner Beruhigung bei. Der Wind trug ihm das gespenstische Flöten von Nachtvögeln zu. Kurze, spitze Schreie kamen aus Richtung des Pavianreviers. Ein kräftiger Brüller schallte von den Raubtiergehegen herüber.

Als sich Paul seinem Ziel näherte, wunderte er sich über ein deutlich vernehmbares Grunzen und Blöken. Schafe, dachte er im ersten Moment. Doch sofern er sich nicht völlig verlaufen hatte, konnten an dieser Stelle keine Schafe sein. Einige Meter weiter kam das Plätschern von Wasser hinzu. Nun gelang ihm die Zuordnung der seltsamen Geräusche: Sie stammten von den Robben, deren schwarz glänzende Köpfe aus einem Außenbecken auftauchten und ihr kehliges Röhren ausstießen.

Paul umrundete das Delphinarium und stieg zum Betriebshof hinab, der im Schummerlicht zu seinen Füßen lag. Hätte er es nicht besser gewusst, er hätte gedacht, ein kleines historisches Fachwerkdorf vor sich zu haben. In dem Gebäudeensemble war die Praxis der Tierärzte untergebracht, gleich daneben Fleischküche und Heuboden für die Versorgung der Tiere. Es gab auch eine Werkstatt und eine Gärtnerei, zu dieser Stunde natürlich längst verwaist.

Paul stand jetzt auf dem Platz inmitten der Dorfkulisse. Im Haupthaus, dessen Front von einer schönen großen Sonnenuhr geziert wurde, war die Kantine, in der Paul schon zweimal gevespert hatte. Urig wie ein altfränkisches Wirtshaus inklusive holzvertäfelter Decke. Nur leider waren auch hier die Lichter erloschen. Keine Menschenseele hielt sich mehr in dem Gebäude auf.

Claudia Fuchs hatte ihn versetzt. Daran bestand für Paul kein Zweifel. Er überlegte, ob er diese Tatsache einfach akzeptieren und nach Hause fahren sollte. Dann aber kam ihm ein anderer Gedanke: Wie er wusste, schloss sich an den Gastraum die Männerumkleide der Tierpfleger an. Dort hatte sich auch Günter Tag für Tag für seine Arbeit im Affenhaus umgezogen. Paul legte seine Hand auf die Türklinke, die Tür gab ohne jeden Widerstand nach. Im flauen Licht tastete er sich bis in die Herrenumkleide vor. Er sah Duschen, Stiefelwaschgitter und dann auch die altertümlich wirkenden hölzernen Spinde, auf die es Paul abgesehen hatte. Er fragte sich, ob die Polizei daran gedacht hatte, Günters Schrank zu durchsuchen.

Paul schritt die Wand mit den schmalen Spinden ab und las die darauf angebrachten Namen im dünnen Licht seiner Handylampe. Er würde sich beeilen müssen, denn die Akkuanzeige flimmerte bereits in Rot. Beim zehnten Abteil hatte er Glück. Günters Name prangte darauf, gleich daneben ein Aufkleber mit dem Logo des 1. FCN. Im Unterschied zu den anderen Schränken verfügte Günters Spind über kein Vorhängeschloss. Daraus folgerte Paul, dass Jasmins Leute ganze Arbeit geleistet und sich das Fach bereits vorgenommen hatten. Trotzdem klappte er die Tür auf – und pfiff durch seine Zähne.

Der Spind war leer geräumt, wie erwartet. Doch eines hatten die Ermittler übersehen, oder aber es war nachträglich hineingelegt worden. Paul griff danach.

Er hielt eine Blume in der Hand – eine langstielige rote Rose.

12

Razzia im Tiergarten! Als Paul am frühen Mittwochmorgen vorm Haupttor eintraf, sah er dort mehrere Streifenwagen parken. Gleich daneben zwei dunkelblaue Mercedes-Transporter mit aufgeschobenen Ladetüren. Sollten darin die Beweismittel fortgeschafft werden? Die Dubai-Pakete von Hugo Kleinlein?

Paul verspürte ein Kribbeln im Bauch und hatte es sehr eilig, das Naturkundehaus zu erreichen. Es überraschte ihn, dass Jasmin auf seinen telefonischen Tipp hin dermaßen schnell zugeschlagen hatte. So wie er sie kannte, prüfte sie jeden Sachverhalt erst einmal genau, bevor sie ein ganzes Kommando in Bewegung setzte. Vor allem fragte er sich, warum sie ihn nicht wenigstens darüber informiert hatte, dass die Sicherstellung der verdächtigen Kisten so kurzfristig über die Bühne laufen sollte. Eine solche Holterdiepolteraktion passte nicht zu ihr.

Die Lösung fand Paul, kaum dass er die Treppenstufen zum Archiv des Präparators hinuntergehetzt war. Inmitten einer Gruppe Uniformierter sah er nicht etwa Jasmin, sondern Hauptkommissar Schnelleisen. Mit triumphierendem Gesichtsausdruck und erhobenem Zeigefinger redete er auf den eingeschüchtert wirkenden Kleinlein ein, dessen Rücken noch krummer wirkte. Währenddessen schleppten andere Beamte die Versandboxen aus dem Nebenzimmer.

Paul zählte eins und eins zusammen: Offensichtlich hatte Schnelleisen Wind davon bekommen, dass Jasmin dank Paul auf einer heißen Spur war. Er wollte sich diesen vermeintlichen Erfolg nicht von seiner Mitarbeiterin wegschnappen lassen und handelte selbst. Nun würde er die Beute vor der Presse präsentieren und wahrscheinlich schon bald Kleinlein oder dessen Helfershelfer als Mörder benennen können. Das war der lang ersehnte Durchbruch im Fall Günter Kleeberger! Paul ärgerte sich sehr darüber, dass der unsympathische Dezernatsleiter Jasmin um ihre verdiente Anerkennung brachte.

Allerdings wendete sich das Blatt keine fünf Minuten später mit dem Auftreten von Rolf Weinbauer und Christian Schulte. In seltenem Einvernehmen stellten sich der Zoovize und der Pressesprecher den Kistenschleppern in den Weg. Während Weinbauer mit einer Akte wedelte, tat Schulte das Gleiche mit seitenweise aufgeklebten Presseausschnitten.

»Halt!«, rief Weinbauer mit krebsroten Wangen. »Hören Sie sofort mit diesem Unsinn auf!«

Schnelleisens Siegeslächeln gefror, als er sich demjenigen näherte, der es wagte, seine Polizeimaßnahme zu torpedieren. Wie Paul feststellte, waren die beiden Männer in etwa gleich groß. Feindselig starrten sie sich in die Augen. »Sie haben mir gar nichts zu sagen«, blaffte der Hauptkommissar sein Gegenüber an. »Ich habe einen richterlichen Beschluss.«

»Aber es ist völlig sinnlos, was Sie hier veranstalten«, schaltete sich Schulte ein.

Schnelleisen, dessen Team die Arbeit einstellte und auf sein Kommando wartete, was es tun und was es lassen sollte, hatte es plötzlich mit zwei Widersachern zu tun. Paul kannte ihn lange genug, um zu wissen, dass er damit nicht lange klarkommen würde. Er war keiner, der solchem Druck lange standhielt.

»Hindern Sie uns nicht an der Ausübung unserer Aufgabe«, sagte Schnelleisen scharf. »Sonst sehe ich mich gezwungen, Sie in Gewahrsam zu nehmen.«

Ups, diese Reaktion war ziemlich unangemessen und übertrieben, fand Paul und war gespannt, wie es weitergehen würde.

Weinbauer, der dicht davor stand zu explodieren, wich keinen Millimeter zur Seite. »Machen Sie es nicht schlimmer, als es ist. Wissen Sie überhaupt, was Sie da tun?«

»Aber sicher!« Schnelleisen stemmte seine Fäuste in die Hüften. »Wir sprengen einen Schmugglerring und verhindern den illegalen Export artgeschützter Tiere.« Er zeigte hinter sich, wo weitere Männer standen. Ihre Uniform unterschied sich von der der Polizisten. »Die Kollegen vom Hauptzollamt werden die Kisten inspizieren.«

Weinbauer schlug sich mit der flachen Hand vor den Kopf. »Wie kommen Sie bloß auf die Schnapsidee, es würde sich um etwas Illegales handeln? Die Boxen sind für die Zoos von Dubai und Abu Dhabi bestimmt.«

»Genau! Sie gehen nach Arabien!«, fühlte sich Schnelleisen bestätigt.

»Ja, aber auf völlig legale Art und Weise.«

»Verstehe ich nicht!«

»Es handelt sich um Leihgaben im Rahmen einer Kooperation mit den Vereinigten Arabischen Emiraten. Hier in diesen Akten sind die Verträge. Wir verschicken Teile unseres Archivbestands und der zoologischen Staatssammlung Erlangen. Sie können das alles nachlesen.«

Schnelleisen wich alle Farbe aus seinem pockennarbigen Gesicht. »Wie ... was ...«, stammelte er.

»Die *Nürnberger Zeitung* hat letzten Monat groß darüber berichtet«, mischte sich nun auch Schulte wieder ein und zeigte seine Artikelsammlung. »Das *Franken Fernsehen* hat einen Beitrag darüber gedreht. Haben Sie von all dem gar nichts mitbekommen?«

Ohne dass Schnelleisen es angewiesen hätte, fingen seine Leute damit an, die Kisten zurück in den Nebenraum zu bringen. Die Delegation des Zolls räumte kommentarlos das Feld, nachdem ihr Leiter Einsicht in die von Schulte vorgelegten Papiere genommen hatte.

»Aber das …« Schnelleisen, der dem Geschehen tatenlos zusehen musste, fand noch immer nicht die geeigneten Worte.

Im Nu hatten die Beamten alles wieder so verstaut, wie sie es vorgefunden hatten. »Wir gehen dann mal, Chef«, sagte der Kommandoführer und tippte sich an den Rand seiner Schirmmütze.

Schnelleisen machte letzte, halbherzige Versuche, seine Leute aufzuhalten. Doch als Weinbauer ihm mit einer Dienstaufsichtsbeschwerde drohte, gab er klein bei. Weinbauer und Schulte zogen sich zurück, nachdem klar war, dass ihrem Mitarbeiter Kleinlein kein Ungemach mehr drohen würde.

Paul wartete ab, bis die Schritte im Flur verhallt waren, und sprach den sichtlich derangierten Hauptkommissar an. »Das hat ja keiner ahnen können«, versuchte er sich in einem einfühlsamen Tonfall. »Ich stehe da ganz auf Ihrer Seite, Herr Schnelleisen. Das war ein Verdacht, dem man unbedingt nachgehen musste.«

Schnelleisen, der gerade deutlich älter wirkte, als er war, sagte keinen Ton mehr.

»Wissen Sie: Sie können aus dieser Schlappe noch immer gut herauskommen«, redete Paul auf Jasmins Chef ein. »Denn diese Kisten sind nicht alles, was hier verdächtig ist. Ich weiß nicht, ob Ihnen Frau Stahl schon darüber berichtet hat: Es gibt da zwei äußerst dubiose Individuen, um die Sie sich kümmern sollten. Zwei schräge Vögel, die mir …«

»Schräge Vögel?« Schnelleisen schien sich aus seiner Starre zu lösen. Seine Augen funkelten Paul an. »Der einzige schräge Vogel, um den es sich zu kümmern lohnt, sind Sie, Flemming! Sehen Sie zu, dass Sie verduften. Sonst nehme ich Sie mit und sperr Sie ein wegen groben Unfugs.«

»Aber ich ...«

»Hauen Sie ab, Mann! Ich habe die Nase voll von Ihnen und Ihren tollen Hinweisen! Ein für alle Mal!«

Paul gab klein bei und verkrümelte sich. Draußen hatte ein leichter Nieselregen eingesetzt und ließ den Tierpark eigentümlich trist erscheinen. Dunkelgraue Wolken hingen tief am Himmel und tropften leise vor sich hin. Um Schutz vor der Nässe zu finden, stellte er sich beim Kiosk gegenüber unter. Dort traf er auf Weinbauer und Schulte, die bei einem Kaffee an einem Bistrotisch zusammenstanden.

Kaum hatte Weinbauer Paul erspäht, lud er einen Teil seiner Wut über die unangemessene Polizeiaktion auf ihn ab. »Es würde mich nicht wundern, wenn Sie hinter diesem unsäglichen Spektakel stecken würden«, sagte der Vize Paul auf den Kopf zu. »Ich frage mich immer häufiger, warum Sie eigentlich auf unserer Lohnliste stehen und nicht auf der der Polizei.«

»Ich kann Ihnen versichern, dass ich nichts von einer Razzia gewusst habe«, gab Paul wahrheitsgemäß an. »Das war wohl ein Alleingang von Hauptkommissar Schnelleisen.«

Weinbauer riss seine Brille von der Nase, um die beschlagenen Gläser zu putzen. In seinem silbernen Haar glänzten einzelne Regentropfen. »Von irgendwoher muss die Polizei den Tipp mit den Versandboxen bekommen haben. Herr Kleinlein hat mir berichtet, dass er Sie neulich in seinem Archiv ertappt hat. Machen Sie mir also nichts vor, Herr Flemming.«

»Sie können mir glauben, dass mir dieser Zirkus genauso unangenehm war wie Ihnen.«

»Ach ja? Das wage ich zu bezweifeln.« Weinbauer kippte seinen Kaffee hinunter und ging.

»Mannomann, der steht ganz schön unter Druck«, meinte Schulte, kaum dass der Chef außer Hörweite war. »Nicht genug damit, dass er die Verluste aus unserem Lebendbestand nicht aufklären kann und er sich mit der Sicherheitslücke im Raubtiergehege herumschlagen muss, steigt ihm jetzt auch noch die Polizei aufs Dach.« So wie Schulte das sagte, klang es mitfühlend.

Doch Paul wusste es besser. Er tat so, als würde er sich auf Schultes Seite schlagen: »Der Vize wirkt ein wenig überfordert.«

Schulte sprang sofort darauf an: »Das ist er auch! Selbst wenn sich die Razzia als Rohrkrepierer erwiesen hat, bleiben die anderen Probleme bestehen. Als Vize ist Weinbauer nun einmal verantwortlich für alle Sicherheitsbelange. Das ist sein Zuständigkeitsbereich. Da muss er beweisen, was er drauf hat, sonst wird das nichts mit der Nachfolge von unserem Direktor.« Er nippte an seinem Kaffee. »Gerade im Nürnberger Tiergarten reagiert man sehr sensibel auf alles, was mit Sicherheitsdefiziten zu tun hat. Ich sage nur: Eisbären.«

Dieses Stichwort reichte Paul, um sich an ein Drama zu erinnern, das um die Jahrtausendwende für Aufsehen gesorgt hatte: Ein Unbekannter hatte die Tore des Ganges zum Eisbärgehege geöffnet. Vier Tiere nutzten die Gelegenheit und rissen aus. Eilig herbeigeeilte Pfleger versuchten, die Polarbären mit Futter zurück in den Käfig zu locken, doch ohne Erfolg. Ein Tierarzt feuerte Narkosepfeile auf die nervösen Tiere ab. Aber die Projektile prallten am dicken Fell der Bären ab. Da die Tiere mittlerweile bis zur *Waldschänke* vorgedrungen waren und nicht auszuschließen war, dass sie das Zoogelände bald verlassen und in den Reichswald entkommen würden, entschloss man sich zum Abschuss. Zu groß war die Gefahr für die Anwohner.

»Noch ein Vorkommnis dieser Art, und der liebe Kollege Weinbauer kann seinen Hut nehmen«, prophezeite Schulte und konnte ein schadenfrohes Grinsen nur mit Mühe unterdrücken.

»Unter diesen Gesichtspunkten könnte man fast glauben, dass es jemand darauf anlegt«, sagte Paul und löste bei Schulte ein kurzes, heftiges Augenzucken aus.

»Wie meinen Sie das?«

»Sabotage«, spitzte Paul zu. »Da will jemand Weinbauer mit allen Mitteln aus dem Amt drängen.«

Schulte räusperte sich. »Nun wollen wir mal die Kirche im Dorf lassen, Herr Flemming. Haltlose Spekulationen haben wir inzwischen genügend zu hören gekriegt.« Er kratzte sich am Dreitagebart, was Paul als eine weitere nervöse Geste deutete. »Aber vielleicht ist doch etwas dran, dass ihm jemand übelwill.«

»Ja? Haben Sie jemand Bestimmten im Sinn?«

Schulte leerte seine Kaffeetasse und schob sie dann beiseite. »Lassen Sie uns dieses Thema außerhalb der Dienstzeiten vertiefen. Nicht, dass die Giraffen mithören und uns noch verpfeifen«, witzelte er. »Was halten Sie von einem Feierabendbier? Oder von einem schönen Wein in der *Satzinger Mühle*? Ist ja ganz in der Nähe. Sagen wir so gegen sieben?«

»Kommen Sie wirklich?«, vergewisserte sich Paul nach seiner schlechten Erfahrung, die er tags zuvor mit Claudia Fuchs gemacht hatte.

Schulte hob verwundert die rechte Braue. »Natürlich. Ausgemacht ist ausgemacht. Vergessen Sie's ja nicht.«

Das würde er nicht, nahm sich Paul vor und startete dem miesen Wetter zum Trotz seine Fotorunde durch den Park.

Christian Schulte blickte ihm noch eine ganze Weile nach – mit gemischten Gefühlen. Hatte er Paul Flemming anfangs für einen recht einfältigen Zeitgenossen gehalten, den er für seine Zwecke einspannen wollte, war er mittlerweile auf der Hut. Dieser Fotograf ließ sich nicht so einfach instrumentalisieren, wie er es sich erhofft hatte. Schulte nagte an seiner Lippe, während er über seine nächsten Schritte nachsann. Ab jetzt würde er sehr genau abwägen müssen, mit welchen Informationen er Flemming fütterte und was er lieber für sich behielt. Wenn er es mit der Verunglimpfung von Weinbauer übertrieb, könnte der Schuss am Ende nach hinten losgehen. Andererseits galt es das Eisen zu schmieden, solange es heiß war. Weinbauer war angeschlagen, seine Position längst nicht mehr so sicher wie noch vor wenigen Wochen. Die verschwundenen Tiere, Günters Tod und nun die Razzia – all das ereignete sich im Verantwortungsbereich des Vizes und setzte ihm zu. Wenn es Schulte gelänge, noch einen einzigen zusätzlichen Skandal heraufzubeschwören, wäre Weinbauer geliefert und sein Status als Thronfolger Vergangenheit. Er würde den Weg freimachen müssen, und Schulte stände parat.

Also würde er diesen Flemming bei ihrem Treffen heute Abend auf seine Seite ziehen und mit einigen wohldosierten Vertraulichkeiten gegen Weinbauer in Stellung bringen. Flemming war extrem neugierig, und Schulte wusste, wie er diese Neugierde stillen konnte: mit gewissen Informationen über Günters Tod. Informationen, die Weinbauer belasten konnten ...

Während des Anstiegs zum Raubtierhaus spürte Paul den Vibrationsalarm seines Handys. Es war Katinka, die die Zeit einer Verhandlungspause dafür nutzte, das Abendprogramm mit Paul zu besprechen.

»Ich möchte nicht zu Hause bleiben, dort würde ich die ganze Zeit nur an Hannah denken. In der Südstadt hat ein Vietnamese aufgemacht, den würde ich gern mal ausprobieren«, schlug sie vor.

Paul, sein Date mit Schulte im Hinterkopf, brachte einen nicht ganz so frühen Termin ins Spiel: »Ich muss vorher noch etwas erledigen. Passt halb neun?«

Dann berichtete er ihr von Schnelleisens Blamage. Er versuchte, die missglückte Polizeiaktion witzig darzustellen, Katinka konnte darüber allerdings überhaupt nicht lachen: »Das fällt auch auf uns hier zurück, denn es gab ja einen richterlichen Beschluss dafür. Sehr, sehr ärgerlich, dass Schnelleisen bei der Vorbereitung nicht ausreichend Sorgfalt hat walten lassen.«

Paul konnte ihr nur zustimmen. Ehe Katinka auf die Idee kommen würde, Paul als Informant eine Mitschuld an der Polizeipanne zu geben, fragte er schnell: »Schon was von Hannah gehört?«

»Nein, bisher kam nicht mal eine WhatsApp-Nachricht. Ich nehme an, sie hat gerade viel um die Ohren oder kein Netz.«

»Da kann man nichts machen. Also dann bis später!«

Vorm Raubtierhaus traf Paul auf Betti Rübsam. Die Tierärztin beugte sich über das Geländer der Löwenanlage und beobachtete die Großkatzen aufmerksam. Diese machten sich über mehrere große Fleischstücke her. Weder das Fell war abgezogen noch die Knochen waren entfernt worden. Die Löwen schienen sich daran nicht zu stören, ganz im

Gegenteil: Mit Heißhunger stürzten sie sich auf die Fleischbatzen, versenkten ihre Krallen darin und bissen zu.

»Scheint ihnen zu schmecken«, meinte Paul und lehnte sich neben der Veterinärin an die Balustrade.

»Ja«, sagte Betti, ohne zu Paul aufzusehen. »Achte auf Pascha, ganz hinten rechts.«

Paul sah den Rudelführer, der sich ein besonders üppiges Teil gesichert hatte. Das Löwenmännchen zerrte und zog an einer Art Riesenkeule.

»Der Kadaver eines Kaffernbüffels«, erklärte Betti. »Die Innereien hat er längst aufgefressen, die Hinterläufe knabbert er nur an und lässt den Rest für seine Weibchen übrig.«

»Das war mal ein ganzer Büffel?«, fragte Paul erstaunt.

Betti nickte. »Ja, ein besonderer Leckerbissen, den wir dem Rudel hin und wieder gönnen. Nach dem Vorfall mit Günter und der Unruhe rings ums Gehege waren die Tiere sehr verstört. Ich erhoffe mir von der Sonderfütterung, dass wieder Ruhe einkehrt und die Katzen zur Routine zurückfinden. Auf diese Weise sind sie eine Weile beschäftigt.« Betti wandte sich Paul zu. »Bei einem Büffel, einem Hirsch oder einer Antilope braucht das Rudel etwa eine Woche, bis das Futtertier bis auf die Knochen vertilgt ist.«

»Gibt es solche Sonderrationen öfter, oder ist das heute eine Ausnahme?«

»Pro Jahr zwanzig, manchmal fünfundzwanzig Mal.«

»Ziemlich bestialisch, oder?«, fragte Paul.

Betti neigte den Kopf. »Bestialisch? Nein. Artgerecht? Ja.« Weil Paul nicht überzeugt wirkte, erläuterte sie: »Unsere Löwen mit blutwarmen Tieren zu füttern hat viele Vorteile: Die Futtertiere werden bei uns gezüchtet und in ihrer gewohnten Umgebung getötet, also nicht dem Stress eines Transports zum Schlachthof ausgesetzt. Ihre Fleischqualität ist sehr hoch, und dank Muskeln und inneren Organen sind unsere Katzen mit Spurenelementen und Mineralstoffen versorgt. Horn und Haare bilden wertvolle Ballaststoffe und die Knorpel dienen als ...«

»Danke!« Paul hob seine Hand. »Mir langt's schon.«

»Okay, aber eines solltest du noch wissen: In freier Wildbahn gehört das Jagen und Zerlegen von Beute einfach dazu. Wir versuchen, diesem natürlichen Bedürfnis unserer Tiere möglichst nahezukommen.« Sie legte eine Pause ein. »Momentan frage ich mich allerdings, ob wir damit einen Fehler begangen haben.«

Paul verstand sofort, worauf die Veterinärin hinauswollte: »Du meinst, wenn die Löwen bloß auf portioniertes Katzenfutter abgerichtet gewesen wären, hätten sie Günter verschont?«

»Man stellt sich jetzt zwangläufig solche Fragen. Günters Tod zu verschmerzen fällt uns ja allen nicht leicht. Man sucht ständig nach Erklärungen.«

13

Paul freute sich auf den Feierabenddrink mit Christian Schulte. Weniger aus Sympathie zu dem recht selbstverliebten Pressemann als vielmehr wegen des Treffpunkts. Lange schon war er nicht mehr in der *Satzinger Mühle* gewesen, dem Mögeldorfer Lokal mit dem ganz besonderen Ambiente. Da sich das Wetter inzwischen merklich gebessert hatte und die Sonne angenehm warm vom Abendhimmel schien, würde er Schulte vorschlagen, dass sie sich nach draußen setzten. Direkt ans Wasser, das hölzerne Schöpfrad im Blick.

In Erwartung eines entspannten Tagesausklangs schlenderte Paul die Mögeldorfer Hauptstraße entlang, rechts die schönen alten Häuser, die *Friedenslinde* mit ihrem Fachwerk, die vornehmen Herrensitze und die eine oder andere versteckte Villa im Grünen. Paul bummelte an den vielen kleinen Läden vorbei, an den Hinterhofwerkstätten und Büros. Guter Dinge strebte er seinem Ziel entgegen – als ihm der Schreck durch die Glieder fuhr!

Auf der anderen Straßenseite, nicht weit entfernt von der gerundeten Front der früheren *Strauss-Apotheke*, erblickte er die beiden Männer. Es bestand kein Zweifel: Obwohl sie wieder mal ihr Outfit verändert hatten, waren sie allein schon anhand ihrer unterschiedlichen Körpergrößen und Figuren klar zu identifizieren. Auch ihren Gang – der Kleinere zog einen Fuß leicht nach – erkannte Paul sofort wieder.

Nachdem er sich von der Überraschung erholt hatte, sah Paul eine Gelegenheit gekommen: Die beiden Männer hatten ihn bislang nicht entdeckt. Paul rechnete sich gute Chancen aus, sich an die beiden Unbekannten dranzuhängen. Wenn er auf der Hut bliebe und sich nicht wie Blohfeld in eine Falle locken lassen würde, könnte er diesen Vögeln bis in ihr Nest folgen.

Einen Versuch war es wert, dachte Paul, schrieb seine Verabredung mit Christian Schulte in den Wind und machte sich an die Verfolgung.

Die Verdächtigen hatten es nicht besonders eilig. In sehr bedächtigem Tempo trotteten sie in Richtung Ostendstraße davon, Paul in gebührendem Abstand hinterher. Die beiden plauderten miteinander, wirkten dabei ungezwungen und entspannt. An einem Zeitschriften- und Tabakladen blieben sie stehen. Einer der Männer ging hinein, der andere blieb draußen und lehnte sich ans Schaufenster. Paul machte einen schnellen Schritt in eine Nische, um nicht gesehen zu werden. Dort wartete er einige Zeit ab, um genau im richtigen Moment herauszutreten: Nun war der andere Mann wieder zu sehen. Er hatte sich eine Packung Zigaretten gekauft, zog die Zellophanhülle ab, warf sie achtlos auf den Gehsteig und zündete sich eine Zigarette an. Er hielt die Packung auch seinem kleineren Partner hin, doch der winkte ab.

Die unspektakuläre Verfolgung per pedes führte Paul bis in eine Seitenstraße. Als die Männer auf einen am Fahrbahnrand geparkten Passat Kombi zugingen, erkannte Paul, dass er gleich ein Problem haben würde. Und tatsächlich zückte der größere einen Autoschlüssel. Kurz darauf stiegen sie ein.

Paul fiel auf, dass die beiden einen anderen Wagen fuhren als beim letzten Mal, was sie in seinen Augen noch verdächtiger machte. Aber darüber musste er später nachdenken. Momentan hatte er ein ganz anderes Problem: Zu Fuß würde Paul nichts mehr ausrichten können. Was sonst konnte er also tun?

Als der Blinker des VWs gesetzt wurde und der Wagen in den Verkehr einschwenkte, erhaschte Paul einen Blick auf das Nummernschild. Das Fahrzeug war in Nürnberg zugelassen. Er merkte sich aber auch die anderen Buchstaben und die Zahl. Damit meinte er, am Ende seines Beschattungsversuchs angekommen zu sein, doch da löste sich ein Taxi aus dem Verkehr und fuhr ihm beinahe auf die Füße. Das kam gerade recht!

»Wohin soll's denn gehen?«, brummelte der Chauffeur, ein grobschlächtiger, vollbärtiger Griesgram.

Paul wusste, dass seine Antwort seltsam klingen und sich der Fahrer auf den Arm genommen fühlen könnte. Da es aber keine Zeit zu verlieren galt, sagte Paul es trotzdem: »Folgen Sie dem blauen Passat!«

Der Chauffeur stutzte und drehte sich zu Paul um. »Ach, Sie sind das? Wieder mal einen Verbrecher an der Angel?«

Paul musste zweimal hinschauen, um in dem Fahrer einen alten Bekannten wiederzuerkennen: Vor zwei Jahren hatte er mit ihm im Mordfall Heike Bach zu tun gehabt, der in der Presse als »Die Schäufele-Verschwörung« für Furore gesorgt hatte. Damals noch ohne Bart, war der kräftig gebaute Mann Securitychef eines zwielichtigen Bahnhofshotels gewesen. »Hallo, Herr …« Paul konnte sich beim besten Willen nicht an seinen Namen erinnern.

»Sanft. Nikolas Sanft«, half ihm der Riese mit der Bassstimme auf die Sprünge und trat aufs Gaspedal. Während Paul ins Sitzpolster gedrückt wurde, erklärte er: »Das *Hotel Adler* hat den Besitzer gewechselt. Der neue Chef wollte auf meine Dienste verzichten.«

»Eine glatte Fehlentscheidung«, rief Paul gegen das Dröhnen des Motors an. »Damit hat er seine beste Kraft ziehen lassen.«

»Danke. Ich habe mich damit abgefunden. Das Taxifahren ist eine echte Alternative. Man kommt viel rum.« Mit diesen Worten zwang er sein Taxi in eine scharfe Kurve. Durch seine forsche Fahrweise schlossen sie bald zum Wagen der beiden Männer auf.

»Wenn die Frage erlaubt ist: Wen verfolgen wir denn?«, erkundigte er sich höflich.

Sanft hatte vor zwei Jahren ja bereits eindrücklich bewiesen, dass man auf ihn zählen konnte. Also weihte Paul ihn ein: »Das weiß ich leider selbst nicht. Möglicherweise stehen die Insassen des Passats mit einem Todesfall im Tiergarten in Verbindung.«

»Etwa mit dem Kerl, der den Löwen zum Fraße vorgeworfen worden ist? Die Zeitungen sind ja voll damit. Das wäre ja ein dolles Ding, wenn Ihnen diejenigen, die das verschuldet haben, in die Finger geraten. Wenn Sie mögen, kann ich gern helfen, die Typen dingfest zu machen. Sie wissen ja, dass ich ...«

»Ja, danke, ich kenne Ihre Qualitäten.« Soweit sich Paul erinnerte, hatte Nikolas Sanft vor dem Job als Hoteldetektiv einschlägige Erfahrungen als Türsteher gesammelt. »Zunächst einmal geht es nur um eine Observation. Ich habe keinerlei Beweise in der Hand.«

»Schade«, kam es enttäuscht von vorn.

Auf der Gustav-Heinemann-Brücke überquerten sie den Wöhrder See und folgten dem VW durch den Stadtteil Rennweg bis nach Schoppershof. Der Passat verließ die breite Welserstraße, bog zunächst in die Elbinger-, dann in die Längenstraße ein. Der Wagen vor ihnen setzte noch ein paar Mal den Blinker, bevor er schließlich vor einer Eckkneipe zum Stehen kam. Das Taxi hielt in dezentem Abstand.

»Und nun?«, fragte Nikolas Sanft.

Paul beobachtete, wie die beiden Männer ausstiegen, den Wagen verschlossen und auf das Eckhaus zugingen. Ein etwas heruntergekommenes Gebäude mit vier Etagen und einem Werbeschild für Tucher Pilsener über der Tür.

»Wir warten«, antwortete Paul und sah zu, wie die Männer durch die Tür verschwanden.

»Warten also«, griff Sanft die Anweisung auf. »Warten worauf?«

Gute Frage, dachte Paul und stellte fest, dass das Taxameter noch lief. Niemand konnte wissen, was die beiden in der Schenke wollten und wie lange sie bleiben würden. Paul konnte es sich nicht leisten, die Taxikosten in unbekannte Höhen steigen zu lassen. Er nahm sein Portemonnaie zur Hand und fragte: »Was bin ich Ihnen schuldig?«

Sanft drückte seinen kräftigen Daumen auf die Digitalanzeige der Taxiuhr. »Das da. Aber für den Nervenkitzel einer echten Verfolgungsjagd verzichte ich gern auf meinen Lohn.«

»Kommt gar nicht infrage!«, sagte Paul und reichte ihm einen Zwanzigeuroschein. Er stieß die Tür auf.

»Soll ich Sie begleiten?«, bot Sanft an.

»Nein, ich denke, das wird nicht nötig sein«, meinte Paul. In Erinnerung an Blohfelds dicke Nase war er jedoch hin- und hergerissen, ob er Sanfts nette Offerte nicht doch annehmen sollte.

»Vielleicht beim nächsten Mal«, sagte Sanft und stellte sein Taxilicht ein. »Ade!«

Paul haderte einige Momente mit sich, ob er die Eckkneipe betreten sollte oder nicht. Die Alternative wäre gewesen, die Autonummer der beiden Männer einfach an Jasmin durchzugeben. Er selbst könnte sich aus der Affäre ziehen und ihr den Rest überlassen.

Aber natürlich überwog seine Neugierde. Paul öffnete die Tür und war umgeben vom dunklen, reichlich in die Jahre gekommenen Ambiente eines Wirtshauses in Randlage. Längst nicht so hip wie die Innenstadtlokale, aber auch nicht so rustikal wie die Gasthäuser auf dem Land. Das, was er hier sah, war Durchschnitt: kleinbürgerlich, miefig, stehen geblieben in den Siebziger- oder allerhöchstens Achtzigerjahren. Die Sitzecken, die wenig originelle Deko, der Tresen mit den Barhockern – nichts überraschte Paul, bis auf eine Ausnahme: Auf einem Podest, einer Art kleiner Bühne, saßen zwei ältliche Musiker. Der eine bearbeitete ein Keyboard, der andere hielt ein Saxofon in den Händen. Sie spielten ohne Publikum, denn außer Paul und dem Wirt war trotz der fortgeschrittenen Stunde niemand anwesend.

Kaum war Paul in Erscheinung getreten, verzog sich auch der Barkeeper. Seltsam, dachte Paul und richtete sein Augenmerk auf die Musikanten. Die beiden waren alte Hasen, wahrscheinlich seit Ewigkeiten im Geschäft. Sie sahen aus wie gescheiterte Existenzen, aber der Sound, den sie produzierten, war recht anständig.

Paul kam näher, blieb vor der Miniaturbühne stehen und wartete ab, was passieren würde.

Nichts. Die Musiker probten einfach weiter.

Paul hörte sich einen Song an, dann den nächsten. Schließlich unterbrach er die zweifelsohne professionelle Darbietung, indem er dazwischenrief: »Ich würde Sie gern etwas fragen!«

Noch immer reagierten die Musiker nicht auf ihn, blieben vertieft in ihre Kunst oder ignorierten ihn aus reiner Gleichgültigkeit.

»Ich bin auf der Suche nach zwei Männern, die vor etwa einer Viertelstunde hereingekommen sind. Ich sehe sie hier nirgends. Können Sie mir irgendetwas über die beiden erzählen?«

Der Saxofonist beendete den Takt, zog sein Instrument aus dem Mund und sagte zu seinem Mitspieler: »Hast du gehört, Max? Da will einer was von uns. Haben wir ihm was zu sagen?«

Auch der Mann am Keyboard hörte nun auf zu spielen. »Was will er denn wissen?«

»Was wollen Sie denn wissen, Schulze?«, fragte der Saxofonist und schaute vom Podium auf Paul herunter.

Paul, der die aufgesetzte Art der Musikanten nur mäßig witzig fand, konkretisierte sein Anliegen: »Wer sind die beiden Männer, die hier eben hereingekommen sind?«

»Männer?«

»Ja, Männer: einer groß und schlank, der andere kompakt und mindestens einen Kopf kleiner.«

»Soso«, sagte der Mann mit dem Saxofon.

»Was heißt ›soso‹?«

»Das, was es heißt, Schulze.«

»Warum nennst du ihn denn dauernd Schulze, Kai?«, fragte der Keyboarder.

Gute Frage, dachte Paul. Das hätte ihn nämlich auch interessiert.

»Für mich heißen alle Dummschwätzer Schulze.«

»Ach so!« Sein Partner lachte schallend.

»Wenn mit euch Jungs kein vernünftiges Gespräch möglich ist, kann ich ja wieder gehen«, sagte Paul geladen.

»Nicht so hastig, Kollege. Verstehen Sie keinen Spaß?«, fragte der Saxofonist.

Und der Keyboarder sagte: »Ich denke, Sie wollen was wissen über die beiden Männer.«

»Richtig, und ich warte noch immer auf eine Antwort.«

»Ich weiß nicht viel darüber«, sagte der Saxofonist. »Aber Max weiß eine Menge.« Darauf wandte sich Paul dem Keyboarder zu. Doch der Saxofonspieler fügte hinzu: »Leider spricht Max nicht viel.«

Paul betrachtete den Keyboardspieler, der seinem Blick konsequent auswich, und redete dabei weiter mit dem Mann am Saxofon: »Meinen Sie, Sie könnten ihn für mich zum Reden bringen?«

»Versuchen kann ich's ja mal«, sagte dieser. »Max: Willst du antworten?«

»Kommt auf die Frage an.«

»Ich habe eine gute Frage für dich: Was weißt du von diesem Schulze hier?«

Der Keyboarder warf Paul einen schnellen Blick zu, bevor er sich wieder den Tasten seines Instruments zuwandte. »Dass er zu viele Fragen stellt.«

Der Saxofonmann nickte langsam und sagte getragen: »Schulze, das war ein Wink. Kapiert?«

Paul seufzte. »Ich hab's kapiert.«

Das nächste Stück wurde gespielt – und Paul erneut ignoriert. Da sich auch der Wirt nicht mehr blicken ließ, beschloss Paul schweren Herzens, das Feld zu räumen. Auch wenn es wehtat, musste er einsehen: Für ihn gab es hier keinen Blumentopf zu gewinnen.

Den Frust über seine ergebnislose Beschattungsaktion nahm er mit auf den Nachhauseweg. An der Haltestelle Schoppershof stieg er in die U-Bahn und wechselte am Hauptbahnhof in die Straßenbahn, um dann den kurzen Rest des Weges zur Kleinweidenmühle zu Fuß zurückzulegen. Dabei nahm er sich vor, das Autokennzeichen der beiden Männer gleich morgen früh an Jasmin weiterzugeben und sie zu bitten, es zu überprüfen.

Paul stellte noch einige weitere Überlegungen und Spekulationen an und vergaß dabei das Wesentliche. Erst als er im Flur die Schuhe abstreifte und zum Kühlschrank ging, um sich ein Bier zu nehmen, fiel es ihm siedend heiß ein: Er war doch mit Katinka zum Essen verabredet! Beim Vietnamesen in der Südstadt! Paul sah auf die Armbanduhr: Inzwischen ging es auf halb zehn zu. Er hatte Katinka schon fast eine Stunde warten lassen. Selbst wenn er sich gleich in den Wagen setzen und zu ihr fahren würde, wäre er kaum vor zweiundzwanzig Uhr dort. Viel zu spät für ihr gemeinsames Abendessen.

Verdammt! Was für ein Schlamassel. Was sollte er bloß tun?

Er brauchte sich den Kopf nicht länger darüber zu zerbrechen, denn in dieser Minute hörte er, wie die Haustür aufgesperrt wurde. Katinka kam herein. Offensichtlich hatte sie aufgegeben, auf ihn zu warten. Ihr Blick sprach Bände, und es waren keine netten Dinge, die darin geschrieben standen.

14

Ein Riesenkrach! Selten hatten sich Katinka und Paul so sehr gezofft wie heute Abend. Das Schlimmste daran war, dass in dem Streit jeglicher Weg zur Versöhnung versperrt blieb. Die Fetzen flogen, es wurde geschrien und beide verletzten sich gegenseitig mit messerscharfen Worten. Die Ruhe nach dem Sturm blieb aus, die Gegner unversöhnlich.

Dass Paul ihre Verabredung beim Vietnamesen vergessen hatte, mochte der Anlass gewesen sein, aber sicher nicht der ganze Grund für diesen Streit, dachte Paul, als er draußen an der frischen Luft stand. Drinnen hatte er es nicht länger ausgehalten. Wenn er geblieben wäre, hätten sie sich nur noch mehr wehgetan.

Die Sterne glitzerten im nachtschwarzen Himmel. Paul, den Kopf in den Nacken gelegt, verlor sich in den Weiten des Weltraums und versuchte sich einzureden, dass seine irdischen Probleme nichtig und klein seien im kosmischen Vergleich. Dieser Selbsttäuschungsversuch funktionierte aber nicht: Trotz aller Bemühung fühlte er sich einfach mies.

Eine Sternschnuppe schließlich brachte die Lösung: Das grell leuchtende kleine Ding ging in Richtung Innenstadt nieder, in etwa über der Sebalder Altstadt. Paul verstand das als Wink einer höheren Instanz und überlegte, ob er einen späten Spaziergang dorthin unternehmen sollte. Pfarrer Fink würde gewiss noch nicht schlafen und hätte ein Ohr für ihn und seine Sorgen.

Mit diesen Erwartungen lag Paul genau richtig: Hannes Fink, Pfarrer von St. Sebald und langjähriger Freund, empfing ihn im altehrwürdigen Pfarrhaus, in dem sich der beleibte Geistliche gemütlich eingerichtet hatte. Fink, alleinstehend und überzeugter Pferdeschwanzträger, war ein sehr belesener Mensch. Fast jede Wand in seinem Domizil wurde von einem Bücherregal in Beschlag genommen. Umso mehr wunderte sich Paul darüber, dass er ihn heute nicht mit einem Buch neben seinem Bierkrug antraf, sondern mit einem Haufen Nippes.

Paul setzte sich Fink gegenüber an dessen rustikalen Wohnzimmertisch und griff nach einer holzgeschnitzten Figur, die eine wallende Kopfbedeckung mit eingeschnitzter Muschel trug.

»Soll das etwa unser Sebald sein?«, tippte Paul, der in der verunglückten Schnitzfigur den Stadtheiligen wiedererkannt zu haben glaubte.

Fink nahm ihm den Holzmann ab und beäugte ihn kritisch. »Ein Muster. Zugegebenermaßen kein besonders gelungenes.«

»Muster wofür?«

Fink legte das Schnitzwerk beiseite. »Lass es mich zu erklären versuchen, mein lieber Paul: Welche Reaktion erfährt ein Tourist, wenn er in einen x-beliebigen Nürnberger Souvenirladen geht und nach einem Sebaldus-Mitbringsel fragt?« Der Pfarrer gab sich selbst die Antwort: »Nein, tut uns leid, so was führen wir gar nicht!«

»Genau«, stimmte Paul zu. »Jetzt, da du es sagst: Ich habe noch nie ein Andenken gesehen, das mit unserem Stadtpatron zu tun hat.«

»Du sagst es!«, ereiferte sich Fink. »Auf der einen Seite kostet uns der Erhalt unserer Kirche Millionen, und auch die anstehende Renovierung des Pfarrhauses wird Unsummen verschlingen. Auf der anderen Seite lassen wir eine wichtige potenzielle Einnahmequelle ungenutzt, nämlich den Verkauf von Andenken. Das passt nicht zusammen, das muss sich ändern!«

Paul sah seinen Freund etwas erstaunt an. »Du willst in den Devotionalien- und Kitschhandel einsteigen? So wie es die Katholiken in Kloster Weltenburg tun?«

»Na ja, man muss es ja nicht gleich übertreiben. Aber so in etwa ...«

Paul, den die Auseinandersetzung mit Sebaldus auf andere Gedanken brachte, rekapitulierte: Die Gebeine des Heiligen lagen bekanntermaßen in einem von Peter Vischer geschaffenen Grabmal an zentraler Stelle des ehemals katholischen, heute evangelischen Gotteshauses. Über Sebaldus waren allerdings kaum biografische Daten bekannt, was eine Vermarktung nicht leicht machen würde.

Was wusste man denn schon, außer dass er im heutigen Poppenreuth, also quasi schon auf Fürther Terrain, als Einsiedler gehaust haben soll und als Prediger aufgetreten war? Es waren kaum historische Fakten bekannt, dafür rankten sich um ihn interessante Legenden. Etwa die vom dänischen Königssohn, der in Paris studierte und eine bildhübsche französische Prinzessin heiraten wollte. Daraus wurde nichts, weil Sebaldus noch vor der Hochzeitsnacht allen irdischen Genüssen entsagte und das Dasein als Eremit dem Leben in Saus und Braus vorzog. Jahre voller Entbehrungen folgten, geprägt von Selbstkasteiungen und vom Fasten. Schließlich pilgerte Sebaldus barfuß nach Rom und vollbrachte unterwegs diverse Wunder, die seine spätere Heiligsprechung rechtfertigten. So soll er auf seinem Mantel stehend die Donau überquert und Bauern bei der Suche nach einem verlorenen Ochsen geholfen haben, indem er seine Finger wie Taschenlampen leuchten ließ. Am besten fand Paul die Legende von Sebaldus' Weinfass, das sich angeblich immer wieder von selbst füllte. Wie praktisch! Trotz dieser und vieler weiterer Wundertaten dauerte es sehr lange, bis der ambitionierte Prediger seine Anerkennung fand: Zwar hatten ihn seine Anhänger schon um das Jahr 1070 mit Wallfahrten verehrt, doch erst 1425 sprach ihn der Papst heilig.

»Mit diesen Holzfiguren wirst du niemanden hinterm Ofen vorlocken«, kritisierte Paul die Pläne des Pfarrers. »Du musst moderner denken.« Paul hatte seine Sammlung von Plastikmännchen im Sinn, als er vorschlug: »Schon mal daran gedacht, Sebaldus als Playmobilfigur produzieren zu lassen?«

Fink winkte ab. »Da gibt's doch schon den Luther.«

»Wie wäre es, wenn du ganz von der figürlichen Darstellung abrückst und nur seine Kammmuschel vermarktest? Als T-Shirt-Aufdruck zum Beispiel.«

»Das wäre eine Überlegung wert«, stieg Fink darauf ein, um jedoch gleich darauf einzuwenden: »Ich weiß sowieso nicht, ob meine Idee irgendeine Chance auf Umsetzung hat. Denn das Problem für uns als evangelische Gemeinde ist, dass Sebaldus ja katholisch war. Neutral gestaltete Regenschirme oder Kinderkirchenführer wären inhaltlich wohl korrekter …«

»Aber längst nicht so originell«, bestärkte Paul ihn in seinem eigentlichen Plan. »Sebaldus ist Kult, egal, ob nun katholisch oder evangelisch.«

Die beiden fachsimpelten bei dem einen oder anderen dunklen Landbier, bis Paul so weit war, sich seinem Freund zu öffnen. Betrübt schilderte er die schlechte Stimmung bei sich zu Hause, die im Grunde schon seit dem letzten Herbst vorherrschte. »Seit Hannahs geplatzter Verlobung mit Alexander ist nichts mehr, wie es war«, klagte Paul. »Hannah hat es mir nie verziehen, dass ich ihren Zukünftigen versehentlich für einen Mörder gehalten und verschreckt habe, und Katinka hält mir unterschwellig vor, dass sich ihre Tochter aus ebendiesem Grund auf und davon gemacht hat.«

»Trauert Hannah ihrem Alex denn immer noch nach?«, erkundigte sich Fink.

»So wie ich es sehe: ja! Sie versucht, Abstand zwischen sich und die verunglückte Liebe zu bringen, indem sie sich ans andere Ende der Welt flüchtet.«

Fink dachte darüber nach. Dann sagte er: »Mach dir keine Vorwürfe, Paul. Wenigstens nicht zu viele. Denn wie heißt es so schön: Reisende soll man nicht aufhalten. Und wer weiß, wofür es gut ist.«

Paul war etwas enttäuscht über diesen sehr pauschal gehaltenen Rat. Von Hannes hätte er da mehr erwartet. »Wofür soll es gut sein, dass Hannah völlig planlos ihren Job sausen lässt, nach Chile jettet und Katinka damit in Depressionen stürzt?«

Der Pfarrer kräuselte seine breite Stirn und sah Paul aus seinen großen dunklen Augen an. »Vielleicht war es ganz einfach an der Zeit.«

»An der Zeit?« Paul sah ihn fragend an. »An der Zeit wofür?«

»Bist du schon mal auf die Idee gekommen, Hannahs Reise als eine Chance zu erkennen? Für Hannah kann das eine Möglichkeit sein, sich endlich abzunabeln und die viel zu enge Mutter-Tochter-Beziehung aufzulösen oder zumindest zu lockern.«

Wow, das saß, dachte Paul und musste diese Argumentation erst einmal verdauen. Aus diesem Blickwinkel hatte er das familiäre Drama, mit dem er seit Monaten kämpfte, noch gar nicht betrachtet. Fink ging davon aus, dass Katinka, die Hannah als Alleinerziehende durch Kindheit und Jugend begleitet hatte, nicht loslassen konnte. Dass sie auf

Hannah fixiert war und sie auch noch mit Mitte zwanzig bemuttern wollte. Gänzlich von der Hand weisen konnte Paul das nicht.

»Völlig klar, dass es Katinka schwerfällt, mit dieser neuen Situation fertig zu werden«, sagte Fink. »Bisher war sie immer ziemlich genau im Bilde darüber, was in Hannahs Leben so lief. Es verging kaum eine Woche, in der sich die beiden einmal nicht sahen, oder?«

Paul nickte und nagte an seiner Unterlippe.

»Wenn du mich fragst, wird es höchste Zeit, dass Hannah flügge wird. Sie soll beweisen, dass sie allein klarkommt, ohne die Hilfe von Mami oder die Ratschläge von Stiefpapi Paul.«

»Das sagt sich so leicht ...«

»Gebt ihr die Möglichkeit, sich zu entfalten«, empfahl Fink. »Wenn Hannah das Bedürfnis hat, aus ihrem bisherigen Leben auszubrechen, dann lasst sie. Manchmal müssen die Menschen vom üblichen Weg abweichen, um zu sich selbst zu finden. Das ist ganz normal.«

»Jetzt redest du wie auf der Kanzel.«

»Ich sage, was ich denke. Hier genauso wie im Gottesdienst. Das solltest du eigentlich wissen.«

»Entschuldige. Ich weiß, wie authentisch du bist. Und gerade das mag ich ja so an dir.«

»Schon gut.«

Paul rieb sich die Augen. Inzwischen war es weit nach Mitternacht. »Was soll ich tun? Was rätst du mir?«

Fink ließ sich Zeit mit seiner Antwort. »Was du zu tun und zu lassen hast, musst du selbst wissen. Ich kann dir nur raten, dabei viel Verständnis zu zeigen. Begleite Katinka durch diese Krise. Sei empathisch, aber verschleiere ihr zuliebe nicht die Realität.«

»Das wird nicht einfach werden.«

Jetzt musste Fink trotz Pauls Miesepetergesicht lachen: »Niemand hat je gesagt, dass es einfach werden würde. Erinnerst du dich an den Text, den ich auf eurer Trauung gesprochen habe? In guten wie in schlechten Zeiten …«

Paul erinnerte sich – sehr gut sogar. Doch in Finks Lachen einstimmen konnte er nicht.

15

Mit gebremstem Elan tauchte Paul früh am Morgen im Tiergarten auf. Zu Hause hatte er es nicht länger ausgehalten und sich um ein gemeinsames Frühstück mit Katinka gedrückt. Außerdem waren die Lichtverhältnisse zu dieser Tageszeit optimal. Ein Umstand, den er sich ja schon Tage zuvor hatte zunutze machen wollen, aber nicht dazu gekommen war. Die Sonne stand tief und tauchte die Naturlandschaft in ein sanftes Gelb. Gleichzeitig sorgten die langen Schatten für interessante Kontraste. Aber auch wenn die Voraussetzungen nahezu perfekt für ein paar wirklich schöne Aufnahmen sein sollten, mangelte es Paul an innerem Antrieb.

Das lag nicht nur am Krach mit Katinka. Auch dass er bislang keinen Schritt weitergekommen war, um die offenen Punkte um Günters Tod zu klären, fuchste ihn und trug nicht zur Motivation bei.

Wie mit angezogener Handbremse zog er durch den Zoo, hob ab und zu den Fotoapparat an, betätigte aber nur selten den Auslöser. Mit äußerst magerer Bildausbeute näherte er sich schließlich dem Raubkatzengehege – und stutzte.

Da der Tiergarten noch nicht geöffnet hatte, war außer ihm kaum jemand unterwegs. Wenn überhaupt, handelte es sich um Personal. Auf dem Weg hierher hatte er aus der Ferne einen Pfleger bei den Rentieren gesehen und den Pritschentransporter mit zwei Gärtnern an Bord. Nun sah er noch jemanden, und zwar unmittelbar neben der Brüstung, die das Löwengehege umgab. Was Paul stutzen ließ, war die eigentümliche Haltung der Frau, denn sie stand nicht, sondern kniete. Paul sah bloß die Beine, der Oberkörper steckte fast vollständig in einem Gebüsch.

Er überlegte zunächst, ob die Frau Kreislaufprobleme hatte und zusammengebrochen war. Doch beim Näherkommen gewann er den Eindruck, als würde sie nach etwas suchen.

Paul blieb neben ihr stehen und machte sich mit einem »Hallo?« bemerkbar. Die Frau zuckte zusammen und beeilte sich, aus dem Gebüsch zu kriechen. Es war Claudia Fuchs, die Zoopädagogin, deren Wangen vor Anstrengung gerötet waren. Sie sah aus wie ein Kind, das man bei etwas Verbotenem ertappt hatte, als sie sich die feuchte Erde von den Händen wischte.

»Guten Morgen. Schon so zeitig unterwegs?«, fragte sie, als wenn nichts gewesen wäre.

»Du ja auch«, antwortete er und sah sie fragend an.

»Das bin ich immer. Die ersten Schulklassen kommen gegen acht.« Sie nahm diese Aussage zum Anlass, um ihren Rückzug einzuläuten.

So schnell wollte Paul sie nicht ziehen lassen: »Ich kann mir nicht helfen, aber irgendwie habe ich den Eindruck, dass du mir aus dem Weg gehst. Erst hältst du unsere Verabredung nicht ein ...«

»Das kann ich erklären«, fuhr sie ihm ins Wort. »Ich hatte an dem Tag einen Arzttermin und musste früher los.«

»Dann wäre es ein netter Zug gewesen, mir wenigstens abzusagen.«

»Ich wusste nicht, wie ich dich erreichen sollte. Ich habe ja keine Handynummer von dir.«

Paul zog eine Visitenkarte aus seiner Hemdtasche und reichte sie ihr. »Jetzt hast du sie.«

Claudia lächelte verkniffen, steckte sie ein und schaute in der gleichen Bewegung auf ihre Armbanduhr. »Ich muss dringend los. Die Kids stehen sicher schon an der Kasse. Reden wir später weiter.«

»Und wann wird das sein?«, fragte Paul.

Claudia hielt an ihrem gekünstelten Lächeln fest: »Ich melde mich. Ganz bestimmt.« Mit diesen Worten drehte sie sich um und trippelte davon.

»Wonach hast du eigentlich gesucht?«, rief Paul ihr nach.

»Gesucht?« Sie hielt nicht an, um ihm zu antworten. »Ach du meinst da drüben im Busch? Bloß nach einem Kugelschreiber. Der war mir aus der Tasche gerutscht.« Während sie immer weiterging, hielt sie einen Kuli in die Höhe. »Schau: Ich habe ihn wiedergefunden.«

Auch wenn sie schon einige Meter entfernt war, konnte Paul gut sehen, dass es sich um einen Plastikkugelschreiber handelte. Ein Wegwerfartikel. Er zweifelte daran, dass dafür jemand Flecken auf der Hose und vielleicht sogar Risse in der Bluse in Kauf nehmen würde. Nein, Claudia hatte nach etwas weitaus Wichtigerem gesucht, und Paul hätte allzu gern gewusst, wonach.

Deshalb schaute er sich selbst um. Mit dem Fuß schob er die unteren Zweige des Busches auseinander, nahm dann auch seine Hände zu Hilfe und hockte letztlich in der gleichen unkomfortablen Position am Boden wie zuvor Claudia. Zwar hatte er keinen blassen Schimmer, wonach er Ausschau halten sollte, doch seine Neugierde ließ ihn nicht los.

Paul tastete sich durchs dornige Geäst und wühlte im feuchten Boden. Dabei schob er sich weiter und weiter ins Buschwerk hinein. Seine Mühe wurde belohnt, denn bald stieß er auf erste Fundstücke. Zunächst hielt er tatsächlich einen Stift in der Hand, der die verblasste Werbebotschaft einer Eiscremefirma trug. Es folgten mehrere Verpackungen von Schokosnacks, ein Babyschnuller und der Armreif eines Kindes. Er war mit emaillierten Marienkäfern besetzt.

Als Paul mit seiner Sammlung weggeworfener Gegenstände aus dem Gebüsch kroch, hatte er zerkratzte Unterarme und braune Knie. Schlauer aber war er nicht, denn keine der Fundsachen hatte einen Bezug zu Claudia Fuchs. Nach was auch immer sie gesucht hatte – es war nicht mehr da. Entweder sie hatte es gefunden und vor Paul verborgen gehalten, oder es lag an einer anderen Stelle. Aber wo?

Paul stand auf, um seinen Fokus zu erweitern. Dabei fiel sein Blick in die Löwengrube. Dort, wo sonst Pascha und sein Harem in der Frühlingssonne dösten, war ein Mann damit beschäftigt, das Gehege zu säubern. Paul hatte den sympathischen Tierpfleger, der genau wie Günter seit vielen Jahren beim Tiergarten arbeitete, bereits kennengelernt und wusste seinen Namen: Werner Bärnreuther.

»Hallo, Werner!«, rief er ihm zu.

Werner stützte sich auf seinen Rechen und winkte. »Willst du mir Gesellschaft leisten?«, schlug er vor.

»Ich soll da rein?«, fragte Paul lachend, weil er es für einen Scherz hielt.

»Na klar! Für dich als Fotograf muss das doch interessant sein. Und es kann ja nichts passieren, solange meine Katzen weggesperrt sind.«

Warum nicht, dachte Paul, überwand seine Furcht und ging in den Tunnel zum Raubtierhaus. Vor einer Seitentür mit der Aufschrift »Nur für Personal« blieb er stehen und wartete, bis er auf der anderen Seite der Pforte das Klimpern von Werners Schlüsselbund hörte. Als der hochgewachsene Pfleger öffnete, stand er in gebückter Haltung im Türrahmen. Paul folgte ihm durch den tunnelartigen Gang, über dem ein stechender Geruch lag.

Werner bekam mit, wie Paul das Gesicht verzog, und sagte belustigt: »Ich sage unseren Miezekätzchen ja immer, sie sollten mal ein Deo benutzen, aber sie hören einfach nicht auf mich.«

Sie kamen am Schiebersystem vorbei, mit dem der Bewegungsraum der Löwen beschränkt werden konnte: Die metallenen Tore folgten der Funktionsweise von Schleusen und sollten gewährleisten, dass Mensch und Tier stets getrennt blieben. Paul blickte zwischen die Eisenstäbe, die massiver wirkten als in jedem Gefängnis, und beobachtete die Raubkatzen. Diese hatten sich im Innengehege ausgebreitet: die Weibchen gelangweilt auf dem Boden liegend, während Pascha unruhig auf und ab ging. Er hatte Werner und Paul längst bemerkt und behielt sie im Auge.

»Erklär mir das bitte mal«, bat Paul, der das Zusammentreffen mit dem Pfleger nicht ungenutzt lassen wollte. »Wie genau sichert ihr euch dagegen ab, dass die Löwen wirklich im anderen Teil des Geheges bleiben, wenn ihr zum Saubermachen oder Futterbringen hineingeht?«

»Wir warten so lange, bis alle Tiere in den jeweils anderen Teil gewechselt sind, schließen die Schieber und betreten erst dann das Gehege«, erläuterte Werner Bärnreuther, als wäre es das Einfachste auf der Welt.

»Ja, aber wie könnt ihr sicher sein, dass nicht eines der Tiere zurückbleibt und euch angreift?«

Werner belächelte Pauls Frage. »Wenn Pascha geht, gehen alle anderen auch.«

»Und wie bewegt ihr Pascha dazu, dass er sein sonniges Plätzchen draußen auf dem warmen Sandstein aufgibt und sich ins viel engere Innengehege zurückzieht?«

»Mit Routine«, verriet Werner. »Die Tiere folgen immer gleichen Ablaufmustern, dazu gehört der regelmäßige Wechsel des Geheges. Sie sind es gewohnt und reagieren sofort, wenn sie die Schließgeräusche der Schieber hören.«

»Und wenn sie mal keine Lust haben?«

»Dann ködern wir sie mit Fressen. Eine deftige Keule vom Hirsch oder eine zarte Rehlende lässt sich unser Feinschmecker Pascha nicht entgehen.«

Pascha hatte seinen lauernden Rundgang beendet und stand ihnen jetzt unmittelbar gegenüber. Paul betrachtete mit Respekt den bulligen Brustkorb des Löwenmännchens und seine dichte Mähne.

Werner nahm seinen Blick auf und erklärte: »Die Mähne lässt ihn nicht nur größer und breiter aussehen, sie schützt ihn auch vor Verletzungen bei Rivalenkämpfen. Ein majestätischer Anblick, nicht wahr?«

Dem konnte Paul nur beipflichten. »Ein Kraftprotz auf vier Pfoten«, stellte er bewundernd fest.

»Er bringt ja auch einiges auf die Waage. Trotzdem sind Löwen äußerst agil. Sie können sogar auf Bäume klettern und springen aus dem Stand meterweit.«

»Reicht denn der Graben, der das Außengelände von den Zoobesuchern trennt?«

»Auf jeden Fall«, meinte Werner. »Großkatzen sind so wasserscheu, dass sie in freier Wildbahn sogar eine sichere Beute entwischen lassen, wenn ihnen eine Pfütze in die Quere kommt.«

Paul fand das Argument zwar einleuchtend, wollte angesichts des mächtigen Tieres vis-à-vis jedoch nicht an absolute Sicherheit glauben. Während er Paschas intensivem Blick standzuhalten versuchte, stützte sich Paul mit dem Ellenbogen auf einem Metallholm ab. Er erschrak, als der Holm unter dem Druck nachgab und nach unten schwang. Im gleichen Moment ertönte ein metallisches Quietschen. Der Schieber, der den Gang vom Innengehege trennte, setzte sich in Bewegung.

»Um Himmels willen! Was machst du?« Werner sprang Paul zur Seite. Er versuchte den Hebel, den Paul versehentlich umgelegt hatte, zu fassen zu kriegen. Doch der Schieber war bereits so weit aufgefahren, dass nichts außer mit Angstschweiß getränkter Luft zwischen ihnen und Pascha stand.

Paul und Werner erstarrten. Voller Entsetzen sahen sie auf Pascha, unfähig, die geringste Bewegung zu machen.

Auch der Löwe wirkte wie eingefroren. Das leise Zucken, das bis eben seine Schnauze umspielt hatte, erstarb.

Für Paul blieb die Zeit stehen. Sekunden erschienen ihm wie Minuten oder sogar Stunden. Er glaubte fest daran, dass ihn Pascha mit einem Prankenhieb beiseitewischen oder töten würde. Nicht anders würde es Werner ergehen – trotz seiner respektablen Körpergröße und seiner Erfahrung.

Das Zeitloch hielt Paul gefangen bis zu dem Moment, als Pascha seine Starre überwunden hatte. Er neigte seinen Schädel, der für Paul gigantische Ausmaße anzunehmen schien. Dann legte er den Kopf in den Nacken und stieß einen Brüller aus, der Paul durch Mark und Bein ging.

Das Gebrüll war ohrenbetäubend! Als ließe ein Jet unmittelbar neben ihnen die Düsen an. Kreischend, fauchend, gleichzeitig grollend wie ein Donnerwirbel.

Für Paul war klar: Sein letztes Stündlein hatte geschlagen. Aber Werner wusste das zu verhindern. Noch während Pascha seine Stärke durch lautes Brüllen demonstrierte, zog der Pfleger den Hebel mit aller Kraft nach oben und aktivierte damit den Schließmechanismus. Unmittelbar darauf stellte er sich in die Tormündung und baute sich vor Pascha auf. Für den Augenblick schien der Löwe perplex zu sein und wirkte unschlüssig. Als würde er darüber nachdenken, wie es denn jemand wagen könnte, sich ihm, dem Rudelführer, entgegenzustellen.

Kurz darauf war die Gefahr gebannt. Der Schieber arretierte im Schloss – Pascha blieb in seinem Käfig gefangen.

»Verdammt, war das laut.« Paul hielt sich die Ohren zu.

»Ich kann noch viel lauter!«, fuhr Werner ihn an. »Bist du denn von allen guten Geistern verlassen? Du solltest mir über die Schultern schauen, aber nichts anfassen!«

»Es war bestimmt keine Absicht. Tut mir sehr leid.« Noch immer pfiff es in seinen Ohren.

Werner wischte sich mit dem Ärmel seines Kittels den Schweiß von der Stirn. »Löwengebrüll kann man acht bis neun Kilometer weit hören. Du wirst die nächsten Stunden schwerhörig bleiben wie nach einem Discoabend. Aber immer noch besser, als gefressen zu werden.«

»Kommt bestimmt nicht wieder vor«, meinte Paul kleinlaut.

Werner, den so leicht wohl nichts umhauen konnte, hatte zu seiner inneren Ruhe zurückgefunden. »Es ist ja nichts passiert«, tat er den Vorfall ab. »Aber mir wäre es lieb, wenn du jetzt gehst.«

»Klar«, meinte Paul und ließ sich zum Ausgang führen.

Bevor Werner die Tür hinter ihm schließen konnte, fragte Paul: »Hältst du es für möglich, dass Günter das Gleiche passiert ist wie mir?«

Werner wirkte zuerst verblüfft über diesen Gedanken, dann jedoch entschlossen. »Nein«, sagte er. »Nichts für ungut, Paul, aber dafür hätte er sich schon sehr blöd anstellen müssen. Einem Experten wie Günter wäre das nicht passiert.«

Auch Experten können Fehler begehen, dachte Paul. Gerade dann, wenn sie sich in ihrer Sache besonders sicher wähnen. Doch diese Überlegung behielt er für sich.

16

Paul nutzte die Mittagszeit, um sich mit seinem Handy in ein stilles Eckchen zurückzuziehen. Das fand er auf dem höchstgelegenen Punkt des Tiergartens: Der vom Personal auf »Liebespfad« getaufte Weg schlängelte sich oberhalb der Raubtiergehege den ehemaligen Steinbruch empor und bot dank dichter Bewaldung eine gewisse Abgeschiedenheit. Paul ließ sich auf einem Baumstumpf nieder, zog sein Handy aus der Hosentasche und wählte die Nummer von Jasmin Stahl.

Die Oberkommissarin ging sofort ran. »Na, du traust dich was! Dass du den Mumm hast, hier anzurufen ...«

»Hallo, Jasmin«, meldete sich Paul und überhörte ihre Spitze einfach. »Ich möchte mich bei dir erkundigen, ob die kriminaltechnischen Untersuchungen inzwischen abgeschlossen sind. Habt ihr im Gehege etwas entdecken können?«

»Ich dachte, du bist derjenige, der etwas entdecken sollte. Wozu habe ich dich denn im Zoo eingeschleust?«

»Was heißt hier eingeschleust? Ich bin als Fotograf engagiert. Dass ich darüber hinaus als Polizeispitzel für dich arbeite, ist – wenn überhaupt – ein Nebenjob. Noch dazu ohne Bezahlung.«

»Jaja, reg dich ab. Um es kurz zu machen: Es gibt null Komma null Neuigkeiten. Hier sind sich alle einig: Es war Selbstmord.«

»Ganz sicher keine Spuren, die darauf hindeuten, dass jemand dabei war, als Günter ins Gehege ging?«

»Die Kollegen haben keinerlei Hinweise darauf gefunden, dass Herr Kleeberger von einem Dritten begleitet oder gar ins Gehege gedrängt worden wäre. Den Spuren nach zu urteilen hat er sich ganz allein hineingewagt – sehenden Auges in die Höhle des Löwen, sozusagen.«

»Habt ihr auch das Umfeld unter die Lupe genommen?«

»Was verstehst du darunter?«

»Die Wege und die Gartenanlagen in der Umgebung des Löwengeheges?«

»Nein, dazu bestand kein Anlass. Außerdem gehört das zum öffentlichen Bereich. Dort gibt es viel zu viele Spuren, die wären nicht hilfreich.« Jasmin zögerte. »Weshalb fragst du gerade jetzt danach? Das mit den Spuren ist doch längst abgehakt.«

Paul hatte Claudia Fuchs' Suche im Gebüsch im Sinn, wollte aber keinen weiteren Fehlalarm riskieren. Die missglückte Polizeiaktion im Keller des Präparators war im Polizeipräsidium sicher noch nicht vergessen worden. Daher sagte er nur: »Ach, ich dachte bloß ...«

»Alles spricht dafür, dass Kleeberger aus freien Stücken das Gehege betreten hat. So sieht es auch Schnelleisen und unterstützt wieder die Selbstmordthese. Er möchte den Fall vom Tisch haben und wartet lediglich darauf, dass sich die Staatsanwaltschaft dieser Version anschließt.«

»Und du? Was denkst du?«

»Ich bin hin- und hergerissen. Vom Hergang sieht es wie ein Suizid aus, doch wie du weißt, gibt es – ausgenommen die Spuren von Psychopharmaka in seinem Blut – keinerlei Hinweise darauf, dass sich Kleeberger mit Selbstmordabsichten getragen haben könnte. Außerdem macht mich stutzig, dass ...«

»Dass was?«, fragte Paul, der auf jeden verwertbaren neuen Hinweis lauerte, sei er auch noch so klein.

»Kleebergers Fußabdrücke«, sagte Jasmin. »Sie entsprechen nicht dem erwarteten Muster.«

»Wie meinst du das?«, fragte Paul und drückte das Handy dichter an sein Ohr.

»Man sollte meinen, dass er – wenn er denn wirklich lebensmüde war und seinen Tod herbeisehnte – von der Schleuse aus direkt auf das Rudel zugegangen sein müsste. Dort wäre er stehen geblieben und hätte den Angriff der Löwen abgewartet. Ergo: Wir hätten eine quasi lineare Spur vom Zugang bis zum Tatort finden müssen.«

»Habt ihr nicht?«

»Nein. Stattdessen ein verwirrendes Zickzackmuster quer durch das ganze Außengehege.«

»Vielleicht hat Günter Angst vor der eigenen Courage gekriegt und wollte doch noch fliehen. Er versuchte, den Tieren auszuweichen.«

»Dann hätten wir es mit einer chaotischen Abfolge von Fußabdrücken zu tun, außerdem wären sie unterschiedlich stark ausgeprägt gewesen, denn Kleeberger hätte bei seinen Ausweichmanövern das Tempo verändert, zwischendurch abgebremst und Haken geschlagen. Aber nein: Wir haben hier ein nahezu symmetrisches Muster. Es scheint fast so, als wäre Kleeberger stoisch einem bestimmten Schema gefolgt und hätte die Löwen dabei völlig ignoriert.«

Paul ließ Jasmins Worte auf sich wirken. »Hört sich beinahe so an, als habe er unter Drogen gestanden.« Ihm fiel etwas ein: »Du hast doch das Psychopharmakon erwähnt, dieses Rusti. Habt ihr das untersucht?«

»Ich ahne, worauf du hinauswillst. Aber damit liegst du falsch. Wenn sich der Stoff dermaßen stark auf ihn ausgewirkt hätte, dass er die Gefahr durch die Löwen nicht mehr erkennen konnte, wie hätte er in seiner Orientierungslosigkeit überhaupt ins Gehege gelangen können? Nein, nein, Paul, da bist du auf dem Holzweg.«

»Habt ihr herausfinden können, woher er dieses Beruhigungsmittel hatte? Wer gab ihm das Rezept dafür?«

»Der Krankenkasse lagen keine Belege darüber vor.«

»Ist das nicht verdächtig?«

»Nein, denn wenn Kleeberger eine Depression, Angstzustände oder ein ähnliches psychisches Leiden verdrängte, ist es nur folgerichtig, dass er den Arztbesuch scheute. Das Mittel hat er sich selbst beschafft: Heutzutage ist es kein Problem, sich Arzneimittel über andere Wege als die Apotheke zu besorgen.«

»Wenn das so ist, weiß ich auch nicht weiter. Suizid scheint trotz der Ungereimtheiten die einzige verbleibende Lösung zu sein.«

Jasmin seufzte. »Tja, wir werden die Akte wohl ziemlich bald schließen müssen. Ich kann mir gut vorstellen, dass Schnelleisen schon morgen vor die Presse tritt und das Ende der Ermittlungen verkündet. Zwar bleiben meiner Meinung nach einige Fragen offen, aber so fallen wenigstens die unsäglichen Schlagzeilen in Blohfelds Zeitung weg. Wenn man sein Blatt in den Händen hält, muss man ja denken, dass es in Nürnberg kein anderes Thema mehr gibt als menschenfressende Löwen.«

Damit hatte sie allerdings recht, dachte Paul. Jasmin wollte das Telefonat gerade beenden, als ihm etwas Wichtiges einfiel: »Ich hatte dir eine Autonummer durchgegeben. Konntest du klären, wer der Halter des Wagens ist?«

Jasmin schaltete nicht sofort. Erst als Paul an die beiden Männer erinnerte, die als verkappte Zoobesucher immer wieder auftauchten, fiel der Groschen: »Ach ja, das habe ich überprüft.«

»Und?«, brannte Paul auf die Antwort.

»Es handelt sich um einen Mietwagen, Paul.«

Die Enttäuschung war groß. Unter diesen Umständen ließ sich die Identität der beiden Kerle nicht klären. Es sei denn, Jasmin hätte den Vermieter kontaktiert und Auskunft verlangt. Doch das war nicht der Fall.

»So etwas unterliegt dem Datenschutz. Wenn ich kein berechtigtes Interesse geltend machen kann, darf ich sensible Kundendaten nicht anfordern«, erklärte sie.

»Es dreht sich immerhin um eine Straftat.«

»Um welche denn? Meinst du, es ist ein Verbrechen, wenn die beiden Gestalten mit dir Katz und Maus spielen? Oder wenn sie öfter in den Zoo gehen als andere Leute? Nee, nee, Paul, schlag dir das aus dem Kopf. Das ist eine Sackgasse.«

Paul, der sich ungern geschlagen geben wollte, legte ihr nahe, sich wenigstens über die Eckkneipe schlauzumachen, in der die beiden Männer verschwunden waren. »In dieser Spelunke stimmt etwas nicht«, war er sich sicher.

»Ich kann es ja mal versuchen«, ließ sich Jasmin erweichen und legte auf, ehe Paul sie mit weiteren lästigen Aufgaben belegen konnte.

Paul legte seinen Kopf in den Nacken und genoss die warme Luft und das Tiergartenpanorama, das er zwischen den Baumstämmen hindurch erhaschen konnte. Als sein Handy zu klingeln begann, dachte er, dass es noch mal Jasmin sei. Ob sie schon etwas über die Kneipe herausfinden konnte?

»Paul? Bist du es?«, meldete sich eine Frauenstimme, die er nicht sofort unterbringen konnte.

»Ja, wer ist denn dran?«

»Die Claudia.«

»Claudia Fuchs?« Damit hatte Paul nicht gerechnet.

»Ja. Ich hatte versprochen, mich zu melden, damit wir etwas ausmachen können«, sagte sie, wobei ihr das schlechte Gewissen anzuhören war. Ob echt oder aufgesetzt – Paul konnte es nicht beurteilen. »Wollen wir es noch einmal versuchen?«

»Eine neue Verabredung? Herzlich gern!«, stimmte Paul zu.

»Hast du heute nach Dienstschluss Zeit?«

Paul überlegte, dachte an Katinka und daran, dass er sich den Abend dringend für sie freihalten müsste. Ein Versöhnungsessen wäre das Mindeste, was er ihr anbieten sollte. Dennoch sagte er: »Ja. Um wie viel Uhr?«

»Ich könnte um sieben. Wir gehen etwas trinken, und du stellst deine Fragen. Einverstanden?«

»Sehr gern«, bestätigte Paul zufrieden. Endlich hatte er sie so weit. »Hast du einen Vorschlag, wo wir uns treffen können?«

Claudia nannte ihm eine Bar ganz in der Nähe.

Paul war überpünktlich. Als er die kleine Bar, die quasi nur aus einem Tresen mit Barhockern und gerade mal zwei Tischchen bestand, betrat, konnte er sich schnell einen Überblick verschaffen: Außer ihm waren ein turtelndes Pärchen und ein einzelner Mann anwesend, nicht aber Claudia.

Paul stellte sich an die Theke und warf einen Blick in die Karte: Bruschetta und andere italienische Antipasti, verschiedene Weinsorten, Bier, alkoholfreie Getränke.

»Was darf's sein?«, fragte ihn eine hübsche junge Frau und lächelte zuvorkommend.

Paul erwiderte das Lächeln. »Ein Wasser bitte, spritzig.«

»Und zu essen?«

»Später vielleicht.«

»Sie warten wohl auf jemanden?«

»Ja«, sagte Paul und schaute an der Kellnerin vorbei durch das große Fenster, das zur Straße hinaus zeigte. In der Hoffnung, Claudia um die Ecke biegen zu sehen. Doch den Gefallen tat sie ihm nicht.

Das Wasser wurde serviert. Paul nippte daran, stellte das Glas ab, sah wieder auf die Uhr. Das Pärchen, das wie frisch verliebt eng beieinandersaß, bekam zwei Gläser Prosecco. Mit vor Glück strahlenden Augen stießen sie an und prosteten sich zu. Anschließend gab es einen ausgiebigen Kuss.

Paul nahm noch einen Schluck Wasser, gefolgt vom nächsten Blick auf die Uhr. Der Mann neben ihm ließ sich ein Bier und ein Schälchen Oliven kommen. Paul sah ihm dabei zu, wie er eine Olive nach der anderen in den Mund schob.

Pauls Glas war leer. Auch das Pärchen war mit dem Prosecco fertig und winkte nach der Rechnung. Inzwischen hatte sich Claudia um eine halbe Stunde verspätet. Paul ärgerte sich sehr darüber, dass sie ihn abermals versetzte. Noch mehr störte er sich daran, dass er ihr zwar seine Handynummer überlassen, aber nicht umgekehrt nach ihrer verlangt hatte. So hatte er keine Möglichkeit, sie anzurufen und an ihre Verabredung zu erinnern. Denn ihr Anruf bei ihm war mit unterdrückter Nummer eingegangen.

Nach beinahe einer Dreiviertelstunde gab Paul auf.

»Zahlen bitte«, sagte er gerade zur Bedienung, als die Tür aufgerissen wurde. Eine Frau stürzte herein. Sie war völlig aufgelöst, das Gesicht voll hektischer Flecken.

»Mein Gott, wie entsetzlich!«, rief sie und kam nach vorn an die Bar.

Hier schien sie bekannt zu sein, denn die Bedienung sprach sie mit dem Namen Anna an. Was denn los sei, wollte sie wissen.

Ehe die wie unter Schock stehende Anna antworten konnte, wurde sie von Motorenlärm und Martinshörnern unterbrochen. In dichter Folge rasten ein Polizeiwagen, Krankentransporter und ein Notarztauto vorbei.

»Sie wollte über die Straße gehen«, setzte Anna an. Ihre Schnappatmung machte ihr das Reden schwer.

»Wer wollte über die Straße?«, fragte die Kellnerin.

»Ich kenne sie nicht. Eine Frau. Recht jung, vielleicht dreißig.«

»Was ist geschehen?«, mischte sich Paul ein, dem auffiel, dass das Tatütata der Rettungswagen nicht leiser wurde. Sie mussten also ganz in der Nähe gehalten haben.

»Die Frau war bis zum Mittelstreifen gekommen, da kam dieser Wagen angeschossen.« Annas Pupillen waren geweitet, ihre Hände zitterten. »Er hat sie überfahren. Direkt vor meinen Augen. Und dann ist er abgehauen. Einfach weitergefahren!«

Paul fürchtete Schlimmstes. »Wie sah die Frau aus?«

»Wie ... wie sie aussah?« Die Unfallzeugin sah ihn irritiert an. »Ich weiß es nicht genau ...«

»War sie groß oder klein, dick oder dünn?«

»Eher klein, würde ich sagen. Nicht besonders dünn, aber auch nicht dick.«

»Welche Haarfarbe hatte sie?«

»Das weiß ich nicht. Beim besten Willen nicht. So genau habe ich nicht hingesehen.«

Paul lag bereits die nächste Frage auf der Zunge, genauer die nach der Kleidung, doch weil ihn die Kellnerin so böse ansah, verkniff er sich die Fortsetzung seines Verhörs. Er hatte ohnehin genug gehört, um seine Schlüsse zu ziehen: Jemand hatte Claudia Fuchs offenbar überfahren. Der Grund dafür lag für Paul eindeutig auf der Hand: Man wollte verhindern, dass sie auspackte und Paul ins Vertrauen zog.

Er zahlte sein Mineralwasser, verließ die Bar und merkte, dass sich seine Beine wie Pudding anfühlten. Seine Ahnungen waren mehr als düster und brachten seinen Magen zum Rumoren. Wie vermutet, hatten die Einsatzfahrzeuge keine fünfzig Meter entfernt gehalten. Paul beeilte sich trotz seiner Beklommenheit, den Unfallort rasch zu erreichen. Im Näherkommen sah er, wie eine Person auf einer Trage in den Krankenwagen geschoben wurde. Paul begann zu rennen, doch bis er ankam, waren die Türen des Krankentransporters geschlossen. Mit eingeschaltetem Signalhorn fuhr der Wagen davon.

Bei dem Gedanken daran, wer sich wahrscheinlich in dem Rettungswagen befand, wurde Paul ganz flau zumute. Mit mulmigen Gefühlen ging er auf einen Polizisten zu, der neben einer Bremsspur kniete und Splitter eines geborstenen Autoscheinwerfers auflas, um sie in einem Plastiktütchen zu deponieren.

»Das war Fahrerflucht, ja?«, sprach Paul ihn an. »Können Sie mir sagen, wer das Opfer gewesen ist?«

Der Polizeibeamte drehte den Kopf. Mit zusammengezogenen Brauen sah er Paul an. »Bitte gehen Sie weiter und behindern Sie unsere Arbeit nicht.«

Paul war nicht imstande dazu. Nicht solange er keine Gewissheit darüber hatte, was Claudia zugestoßen war. Er beugte sich zu dem Polizisten hinunter. »Es kann sein, dass ich die Frau, die gerade angefahren wurde, kenne.«

Der Uniformierte erhob sich. Er war größer als Paul. Und breiter. »Waren Sie Zeuge des Unfalls?«

»Nein, das nicht, aber ...«

»Gehen Sie bitte weiter«, wiederholte der Beamte seine Aufforderung sehr energisch.

»Wenn Sie mir nur den Namen verraten, dann ...«

»Horst!« Der Ruf galt dem Kollegen des Polizisten. Ebenfalls ein kräftig gebauter Ordnungshüter. Der war gerade damit beschäftigt gewesen, die Aussage eines Passanten aufzunehmen. Jetzt steckte er seinen Notizblock weg und ging auf sie zu.

Paul läutete den Rückzug ein. »Schon gut, ich will keinen Ärger machen«, sagte er und entfernte sich vom Unfallort. Doch nur, um an der nächsten Straßenkreuzung sein Handy hervorzuholen und Jasmin Stahl anzurufen. Weil es schon so spät war, probierte er es auf ihrer Privatnummer.

»Du schon wieder! Willst du mich stalken oder was?« Ehe Paul sein Anliegen vorbringen konnte, ließ ihn die Kommissarin abblitzen: »Ich bin auf dem Sprung zum Volleyball. Keine Zeit! Ich leg wieder auf.«

»Hier ist gerade ein Unfall passiert«, kam Paul ihr zuvor. »Ganz in der Nähe des Tiergartens. Fahrerflucht!«

»Ja und? Dann wähl den Notruf.«

»Nein, nein, deine Kollegen von der Schupo sind längst vor Ort.«

Jasmin stöhnte genervt. »Dann ist ja alles in bester Ordnung. Und tschüss!«

»Stopp! Es war eine Fußgängerin beteiligt. Wie es aussieht, ist sie schwer verletzt worden. Ich glaube, es handelt sich um Claudia Fuchs, die Zoopädagogin. Mit ihr war ich verabredet. Sie wollte mir etwas sagen, vermutlich hatte es mit Günters Tod zu tun.«

»Claudia Fuchs?« Paul hatte Jasmins Aufmerksamkeit gewonnen. »Du glaubst, sie ist das Unfallopfer, bist dir aber nicht sicher?«

»Nein, denn bis ich an Ort und Stelle war, fuhr der Krankenwagen ab. Ich habe nicht sehen können, wer auf der Trage lag. Kannst du dich darum kümmern und das klären?«

»Aber mein Volleyballtraining ...« Jasmin klang hin- und hergerissen.

»Bitte!«

»Verdammt. Ja.«

»Danke!«

»Du bist ein Quälgeist, Paul.«

»Ruf sofort an, wenn du etwas in Erfahrung gebracht hast, okay?«

Noch immer sehr aufgewühlt kam Paul eine halbe Stunde später nach Hause. Dort traf er Katinka am Esstisch an. Vor ihr ein geleerter Teller, daneben ein zur Hälfte ausgetrunkenes Glas Rotwein. Sie tupfte sich mit einer Serviette die Lippen ab.

»Zurzeit haben wir kein gutes Timing, was?«, fragte sie. »Wäre doch schön, wenn wir wenigstens ab und zu miteinander essen würden.«

Paul zog einen Stuhl zurück, um sich zu ihr zu setzen. Doch im gleichen Moment stand sie auf.

»Ich bin verabredet«, sagte sie. »Treffe mich mit Sybille auf einen Cocktail im ehemaligen *Café Lucas*. Das nennt sich jetzt *dasPaul* – ob sie es nach dir umbenannt haben?«

Sybille war eine alte Schulfreundin von Katinka. Paul hatte den Eindruck, dass sie sich immer nur dann mit Sybille traf, wenn es Stress in der Beziehung gab. Meistens in der von Sybille, heute aber wohl eher in Pauls und Katinkas.

»Schade«, meinte Paul. »Ich hätte dir gern von meinem Tag erzählt. Es ist einiges passiert.«

»Später vielleicht. Oder morgen.« Katinka zog sich ins Bad zurück. Als sie wieder auftauchte, hatte sie sich dezent geschminkt und trug eines von Pauls Lieblingsparfüms. Ihr langes blondes Haar wippte federleicht auf ihren Schultern. Gut sah sie aus, dachte Paul. Doch ihr Blick war ernst.

»Übrigens habe ich vorhin mit Hannah gesprochen.«

Paul erhob sich von seinem Stuhl. »Und? Wie geht es ihr?«

»Es läuft alles nicht so reibungslos, wie sie es sich vorgestellt hatte. Das mit der Unterkunft bei Freunden haut nicht hin. Die haben ihr mehr versprochen, als sie halten konnten. Nichts als Höflichkeitsfloskeln. Jetzt ist sie erst einmal in einem günstigen Hotel abgestiegen.«

»Und sonst? Fühlt sie sich wohl?«

»Es ist nur ein kurzes Telefonat gewesen«, sagte Katinka, als sie schon in der Tür stand.

Mehr bekam Paul nicht zu hören, denn als er vorschlagen wollte, ob sie nicht mal zu dritt skypen könnten, war Katinka längst draußen.

17

Die Gefühle, die Paul am Freitagmorgen umtrieben, als er in der Straßenbahn Richtung Tiergarten saß, waren alles andere als ausgeglichen. Einerseits konnte er aufatmen, weil ihn Jasmin am frühen Morgen darüber informiert hatte, dass die angefahrene Frau mit einem Knochenbruch und ein paar blauen Flecken davongekommen und der flüchtige Unfallfahrer gestellt worden war. Dass es sich bei der Frau jedoch um eine ihm gänzlich Unbekannte handelte, erleichterte ihn nur für einen kurzen Moment. Denn es bedeutete, dass Claudia Fuchs ihn gestern versetzt hatte. Wieder mal!

Paul legte sich die Worte zurecht, mit denen er der Zoopädagogin begegnen wollte. Das waren keine netten Worte, und er würde sich auf keine weiteren Ausflüchte einlassen, sondern sie dazu auffordern, endlich Stellung zu beziehen. Sollte ihm das nicht gelingen, hätte er nicht die geringsten Skrupel, Jasmin auf Claudia zu hetzen. Dann würde sich ja zeigen, wer am Ende am längeren Hebel säße.

Im Naturkundehaus, wo er Claudia vermutete, traf er nur auf Hugo Kleinlein. Der schien die Polizeiaktion in seinem Fundus nicht verwunden zu haben und gab sich zurückhaltend. Vielleicht halte sich Claudia im Bistro an der Lagune auf und trinke dort einen Kaffee, meinte er. Das tue sie öfter, denn die Wirtin sei eine Freundin von ihr. Mehr Informationen konnte Paul aus dem verbittert wirkenden Männlein nicht herauskitzeln, bedankte sich artig und schlug den Weg zu den Delphinen ein.

Das moderne, lichtdurchflutete Bistro war für einen großen Besucheransturm gewappnet, wie man ihn an einem warmen Frühlingstag wie heute erwarten konnte: In der langen Kühltheke reihten sich die leckersten Kuchen und

Torten aneinander. Paul stach besonders die mächtige Käsetorte ins Auge.

»Möchten Sie ein Stück probieren? Alles hausgemacht.«

Die Frau hinterm Tresen sah Paul erwartungsfroh an.

»Noch ein bisschen früh dafür«, befand Paul. »Ich merke mir das für den Nachmittag vor.«

»Wenn dann noch etwas da ist ...«

Paul ließ sich einen Milchkaffee geben, für den ihm netterweise nur der Mitarbeiterpreis berechnet wurde, und erkundigte sich nach Claudia Fuchs.

Die sei heute leider krank, wusste die Kellnerin. Vorhin habe sie eine SMS-Nachricht geschickt. Ob sie nächste Woche wiederkomme, sei ungewiss.

»Verdammt«, platzte es aus Paul heraus.

Die Bedienung schaute ihn etwas verwundert an. »Gibt es etwas Wichtiges?«, erkundigte sie sich.

Er wog ab, inwieweit er die Frau ins Vertrauen ziehen sollte.

Sie ahnte offenbar seine Gedanken und erklärte: »Claudia und ich haben im selben Jahr hier angefangen. Wir sind gut befreundet. Ich weiß, dass sie gerade eine schwierige Phase durchmacht, denn Günters Tod ist ihr sehr nahegegangen. Sie hat mir auch von Ihnen erzählt. Und von Ihrer Neugierde, was Günters Unfall anbelangt.«

Ehe Paul darauf eingehen konnte, streckte die Frau ihm ihre Hand entgegen. »Ich bin Maike. Von mir aus können wir uns gern duzen, wie die meisten hier in der Zoofamilie.«

Paul schlug ein. »Hat Claudia Ihnen, äh, dir denn auch darüber berichtet, dass wir uns treffen wollten, sie mich aber sitzen gelassen hat?«

Maike machte ein bekümmertes Gesicht. »Ja, hat sie. Es tut ihr furchtbar leid, sie hat ein total schlechtes Gewissen.«

»Warum hat sie es dann getan?«

»Sie ist einfach noch nicht so weit, darüber zu reden. Jedenfalls nicht mit einem Fremden.«

»Darüber? – Worüber?«, hakte Paul nach.

»Ich halte es für keine gute Idee, wenn ich ausplaudere, was Claudia geheim zu halten versucht.«

Paul ließ die Mundwinkel hängen. Bei allem Verständnis für Trauer und sensible Seelen riss ihm allmählich der Geduldsfaden. »Es hat mit Günter zu tun, habe ich recht? Claudia ist besser informiert, als sie uns allen weiszumachen versucht.«

Maike machte einen Schritt nach hinten. Es sah so aus, als wollte sie sich hinter ihrem Kuchentresen verbergen. »Ich habe doch gesagt, dass sie Günters Tod sehr mitgenommen hat. Aber dass sie besser informiert sein soll? Nein.«

»Das glaube ich aber doch«, beharrte Paul. »Ich bin davon überzeugt, dass sie sehr genau weiß, wie alles abgelaufen ist. Und ich vermute sogar, dass ...«

»Dass was?«

»Dass Claudia jemanden deckt. Vermutlich aus Angst davor, dass ihr das gleiche Schicksal widerfährt wie Günter.«

Maike wirkte beunruhigt, als sie sagte: »Ich verstehe nicht, was du meinst. Wen soll sie decken und weshalb sollte sie Angst haben?«

»Ich habe mir Günters Spind angesehen«, suchte er nach einem neuen Ansatz. »Er war leer geräumt – bis auf eine rote Rose. Kannst du dir vorstellen, wer die dort hineingelegt hat?«

Maikes Augen wurden größer. »Eine Rose? Ja, wer könnte ...«

»Claudia war es, das liegt auf der Hand!« Da Maike den Mund öffnete, aber nichts mehr sagte, legte Paul nach:

»Das, was zwischen Claudia und Günter lief, war weit mehr als eine bloße Freundschaft. Sie hat ihn geliebt! Günter war nicht ihr Kumpel, sondern ihr Lover. Aber es gibt noch jemanden anderen, der hinter Claudia her ist. Jemand, der eifersüchtig war auf seinen Nebenbuhler. So eifersüchtig, dass er selbst vor dem Äußersten nicht zurückschreckte.«

Maike schüttelte eingeschüchtert den Kopf. »Nein, nein, du siehst das falsch. Claudia und Günter waren kein Paar.«

»Ich sehe es falsch? Dann sag mir, wie es richtig ist! Warum machen alle so ein großes Geheimnis daraus?«

»Das ist einzig und allein Claudias Ding«, wich Maike aus. Mit zunehmender Nervosität rieb sie die Hände an ihrem Kittel. »Mittlerweile weiß jeder, dass du bei uns ermittelst, Paul. Das mit dem Fotosmachen ist doch bloß ein Vorwand.«

»Ich werde fürs Fotografieren bezahlt und für nichts anderes«, stellte Paul klar.

»Umso seltsamer ist es, dass du dich so sehr für Claudia interessierst.« Maike traute sich langsam wieder aus der Deckung und lehnte sich auf den Tresen. »Andreas, der bei uns fürs Personalwesen zuständig ist, hat es mir längst geflüstert.«

»Was hat er dir geflüstert?«, fragte Paul arglos.

»Dass Rolf Weinbauer eine Detektei angeheuert hat.«

»Wie bitte?«

»Du kannst deine Maske fallen lassen, Paul: Ich weiß es, Claudia weiß es und die meisten anderen auch: Man hat dich als privaten Ermittler bei uns eingeschleust.«

»Aber nein. Das ist Blödsinn.« Er legte seine Visitenkarte auf den Tresen. »Hier steht es schwarz auf weiß. Wenn du mir nicht glaubst, schau dir meine Website an. Da siehst du, was ich beruflich mache.«

»Alles Tarnung«, blieb Maike bei ihrer Meinung.

Paul fuhr sich mit seinen gespreizten Fingern durchs Haar. »Warum sollte Herr Weinbauer eine Detektei beschäftigen?«

»Die Antwort auf die Frage solltest du am besten kennen.«

»Tut mir leid, aber da muss ich passen.«

Das Schrillen seines Handys unterbrach ihr Gespräch. Auf dem Display erkannte Paul, dass es Jasmin war. Schon zum zweiten Mal an diesem Tag. Er drehte sich von Maike weg und nahm ab.

»Wo steckst du gerade?«, fragte Jasmin und klang drängend.

»Im Tiergarten. Wo sonst.«

»Okay, mach mal Pause und schwing die Hufe.«

»Wohin soll ich meine Hufe schwingen?«, nahm Paul ihre saloppe Ausdrucksweise auf.

»Komm zu der Eckkneipe, in der du deine beiden mysteriösen Schattenmänner verschwinden sehen hast.«

Paul horchte auf. »Konntest du herausfinden, was sie dort wollten und wer sie sind?«

»Ja – und das Ganze ist eine ziemliche Überraschung.«

»Sag schon: Um wen handelt es sich?«

»Nein, das musst du selbst sehen. Kannst du in einer Viertelstunde dort sein? Beeil dich!«

Als Paul sein Handy einsteckte und gehen wollte, fing er Maikes skeptischen Blick auf. Klar, was sie jetzt denken musste: Sie sah sich in ihrem Argwohn bestätigt. Paul aber hatte keine Zeit, sich ihr weiter zu erklären. Also zwinkerte er ihr nur zu und verließ eilig das Café.

Paul nahm sich ein Taxi und schaffte es auf diese Weise sogar in zehn Minuten. Von Jasmin fehlte noch jede Spur, als er sich dem heruntergekommen wirkenden Eckhaus näherte. Er kam an die Eingangstür der Kneipe, in der er die zweifelhafte Bekanntschaft der beiden ältlichen Barmusikanten gemacht hatte. Dann ließ er seinen Blick an dem Gebäude hinaufgleiten, dessen Fassade von schmuddeligem Grau überzogen war. Die Fenster der oberen Etagen waren mit Gardinen verhangen. Auf einigen Fensterbrettern standen Pflanzen. Paul nahm an, dass es sich um Mietwohnungen handelte. Nur im ersten Stock wiesen die Fenster Jalousien statt Gardinen auf. So wie sie in manchen Büros üblich sind.

Während er auf Jasmin wartete, schlenderte er weiter und erreichte eine Seitentür. Die unterschiedlichen Namen auf den Klingelschildern bestätigten, dass das Haus mehrere Mietwohnungen beherbergte. Das Schild neben dem Klingelknopf für die erste Etage war allerdings größer und breiter. Wohl der Hinweis darauf, dass dort ein Büro untergebracht war. Als Paul die Aufschrift las, wollte er seinen Augen nicht trauen.

»Da staunst du, was?«

Jasmin stand plötzlich hinter ihm und blickte ihm über die Schulter.

»*Detektei Bertram & Heidrich, Ermittlungen aller Art*«, las sie vor.

»Oh Mann, das gibt es doch gar nicht!« Paul hatte mit allem Möglichen gerechnet, aber sicher nicht damit. Die Vermutungen von Kellnerin Maike hatten sich somit als absolut richtig erwiesen.

Jasmin, die über einer ausgewaschenen Jeans eine legere schwarze Lederjacke trug, legte ihren Finger auf den Klingelknopf. »Sollen wir uns erkundigen, mit welchem Auftrag die Herren Bertram und Heidrich im Zoo unterwegs sind?«

»Sehr gern!«

Die Detektei bot ein gänzlich anderes Bild, als es das schäbige Eckhaus inklusive spelunkenhafter Kneipe hatte vermuten lassen: Paul und Jasmin betraten ein hell möbliertes Büro mit aufgeräumten Schreibtischen und ordentlich bestückten Aktenschränken. Eine absolut seriös erscheinende Vorzimmerdame erkundigte sich nach ihrem Anliegen.

Jasmin legte ihren Ausweis auf den Tisch, den die Assistentin sorgsam und ohne jede Aufregung studierte. Dann erhob sie sich und klopfte an die Tür des Chefbüros. Kurz darauf standen Paul und Jasmin den beiden Männern gegenüber, die bis vor Kurzem nur Phantome gewesen waren.

»Was können wir für Sie tun?«, fragte der größere der beiden Männer, der sich ihnen zuvor als Herr Heidrich vorgestellt hatte.

Nachdem Jasmin ihnen sehr sachlich dargelegt hatte, dass die Detektive für einiges Aufsehen gesorgt und die Ermittlungen in einem Todesfall gestört hätten, trat der kleinere der beiden, Herr Bertram, nach vorn.

»Es liegt uns fern, die Ermittlungen der Polizei zu behindern. Das stand in keinster Weise in unserer Absicht. Seien Sie versichert, dass unsere Aufgabe nicht das Geringste mit Ihrem Fall zu tun hat.«

»Wie genau sieht denn Ihre Aufgabe aus?«, wollte Jasmin wissen.

»Ich bitte um Verständnis: Wir haben unserem Mandanten Verschwiegenheit zugesichert«, sagte Bertram.

»Ihnen ist klar, dass wir im Handumdrehen einen richterlichen Beschluss besorgen können«, sagte Jasmin ruhig, aber bestimmt. »Möchten Sie, dass wir das tun?«

Bertram wechselte einen Blick mit seinem Kompagnon. »Wir handeln im Auftrag der Zoodirektion«, ließ der Detektiv durchklingen. »Wie Sie vielleicht wissen, sind in den letzten Wochen nicht erklärbare Abgänge aus dem Tierbestand aufgetreten. Reicht Ihnen das fürs Erste?«

Auch Jasmin tauschte einen Blick mit Paul, bevor sie nickte. »Damit können wir etwas anfangen, ja. Sind Sie bei Ihren Recherchen eigentlich zu einem Ergebnis gekommen?«

»Nein, bedauerlicherweise nicht«, antwortete Heidrich.

»Aber wir stehen kurz davor«, betonte Bertram.

»Warum hast du sie nicht auf die Sache mit Blohfeld angesprochen?«, fragte Paul, kaum dass sie die Detektei verlassen hatten. »Seine blutige Nase – das war Körperverletzung!«

»Ich finde, die beiden sind uns mehr entgegengekommen, als wir hoffen konnten.« Während Jasmin an Pauls Seite den Gehsteig entlangging, hielt sie den Kopf nachdenklich gesenkt.

»Und jetzt?«, fragte Paul, nachdem seine Begleiterin keine Anstalten machte, noch irgendetwas dazu zu sagen.

»Jetzt?« Sie blieb stehen und sah zu ihm auf. »Jetzt können wir unsere Skepsis aufgeben und uns der Meinung der anderen anschließen: Alles hat sich in Wohlgefallen aufgelöst. Mit den beiden Detektiven ist der allerletzte Verdachtsmoment ausgeräumt. Wie sagt man doch so schön: Außer Spesen nichts gewesen.«

»Soll heißen?«

»Dass die Ermittlungen im Fall Günter Kleeberger eingestellt sind. Bei seinem Tod handelt es sich um einen selbst verschuldeten, bewusst herbeigeführten Unfall, ergo um eine Selbsttötung.«

Paul konnte dem nichts mehr entgegensetzen. »Ja, es sieht so aus«, sagte er matt.

»Es sieht nicht nur so aus, sondern dies entspricht den Tatsachen. Schnelleisen hat diese These ja schon die letzten Tage vertreten. Ich muss zugeben: Er lag richtig – und inzwischen hat er es offiziell gemacht.«

»Er hat was?«

Jasmin griff nach ihrem Handy. »Schnelleisen ist heute Mittag vor die Presse getreten. Deine beiden Detektive haben da schon keine Rolle mehr gespielt, denn der Hauptkommissar nahm diese Spur nicht ernst – und behielt auch damit recht.«

Paul kam mit dem plötzlichen Tempo der Entwicklung kaum mit. »Es ist tatsächlich vorbei? Der Fall gilt als gelöst?«

»Wie man hört, war das ganz im Sinne des Polizeipräsidenten, der vor dem Wochenende Resultate präsentieren wollte. Die Negativberichte über unseren schönen Tiergarten sollten sich nicht in die dritte Woche hineinziehen.«

»Wie hat Schnelleisen der Presse das verkauft?«

»Ich habe einen Teil der Pressekonferenz mitgeschnitten. Möchtest du hören?«

Paul nickte, woraufhin Jasmin die Aufnahme von ihrem Handy abspielen ließ:

»... möchte ich feststellen, dass wir – Polizei und Staatsanwaltschaft – den Todesfall Günter Kleeberger untersucht und dabei allen Gerüchten und Hinweisen, dass etwas faul sei, nachgegangen sind. Wir sind zu dem Schluss gekommen, dass diese Gerüchte jeglicher Basis entbehren. Konkrete Verdachtsmomente um den tragischen Todesfall haben sich nicht ergeben. Auch gibt es keine Grundlagen zum Nachweis einer fahrlässigen Handlung aufseiten der Verantwortlichen. Soweit es uns betrifft, wird keine Klage gegen eine Person oder Personen erhoben werden.«

Jasmin schaltete die Aufnahme ab und sah Paul an. »Schau nicht so pikiert. Wir müssen den Tatsachen ins Auge blicken. Außerdem kann ich mich dem Präsidenten nur anschließen: Nun finden hoffentlich diese unsäglichen Schlagzeilen über den Zoo ein Ende.«

Ja, das hoffte Paul auch. Denn der Tiergarten hatte es nicht verdient, in der Öffentlichkeit nur noch im Zusammenhang mit »Killerlöwe Pascha« Erwähnung zu finden. Dennoch konnte Paul keine rechte Freude darüber empfinden, dass dieser Fall so sang- und klanglos zu Ende ging.

»Nichts für ungut«, sagte Jasmin. »Ich kann verstehen, dass du enttäuscht bist. Trotzdem danke für deine Hilfe, Paul.«

Sie kamen bei der Straßenbahnhaltestelle an, wo sich ihre Wege trennten.

»Was hast du heute noch vor?«, fragte Jasmin. »Zurück in den Zoo?«

Paul bestätigte dies. Er müsse sich dringend um seinen eigentlichen Auftrag kümmern. Denn für den werde er ja bezahlt, und da er nicht mehr länger den Kundschafter für die Polizei spielen sollte, würde er nun die Zeit und Muße für seine Aufnahmen finden.

18

Paul hatte die Rechnung ohne den Wirt gemacht: Dass er so tun könnte, als wäre nichts geschehen, um sich fortan seinen Fotos zu widmen, erwies sich als Trugschluss. Am Personaleingang wurde er von Christian Schulte abgefangen – mit sehr ernster Miene.

»Dass Sie unsere Verabredung in der *Satzinger Mühle* nicht eingehalten haben, nehme ich Ihnen echt übel.«

Verflixt, dachte Paul. Dass er den Pressesprecher versetzt hatte, hatte er völlig verdrängt. Für eine Entschuldigung war es jetzt wohl zu spät.

»Ich hätte Ihnen noch so einiges zu erzählen gehabt. Über Günter und dass er sich sehr für unsere Zoopädagogin interessiert hatte. Eine Liaison, die Herrn Weinbauer gar nicht gefiel. So etwas interessiert Sie doch, oder?« Schultes sonst so strahlendes Lächeln wirkte diesmal eher gequält. »Sei's drum. Nun ist die Sache eh gelaufen für Sie.«

»Wie darf ich das verstehen?«

Was für eine selten doofe Frage! Schulte kochte vor Wut. Mit diesem Flemming hatte er sich einen absoluten Fehlgriff geleistet. Nicht genug damit, dass der Mann sich kaum seiner eigentlichen Aufgabe widmete, entpuppte er sich nun auch als große Enttäuschung in seiner angedachten Funktion als Steigbügelhalter. So wie es aussah, hatte Weinbauer nun wieder die Nase vorn. Flemming war verbrannt und somit nicht mehr von Nutzen für Schulte. Ärgerlich. Höchst ärgerlich.

»Melden Sie sich gleich bei Weinbauer. Der Chef ist stinksauer«, sagte Schulte und nahm sich vor, diese wenig rühmliche Episode aus seinem Berufsleben so bald wie möglich zu vergessen.

Paul fand sich kurz darauf im Büro des Zoovizes ein. Dieser mahlte mit den Zähnen, als er Paul sah. Mit knapper Geste forderte er ihn dazu auf, sich zu setzen.

»Ich habe einen Anruf der Detektei Bertram & Heidrich bekommen«, leitete er ein, woraufhin Paul sofort wusste, was die Stunde geschlagen hatte. »Ihr Auftrag lautete, Fotos unserer Tiere und Gehege zu machen, und nicht, unseren Mitarbeitern Löcher in den Bauch zu fragen.« Er plusterte sich auf wie ein Pfau. »Schon gar nicht sollten Sie mir ins Handwerk pfuschen. Dass ich Bertram und Heidrich engagiert habe, hätte niemand erfahren sollen. Die beiden sollten verdeckt ermitteln. Durch Ihre Einmischung ist alles gefährdet.«

»Die Detektive sollten aufklären, wer hinter dem Verschwinden der Tiere steckt, korrekt?«, fragte Paul kleinlaut. »Und die Geheimhaltung deshalb, weil Sie den Tierdieb in den eigenen Reihen vermuten.«

Weinbauer ließ seine Faust auf den Schreibtisch donnern. Er fixierte Paul durch seine kreisrunden Brillengläser. Seine eisgrauen Augen funkelten ihn böse an. »So war der Plan. Aber davon kann ich mich wohl verabschieden. Denn Sie hatten ja nichts Besseres im Sinn, als Fotos meiner Detektive herumzuzeigen und einen jeden, der es wissen wollte oder auch nicht, auf die Herren Bertram und Heidrich aufmerksam zu machen.«

»Entschuldigen Sie bitte. Das habe ich nicht gewollt.«

»Einen Teufel werde ich! Für Entschuldigungen ist es zu spät.« Er holte Luft, um Paul die Leviten zu lesen: »Ich werde Ihnen sagen, wie es läuft: Sie liefern das Bildmaterial ab, das Sie bisher erstellt haben. Dann überweise ich Ihnen Ihr Honorar für die zwei Wochen, die Sie bei uns waren. Und damit sind Sie raus. Ein für alle Mal.«

Mit einem miesen Gefühl verließ Paul den Verwaltungsbau. Weinbauer hatte ihm zu verstehen gegeben, dass er es verbockt hatte, und das mochte Paul nur ungern auf sich sitzen lassen. Immerhin hatte er in der Annahme gehandelt, einem Verbrechen auf der Spur zu sein. Die eine oder andere Ungereimtheit, auf die er gestoßen war, hatte ihn in diesem Glauben ebenso bestätigt wie Jasmins anfängliche Aufforderung, Augen und Ohren offen zu halten. Doch nun, nachdem sich das Ganze in Wohlgefallen aufgelöst hatte, sollte er der Buhmann sein. Das schmeckte ihm gar nicht.

»Ist dir eine Laus über die Leber gelaufen?« Eine starke Hand verpasste ihm einen aufmunternden Klopfer auf die Schulter. Neben Paul war Betti Rübsam aufgetaucht. Die ebenso kräftige wie gutmütige Veterinärin sah sofort, dass irgendetwas nicht in Ordnung war.

»Ich bin meinen Job los«, gestand Paul ihr zähneknirschend ein.

»Was? Oje, das tut mir leid«, sagte sie nur und sah ihn bedauernd an. Das schöne Wetter und das muntere Zwitschern der Vögel standen im krassen Widerspruch zu ihrem Gesichtsausdruck.

»Weinbauer ist der Meinung, dass ich mich durch Günters Tod zu sehr von meiner eigentlichen Aufgabe habe ablenken lassen.«

»Womit er wohl nicht ganz unrecht hat«, sagte Betti, fügte jedoch im gleichen Atemzug hinzu: »Jeder von uns hat sich damit beschäftigt. Dass Günter so unvernünftig war und in das Gehege gegangen ist, wollte doch am Anfang keinem von uns in den Kopf.«

»Im Grunde geht es mir trotz all der Fakten, die dafürsprechen, immer noch so. Denn nach wie vor fehlt mir ein Grund für sein Handeln.« Paul suchte in Bettis freundlich blickenden Augen nach Antworten. »Immer wieder hatte ich den Eindruck, dass ihr hier alle mehr wisst, aber nicht darüber reden möchtet. Vor allem bei Claudia Fuchs ist mir das aufgefallen: Sie trägt ein Geheimnis mit sich herum, will es aber partout nicht preisgeben. Lieber lässt sie sich krankschreiben, als mit mir zu sprechen. Ich frage mich, warum.«

Betti stieß ein missmutiges Schnaufen aus und wandte den Blick ab. Sie rang ganz offensichtlich mit sich selbst, ob sie sich Paul gegenüber öffnen oder das Gespräch beenden sollte. Schließlich gab sie sich einen Ruck und sagte: »Du weißt ja von Claudia und Günter.«

»Wie man es nimmt«, meinte Paul. »Mal heißt es, die beiden seien ein Paar gewesen, mal waren sie es nicht.«

»Sie waren es nicht, Paul«, stellte Betti klar. »Aber Günter hätte es gern so gehabt. Er war verliebt in Claudia. Sehr sogar.«

»Mag sein. Aber weshalb ist das so prekär?«

»Weil Claudia ihm einen Korb gegeben hat – und zwar am Tag vor seinem Tod.«

Endlich begann Paul zu begreifen. »Also hat sie ein schlechtes Gewissen. Glaubt, dass sie ihn in den Tod getrieben hat.« Er schlug sich mit der Hand vor die Stirn. »Deshalb drückt sie sich vor jedem tiefer gehenden Gespräch. Dass ich das nicht eher erkannt habe ...«

»Fest steht, dass sich die beiden kurz vor Feierabend in der Nähe des Löwengeheges getroffen haben. Günter legte sich wohl noch einmal richtig ins Zeug, schenkte seiner Angebeteten sogar eine Kette. Doch Claudia, die Günters Avancen vorher ja schon öfter abgewiesen hatte, stieß ihn von sich. Sie warf sein Geschenk weg und gab ihm zu verstehen, dass er sich keine Hoffnungen zu machen brauchte.«

Betrübt sah Betti Paul an. »Kannst du jetzt nachvollziehen,

weshalb sich Claudia so verhält? Auf ihr lasten unglaubliche Schuldgefühle.«

Bei Paul lösten Bettis Worte eine Kaskade der Erkenntnisse aus. Vieles sah er mit einem Mal viel klarer. Claudias Geheimniskrämerei, ihr ständiges Ausweichen – ja, nun ergab das alles einen Sinn. Vor allem aber meinte er endlich den Grund dafür gefunden zu haben, weshalb Günter das Gehege betreten hatte. Nicht selbstmörderische Gedanken hatten ihn dazu bewogen, sondern ganz praktische Erwägungen. Hatte Betti nicht gesagt, dass Claudia seine Kette weggeworfen hätte? Aufgebracht, wie Claudia wahrscheinlich gewesen war, hatte sie das Liebesgeschenk nicht einfach auf den Boden fallen lassen, sondern in hohem Bogen fortgeschmissen. Bis hinein ins Gehege!

Ja, dachte Paul, so musste es sich abgespielt haben: Nach ihrer Auseinandersetzung war Günter am späten Abend noch einmal an ihren Treffpunkt zurückgekehrt. Dort hoffte er, die Kette, die ihm selbst viel bedeutete, wiederzufinden. Er suchte den Weg ab, das Gebüsch, schließlich betrat er das Gehege, in der Annahme, die Tiere seien im Innenbereich eingesperrt. Gunters Fußspuren, die im Zickzackmuster durch die Außenanlage führten, sprachen für diese Annahme. Claudia musste ebenfalls auf das Kettchen aus gewesen sein, als Paul sie neulich halb im Gebüsch steckend überrascht hatte. Der Grund dafür lag auf der Hand: Claudia wollte verhindern, dass jemand anderes sie fand und sie dadurch in Verbindung mit Günters Tod gebracht wurde. Denn vielleicht hatte Günter seinen Kollegen erzählt, dass er seine Angebetete mit dem Kettchen beschenken wollte, und dieses herumgezeigt. Oder es waren sogar die Namen der beiden eingraviert. Ein Risiko, das es auszuschalten galt.

Betti hatte ihm die Augen geöffnet. Dafür war er ihr sehr dankbar. Doch das langte Paul nicht. Er musste Claudia selbst fragen, ob es sich so abgespielt hatte. Nur so würde er einen Schlussstrich unter dieses Drama ziehen können!

Die Privatadresse der Zoopädagogin hatte er Betti abschwatzen können, ihr aber in die Hand versprechen müssen, dass er Claudia nicht zu hart rannehmen würde. Das tat er gern, denn er konnte sich denken, wie sich die Zoopädagogin fühlen musste: Sie hatte Günters Avancen abgelehnt und damit indirekt seinen Tod verursacht – eine Vorstellung, die zentnerschwer auf ihrem Gewissen lasten musste, obwohl sie sich ja eigentlich nichts zuschulden hatte kommen lassen. Daher hatte er nicht vor, Claudia Vorwürfe irgendwelcher Art zu machen. Höchstens den, dass sie nicht mit der Wahrheit herausgerückt war. Denn sie hätte allen Beteiligten eine Menge Arbeit und Ärger erspart und den Fall deutlich früher zum Abschluss bringen können. Doch selbst die Gründe für ihr Schweigen konnte Paul verstehen: Der psychische Druck, der auf ihr lastete, musste groß sein, ihre Selbstvorwürfe unerträglich.

Die Einliegerwohnung an den Ausläufern von Mögeldorf hatte Paul bald erreicht. Zum Glück traf er Claudia zu Hause an. Sie öffnete ihm die Tür, und diesmal gab es keine Ausflüchte mehr für sie.

»Hallo, Claudia«, sagte Paul und trat ein, ehe sie die Tür wieder schließen konnte. Er ging an ihr vorbei in ein geschmackvoll eingerichtetes Apartment, in dem helle Cremefarben dominierten. Die vielen liebevollen Dekorationen und Pflanzen in jeder freien Ecke sagten Paul, dass es sich um einen Frauenhaushalt handelte. Ein Mann war hier noch nicht sesshaft geworden, oder aber er hatte keine Spuren in

Form eines großen Flachbildfernsehers, Stereoboxen oder eines Stapels Sportmagazine hinterlassen.

»Es wird Zeit zu reden«, nannte er den Grund seines Kommens.

Bei Claudia löste diese Ankündigung geradezu eine Entladung ihrer Gefühle aus: Zunächst sah sie ihn mit zusammengepressten Lippen an und hielt die Hände zu Fäusten geballt. Dann erfasste ein Zittern ihren Körper, und Tränen sammelten sich in den Augenwinkeln. Emotionen brachen sich ihre Bahnen, als sie im nächsten Moment zu schluchzen begann und ihr Gesicht hinter ihren Händen zu verbergen versuchte.

Paul machte Anstalten, sie in den Arm zu nehmen und zu trösten. Doch er hielt sich zurück und wartete ab, bis sich Claudia wieder gefangen hatte. Anschließend führte er sie zur Sofaecke. Beide setzten sich auf das muschelweiße Polster.

»Ich habe das alles nicht ahnen können«, begann sie mit dem Geständnis dessen, was ihr so sehr auf der Seele lastete. Claudia schilderte Paul das letzte Treffen mit Günter vor dessen Tod, und das, was Paul hörte, entsprach ziemlich genau seinen Erwartungen: »Günter war ein toller Kollege, nett und hilfsbereit. Ein echter Kumpel. Aber als Mann kam er für mich nicht infrage. Wir passten einfach nicht zusammen, und das habe ich ihm immer wieder zu verstehen gegeben. Erst im Guten, später dann musste ich Klartext reden. Doch das schreckte ihn nicht ab. Ganz im Gegenteil.« Sie schnäuzte sich in ein Tempotaschentuch. »Eine Weile dachte ich ja, er hätte eine andere gefunden, denn für ein, zwei Wochen ließ er mich in Ruhe: Das war kurz nach unserer Weihnachtsfeier im Betriebshof. Da geht es traditionell immer recht hoch her. Aber Fehlanzeige: Kaum hatte ich die Hoffnung, dass er sich damit abgefunden hat, stellte er mir wieder nach.«

»Und er machte dir sogar Geschenke ...«, brachte Paul das Gespräch auf die verschmähte Kette.

Claudia stieß ein leises Stöhnen aus. »Ja. Meist Kleinigkeiten. Am letzten Tag drückte er mir ein silbernes Kettchen in die Hand. Es trug ein Herz mit Günters und meinen Initialen.« Sie sah Paul aus rot geränderten Augen an. »Ich fand das anmaßend und besitzergreifend. Das war der Moment, der bei mir das Fass zum Überlaufen gebracht hatte: Ich war dermaßen wütend darüber, dass er meinen Willen so penetrant ignorierte, dass ich die Kette einfach fortwarf. Und dann habe ich ihm gesagt, dass er mich endlich in Frieden lassen sollte. Ansonsten würde ich mich an die Verwaltung wenden und mich beschweren, dass er mich belästige.« Eine dicke Träne rollte über ihre Wange. »Hätte ich geahnt, was ich damit ausgelöst habe ...«

Paul wartete das Ende ihrer nächsten Heulattacke ab, bevor er weiterfragte: »Als du die Kette geworfen hast, habt ihr euch in Höhe des Löwenfreigeheges aufgehalten, richtig?«

»Ja«, sagte Claudia und bestätigte Pauls Vermutung, dass sie neulich dort nach der Kette gesucht hatte. Sie wollte nicht, dass jemand anderes sie fand und daraus Rückschlüsse zog. »Ich wollte, dass das eine Sache zwischen Günter und mir blieb. Nun war er ja tot, und seine Liebe zu mir ging niemand anderen etwas an.«

»Aber es wusste doch wahrscheinlich sowieso kein anderer von der Kette, oder?«

»Und wenn ein Kollege oder eine Kollegin Rückschlüsse aus den Initialen gezogen hätte? Das wollte ich auf keinen Fall.«

»Hast du das Kettchen in dem Dickicht denn finden können?«

»Leider nein.«

»Du weißt, dass wahrscheinlich auch Günter selbst nach dem Kettchen suchte? Und zwar mitten im Gehege.«

Ein weiteres Schluchzen. Claudia ließ ihr Gesicht wieder in ihre Hände fallen. »Ja, wie furchtbar«, presste sie heraus. »Er muss nach unserem Streit so aufgewühlt gewesen sein, dass er nicht auf die Sicherheitsvorschriften achtete. Er hätte sich vergewissern müssen, nicht gleichzeitig mit den Löwen im Gehege zu sein.«

»Wie konnte er die Tiere denn übersehen?«

»Es war ja schon dämmrig. Wenn sich die Großkatzen am Rand bei den Felsen aufhalten, kann man sie kaum sehen. Man denkt, das Gehege wäre leer. Deswegen ist ein Blick auf die Überwachungsmonitore Pflicht.«

»Aber die Kameras waren an diesem Tag defekt.«

»Ja, was für ein Unglück!« Claudia verfiel in einen Weinkrampf. »Der arme Günter. Das hat er nicht verdient.«

»Hast du eine Vorstellung, wie er die Tür zum Gehege aufsperren konnte? Seine eigenen Schlüssel passten doch gar nicht für die Schließungen des Raubtierhauses.«

»Nein, aber es ist ja keine Kunst, sich den Schlüssel zu besorgen, wenn man sich auskennt«, antwortete sie jammernd.

Paul ließ sie weinen, bevor er wieder das Wort ergriff. »Du wolltest euren Disput also geheim halten.«

»Weil ich es nicht ertragen könnte, wenn mir ein jeder eine Mitschuld an Günters Unfall gibt«, erklärte sie mit brüchiger Stimme. »Ich müsste meinen Job an den Nagel hängen.« Ein neuer Weinkrampf ließ ihren Körper erzittern. »Muss ich jetzt ins Gefängnis?«

»Weil du Günter einen Korb gegeben hast? Sicher nicht. Aber wir müssen es der Polizei mitteilen, weil es ein anderes Licht auf die Sache wirft.«

»In deinen Augen bin ich also keine Mörderin?«, fragte sie mit aufkeimender Hoffnung.

»Nein, eine Mörderin bist du gewiss nicht. Du hast zwar geschwiegen – aber dich dennoch erkenntlich gezeigt«, sagte Paul nachdenklich.

Claudia sah ihn fragend an. »Was meinst du ...?«

»Ich spreche von deiner stillen Geste, mit der du Günter Respekt gezollt hast.« Noch immer standen Fragezeichen in Claudias Blick, sodass Paul konkreter werden musste: »Die Rose in Günters Spind: Die kam doch von dir.«

Claudia hörte auf zu weinen. Ungläubig sah sie Paul an, als sie fragte: »Was denn für eine Rose?«

»Eine rote Rose«, präzisierte Paul. »Rot wie die Liebe.«

19

Er hätte zufrieden sein können.

Zufrieden damit, dass er dem Fall Günter Kleeberger sein Geheimnis entlockt hatte. Dass es eben doch kein Selbstmord gewesen war, sondern ein Unfall, verursacht durch Günters Unachtsamkeit im Liebeswahn. Paul hatte nun alle Puzzleteile beisammen – und die passten.

Wenn da nur nicht diese Rose wäre ...

Vielleicht bedeutete sie nichts, vielleicht aber auch alles!

Er hatte Claudias Wohnung mit der Gewissheit verlassen, dass die Umstände von Günters Tod im Prinzip aufgeklärt waren, aber alles auch ganz anders gewesen sein konnte. Denn die rote Rose, die Paul in Günters Schrank entdeckt hatte, fügte sich nicht ins Bild. Zumindest dann nicht, wenn Claudia bestritt, sie dort deponiert zu haben. Die logische Schlussfolgerung bestand darin, dass sie jemand anderes im Spind hinterlassen haben musste. Eine heimliche Verehrerin, die bisher nicht in Erscheinung getreten war?

Paul konnte dies nicht einfach auf sich beruhen lassen. Bevor er Jasmin Günters Unfalltod darlegen und ihr erklaren würde, dass Claudia Fuchs aus Scham und schlechtem Gewissen darüber geschwiegen hatte, wollte er die Rose vom Tisch haben. Und er glaubte, das heute noch erledigen zu können. Aus dem einfachen Grund, dass der Personenkreis, der dafür infrage kam, sehr eingeschränkt war. Die Rose musste von einem Mitarbeiter oder eher noch von einer Mitarbeiterin hinterlegt worden sein, da Unbefugte keinen Zugang zur Umkleide der Pfleger hatten. Die Zahl der Frauen, die mit Günter zu tun hatten, war überschaubar, und je genauer er darüber nachdachte, desto deutlicher kristallisierte sich eine ganz bestimmte Person heraus.

In der Retrospektive betrachtet waren die Hinweise, die Claudia in Zusammenhang mit Günters Tod gebracht hatten, von jemand ganz Bestimmtem gekommen: Tierärztin Betti war es gewesen, die sich nach dem Auffinden von Günters Leiche so aufopferungsvoll um Claudia bemüht und Jasmin und ihn damit erst auf sie aufmerksam gemacht hatte. Auch der Wink mit dem Streit um die Kette war von Betti platziert worden. Paul hatte das Bettis zuvorkommender Art zugeschrieben – mittlerweile fragte er sich, ob sie damit nicht einen ganz anderen Zweck verfolgte.

Der Tag näherte sich seinem Ende, als Paul zurück zum Tiergarten fuhr. In seinem Kopf schwirrten Bruchstücke neuer Gedankenkonstruktionen herum, die zueinanderfinden wollten, aber nicht konnten.

Als er am Haupteingang ankam, hatten die letzten Besucher den Park bereits verlassen. Dank des Mitarbeiterausweises, den er noch nicht abgegeben hatte, ließ man ihn passieren. Kaum war er hineingeschlüpft, wurden die Tore geschlossen.

Paul beeilte sich, in der Hoffnung, Betti Rübsam noch in ihrer Praxis am Betriebshof anzutreffen. Er hetzte an Giraffen und Kängurus vorbei die Uferpromenade entlang und nahm die Abzweigung zum abschüssig gelegenen Betriebshof.

Die Nachbildung eines fränkischen Dorfes war um diese Zeit wie ausgestorben. Wo sonst die Gärtner auf ihren Aufsitzmähern und die Handwerker in Pritschenlastern manövrierten, Futter fürs Vieh verladen wurde und sich die Angestellten in der Kantine ein Stelldichein gaben, herrschten gähnende Leere und ungewohnte Ruhe. Eine Stille, die nur von den quäkenden Grunzlauten aus dem nahen Robbenbecken unterbrochen wurde.

Wie Paul erleichtert feststellte, stand die Tür zur Tierarztpraxis offen. Im ersten Stock brannte Licht. Paul trat näher und war zuversichtlich, bald auch die letzten Ungereimtheiten im Fall Günter Kleeberger ausräumen zu können. Bettis Rolle war ihm nicht ganz klar, aber so wie er sie einschätzte, würde sie ihm eine Erklärung nicht schuldig bleiben.

Den Blick nach oben auf das Fenster der Praxis gerichtet, wäre er um ein Haar mit einer Reihe von Mülltonnen kollidiert, die vor dem Eingang standen. Ordentlich in Reih und Glied: eine für Papier, eine für Plastik, eine Biotonne und eine für Restmüll. Der Behälter für Sonderabfälle stand offen. Paul schaute hinein: abgelaufene Medizin, leere Ampullen und Röhrchen.

Er ging die Treppe hinauf und machte sich mit einem Klopfen bemerkbar. Betti wirkte weder überrascht noch erstaunt, als Paul den weiß gekachelten Praxisraum betrat. Als habe sie damit gerechnet, ihn heute ein weiteres Mal zu sehen, nickte sie ihm freundlich zu.

»Hallo, Paul. Schon zurück von Claudia?«

Betti, die wohl bis vor Kurzem im Einsatz gewesen war, trug einen langen Kittel mit allerlei Flecken über ihren Gummistiefeln.

Paul berichtete ihr von seinem Gespräch mit Claudia Fuchs und schloss mit der Ankündigung, die Sache endlich abgeschlossen zu haben. Bloß eine Kleinigkeit bleibe zu klären, deutete er an.

Betti schien nur mit halbem Ohr zuzuhören, denn während Paul berichtete, wandte sie ihm den Rücken zu, um mit Ampullen und Gerätschaften auf einer Anrichte aus gebürstetem Metall zu hantieren.

»Was denn für eine Kleinigkeit?«, fragte sie, ohne sich nach ihm umzudrehen.

»Es geht um eine Rose, die ich in Günters Spind gesehen habe«, sagte Paul. »Jemand muss sie nach seinem Tod dort abgelegt haben. Sie war frisch, als ich sie fand.«

»Was hast du denn an Günters Spind zu schaffen?«, fragte Betti und klapperte mit ihren Utensilien.

»Es war ein Zufallsfund. Kannst du dir erklären, wie die Rose in den Schrank gekommen ist?«

»Jemand wird sie dort im Andenken an den Verstorbenen abgelegt haben«, sagte Betti und klang geschäftig. »Günter war sehr beliebt bei den Kollegen und Kolleginnen. Das weißt du ja.«

»Sicher. Aber eine rote Rose und noch dazu anonym ...« Paul hielt an seiner Vermutung fest: »Ich denke, da hatte jemand sein Herz an Günter verloren.«

»Wenn du das sagst, muss es wohl so sein«, blieb Betti ungerührt. »Ist das etwa schon alles?«

»Ich hatte gehofft, dass du mir sagen könntest, von wem die Rose stammt.«

»Warum gerade ich?«

»Darüber, was sich zwischen Günter und Claudia abgespielt hat, wusstest du ja auch bestens Bescheid.«

Betti hörte auf, sich mit ihren Instrumenten zu beschäftigen. Ihr Körper schien sich zu versteifen, als sie sich langsam zu Paul umdrehte. Ihr Gesichtsausdruck war noch immer gefällig, doch meinte Paul, einen Schleier zu erkennen, der sich über ihre Augen legte. War es ein Zeichen der Erschöpfung nach einem langen Arbeitstag – oder verlor sie die Geduld mit ihm?

»Wärst du sehr enttäuscht, wenn ich dich jetzt bitten würde zu gehen? Ich habe heute weder die Lust noch die Energie, mich mit Rätselraten zu befassen«, bestätigte sie seine Vermutungen.

Paul deutete ein Nicken an. »Klar«, sagte er. »Wenn dir etwas dazu einfällt, kannst du mir ja Bescheid geben.«

»Ja, Paul. Morgen vielleicht.« Betti dirigierte ihn aus ihrer Praxis. »Komm gut heim.«

Paul stand im Türrahmen, als ihm eine weitere Frage über die Lippen kam: »Du warst es nicht zufällig selbst, die die Rose hinterlegt hat?«

Betti stutzte. In ihrem rundlichen Gesicht formte sich ein Fragezeichen. »Ich?«, fragte sie merklich überrascht.

»Ja, du«, sagte Paul und versuchte, es möglichst unverfänglich klingen zu lassen. »Es wäre kein Grund, sich zu schämen, wenn auch du etwas für Günter übrig gehabt hättest.«

»Nein, das wäre es gewiss nicht …«, sagte sie gedankenvoll.

»Dann kannst du es ja zugeben«, forderte Paul sie auf.

Betti machte keinen sehr glücklichen Eindruck, als sie sagte: »Selbst wenn ich es getan hätte, würde ich es dir nicht verraten. Denn es wäre meine Privatangelegenheit.«

»Damit hast du natürlich recht«, musste ihr Paul beipflichten. »Aber wenn du sagen würdest ›Ja, die Rose kommt von mir!‹, wüsste man, dass die Sache harmlos ist, und bräuchte nicht länger nachzuforschen.«

Betti sah ihn verkniffen an. »Harmlos?«, griff sie seinen Überzeugungsversuch auf und ging zurück zu ihrem Instrumententisch. »Bist du dir eigentlich im Klaren darüber, was du redest?«

»Ich versuche, den Dingen auf den Grund zu gehen. Das ist alles«, rechtfertigte sich Paul. »Bekomme ich also meine Antwort, bitte?«

»Ich wünsche dir einen schönen Abend, Paul«, sagte Betti, ohne Paul noch einmal anzuschauen.

»Du willst mir also nicht helfen.«

»Helfen wobei?«

»Sagte ich doch: bei der Suche nach der Wahrheit. Im Gegensatz zu manch anderem hier liegt mir viel daran.«

Paul sah Betti nun im Profil. Sie lächelte ein nachdenkliches Lächeln. Paul meinte, einen Anflug von Melancholie daraus zu lesen.

»Die Wahrheit. Was ist schon die Wahrheit?«, sinnierte sie. »Es kommt immer auf die Sichtweise an, oder? Wahrheit ist nichts weiter als eine Interpretation.«

»Verstanden«, resignierte Paul. »Du wirst mir nichts sagen.«

»Weil ich dir nichts zu sagen habe, Paul. Nichts, was Günter wieder lebendig machen könnte.«

»Gut, dann werde ich jetzt gehen.«

»Ja, es ist spät.«

»Mach's gut, Betti«, sagte Paul und drehte sich um.

»Du auch.«

Er stand halb im Treppenhaus, da machte er noch einmal kehrt. Paul ging durch die Praxis geradewegs auf Betti zu. Verwundert sah sie ihn an.

»Hast du etwas vergessen?«, fragte sie, mit dem Rücken an den Instrumententisch gelehnt.

»So kann man es ausdrücken«, sagte Paul. »Ich habe eine allerletzte Frage an dich.«

»Und die wäre?«

»Sagt dir ›Rusti‹ etwas?«

Falls dem so war, ließ es sich Betti nicht anmerken. »Was soll das sein?«, fragte sie und klang unbedarft.

Ein Fehler, dachte Paul und sah die Zeit gekommen, seinen Trumpf aus dem Ärmel zu ziehen. Mit einem Griff in seine Jackentasche hielt er eine leere Ampulle in der Hand.

Das Etikett wies den Inhalt als Rustinathol auf. Laut Aufdruck hochdosiert, nur verdünnt anzuwenden.

»Die habe ich draußen im Abfall gefunden«, sagte er und taxierte das Gesicht der Tierärztin. »Ich gehe davon aus, dass du sie weggeworfen hast.«

Betti hob die Brauen. »Zeig mal her«, sagte sie und beugte sich vor. Ehe Paul reagieren konnte, fasste sie nach etwas, das auf ihrem Tisch gelegen hatte. Paul musste zweimal hinsehen, um zu erkennen, um was es sich handelte: eine kleine Spritze mit hauchfeiner Nadel.

Alles ging ganz schnell: Mit einem geübten Griff, den die Veterinärin wohl Dutzende Male bei störrischen Tieren angewendet hatte, packte sie Paul im Nacken und presste ihn gegen die Kacheln. Er versuchte, sich von der Wand abzustoßen und die Spritze wegzuschlagen. Doch beides misslang. Bettis Position war günstiger und das Überraschungsmoment auf ihrer Seite.

»Was hast du vor?«, fragte Paul aufgebracht.

»Du zwingst mich dazu. Was soll ich sonst machen?«

»Lass mich sofort los!«, rief er, die Spritze fest im Blick.

Betti zog ihren Haltegriff weiter an. »Es hat alles so prima zusammengepasst: Günters zurückgewiesene Gefühle, seine Suche nach der Kette im Liebeswahn, der Angriffstrieb von Pascha und Claudia als Sündenbock. Alle könnten zufrieden sein mit dieser Lösung. Warum nur musstest du in meinem Müll wühlen?«

Paul ließ die Augen nicht von der Spritze, während er um Atem rang. Eine Strapaze, denn sein Hals steckte jetzt in Bettis Armbeuge fest. Je mehr sie zudrückte, desto stärker wurde seine Luftröhre zugeschnürt. Der Panik nahe, versuchte er klare Gedanken zu fassen. Er fragte sich, was sich hier gerade abspielte. Hatte die Blume im Spind eine andere Bedeutung als bloß ein Liebesgruß inkognito? War da mehr im Spiel gewesen, etwa rasende Eifersucht? Es sah ganz danach aus.

»Die Rose ...«, röchelte er.

»Die Rose, dieses blöde Kraut! Ich hätte mir die Gefühlsduselei verkneifen sollen«, sagte Betti zähneknirschend.

Paul stemmte sich gegen die Wand, versuchte abermals, sich aus Bettis Umklammerung herauszuwinden. Zwecklos. »Noch ist nichts verloren. Lass mich gehen!«

Sein Appell verhallte ungehört. Betti dachte gar nicht daran, sich durch Paul von ihrem Vorhaben abbringen zu lassen – wie auch immer es aussehen würde. Paul saß in der Falle!

»Ganz ruhig«, flüsterte sie ihm ins Ohr wie einem Hund, der sich vorm Tierarzt fürchtete. Mit ihrer freien Hand stieß sie ihm die Kanüle in den Oberarm. Die Spritze durchbohrte mühelos den Stoff seiner Jacke und seines Hemdes. Ehe Paul auch nur zucken konnte, jagte ihm die Ärztin den kompletten Inhalt der Kanüle ins Muskelfleisch.

Paul, von der Schnelligkeit der Attacke überrumpelt, wurde von nackter Angst erfasst. Sein Puls jagte in die Höhe, gleichzeitig rang er nach Luft.

»Mein Gott, was ist das für ein Zeug?«, fragte er, nach wie vor unfähig, sich aus Bettis Haltegriff zu befreien. »Etwa auch Rusti, wie bei Günter?«

Betti ließ die leere Spritze zu Boden fallen, stemmte sich mit ihrem ganzen Körpergewicht gegen Paul und hielt ihn unerbittlich in Schach. Paul konnte sich kaum rühren. Er war eingeklemmt wie ein Käfer zwischen zwei Fingern.

»Du hast es erfasst, mein Schlauer. Ein ausgesprochen wirkungsvolles Mittel. Ein Neuroleptikum, dosisabhängig sedierend oder sogar narkotisch, wenn man es übertreibt.

Im Unterschied zu manch anderen Mitteln hat es keine muskelrelaxierende Wirkung, was mir sehr entgegenkommt für das, was wir zwei gleich vorhaben.« Sie sagte das mit der nüchternen Professionalität eines routinierten Mediziners. So ähnlich hörte es sich an, wenn Pauls Hausarzt ihm eine Diagnose stellte.

»Was ... was hast du vor?« Paul spürte einen stechenden Druck in seinem Arm. Gleichzeitig merkte er, wie seine Wahrnehmungen verschwammen.

»Habe ich mich nicht klar genug ausgedrückt? Du kannst dich bewegen, bist aber meinem Willen unterworfen.«

»Nie im Leben!«, begehrte Paul auf. »Du kannst mich zu nichts zwingen. Nicht, solange ich bei klarem Verstand bin!«

Betti war nach wie vor die Ruhe selbst, als sie Paul klarmachte, was auf ihn zukam: »Der Wirkstoff ruft halluzinierte Stimmen wach, die die Herrschaft über den Geist erlangen. Ganz ähnlich wie bei einer Hypnose.«

»Was?« Paul verdrehte die Augen. Er meinte, jeden Moment ohnmächtig zu werden.

»Bleib entspannt, Paul, dann ist alles halb so schlimm«, redete Betti wie auf ein Kaninchen auf ihrem Operationstisch ein. »Die Wirkung setzt rasch ein. Versuche nicht, dagegen anzukämpfen.«

Paul schwante Böses. »Hast du mit mir das Gleiche vor wie mit Günter?«

»Hör endlich auf mit deiner Fragerei. Siehst ja, wohin das führt«, sagte sie, ohne ihren eisenharten Griff zu lockern.

»Das wird nicht klappen. Ich lasse es nicht zu«, röchelte Paul.

»Du tust dir selbst keinen Gefallen, wenn du dagegen ankämpfst. Deine Sturheit wird mich nicht davon abhalten, mit dir einen Spaziergang zum Raubkatzengehege zu unternehmen.«

Paul wusste, dass dieses Zusammentreffen kein gutes Ende nehmen würde. »Betti!«, begehrte er auf. »Sag mir, warum? Warum hast du Günter dieses Teufelszeug gespritzt? Weil er von dir nichts wissen wollte?«

»Ich dachte, du bist so ein Gewitzter? Aber von der weiblichen Psyche hast du keine Ahnung, was?«

Paul versuchte sich einen Reim darauf zu machen: »Du warst hinter Günter her. Hast ihn geliebt. Daher die rote Rose. Hat er dich abgewiesen und musste deshalb sterben?«

Betti lachte spöttisch. »Wenn er mir einen Korb gegeben hätte, wäre Günter mit einem blauen Auge davongekommen. Dafür hätte ich gewiss nicht lebenslänglich riskiert.«

»Was sonst? Was hat er getan?«, fragte Paul und merkte zu seinem Schrecken, dass seine Zunge pelzig wurde. Lange würde er sich nicht mehr artikulieren können. »Sag es mir – du hast nichts mehr zu verlieren.«

Diesmal fruchtete Pauls Appell. »Ich habe ihn geliebt«, gestand Betti ein. »Aufrichtig geliebt.« Sie wirkte geradezu erleichtert, sich endlich jemandem mitteilen zu können. »Nach der letzten Weihnachtsfeier hat er meine Liebe endlich erwidert. Das habe ich zumindest gedacht.«

Paul stöhnte unter der Wirkung des Giftes, das durch seine Adern pumpte. »Aber er hat dich bloß ausgenutzt und dich danach hängen lassen«, folgerte er.

»Ich war ein Notnagel für ihn. Nach dieser einen Nacht hat er sich nicht mehr um mich geschert.«

»Betti, ich ...« Paul begriff nun, auf welches Pulverfass er gestoßen war. Doch seine Handlungsmöglichkeiten blieben beschränkt.

»Für Günter kreiste alles nur um seine Claudia. Claudia, Claudia, Claudia! Ich kann es nicht mehr hören!«

»Du hast Günter unter Drogen gesetzt und ins Löwengehege geschickt.«

»Ja!«, rief sie trotzig. »Ich wollte ihm das gleiche Leid zufügen, das er mir bereitet hat.«

»Das gleiche Leid ...?«

»Keiner hätte es jemals gemerkt, wenn du nicht aufgekreuzt wärst.«

»Aber weshalb? Ich kann einfach nicht verstehen, warum du ihn töten musstest«, röchelte Paul. Die Praxis um ihn herum begann sich zu drehen.

»Ist das wirklich so schwierig?« Sie sah ihn an wie eine Lehrerin ihren begriffsstutzigen Schüler. »Er hat mein Herz gebrochen und meine Ehre mit Füßen getreten. Wer mich wie Dreck behandelt, hat selbst nichts Besseres verdient.«

»Der Hass einer gekränkten Frau«, versuchte sich Paul in sie einzufinden, um gleich darauf zu fragen: »Und ich ...?«

»Du bist ein Opfer der Umstände. Hast dich selbst in diese Lage gebracht.«

»Die Polizei ist nicht blöd. Man wird den Einstich in meinem Arm finden.«

»Wenn die Löwen mit dir fertig sind, wird niemand mehr etwas finden.«

»Aber das Gift in meinem Blut ...«

»Man wird dieselben Rückschlüsse ziehen wie bei Günter: Du hast dir die Dosis selbst verabreicht, um deine psychischen Probleme in den Griff zu bekommen.«

»Das nimmt dir keiner ab«, lallte Paul. Sein Artikulationsvermögen entsprach mittlerweile dem eines Betrunkenen.

»Auf mich wird man nicht kommen«, sagte Betti gelassen und versetzte Paul einen Schubs. »Los jetzt!«

Paul kämpfte gegen die übermächtige Wirkung des Mittels an. »Nie... niemals wirst du mich in den Käfig kriegen. Nicht ohne selbst mit draufzugehen!«

»Ich habe es dir doch zu erklären versucht«, sagte sie besonnen. »Durch die Konzentration des Präparats werden Stoffe freigesetzt, die hypnotisch wirksam sind. Glaub mir, Paul: Du wirst genau das tun, was ich von dir verlange.«

20

Die Zeit schien sich zu dehnen.

Jede Minute zog sich wie eine kaugummiartige Masse in die Länge. Paul, der alles nur noch wie in Trance wahrnahm, musste unwillkürlich an die Bilder der zerfließenden Taschenuhren von Salvador Dalí denken.

Wie er vorwärtskam, wusste er nicht. Er sah nur, wie sich die Umgebung um ihn herum veränderte. Dass er den Betriebshof verließ und sich durchs nächtliche Dunkel des Tiergartenareals bewegte. Wohl auf seinen eigenen Beinen. Aber selbst das konnte er nicht mit Sicherheit sagen, konnte weder die Richtung beeinflussen noch das Tempo.

Die Anweisungen, die sein Handeln bestimmten, kamen von Betti. Sie schien neben ihm zu gehen. Zumindest hörte er ihre Stimme, die eigentümlich dumpf klang. Als würde sie durch einen Wattebausch vor ihrem Mund sprechen. Aber auch die anderen Geräusche drangen nur gedämpft in Pauls Ohren: das Rufen der Nachtvögel, das vereinzelte Röhren der Hirsche, das Fauchen der Raubtiere. Alles in allem waren seine Wahrnehmungen stark eingeschränkt. Und mehr noch seine Willensfreiheit.

Paul fühlte sich absolut ausgeliefert, während er Bettis befehlsartig vorgebrachten Anweisungen nachkam. Wie ein Gefangener im eigenen Körper! Nichts und wieder nichts konnte er dagegen tun und wurde wie von einer unsichtbaren Macht dazu gezwungen, seinem eigenen Untergang entgegenzugehen. Dass ihr Weg sie zielgerichtet in Richtung des Löwengeheges führte, konnte Paul trotz seiner Benommenheit sehr wohl erkennen.

»Gleich haben wir es geschafft, es dauert nicht mehr lang.« Betti hörte sich an wie aus einer fernen Welt. Doch sie war ganz nah, fasste Paul in der Armbeuge, dirigierte ihn in den tiefschwarzen Tunnel, der ins Raubtierhaus führte.

Sie orientierten sich an einem dünnen Lichtstrahl. Eine Taschenlampe oder die Leuchte eines Handys. Paul konnte es nicht genauer feststellen, denn alles, was er sah, war verwischt und die Perspektive verzerrt.

Jetzt hörte er ein metallisches Klimpern. Betti schloss eine Tür auf. Oder tat er es selbst? Das musste der Eingang für die Pfleger sein, der auf halber Höhe des Tunnelgangs nach links abging. *Nur für Personal*, stand auf dem Türblatt, wie er wusste. Paul versuchte, dieses Schild zu erkennen. Zwecklos. Die Buchstaben fuhren Karussell vor seinen Augen.

»Weiter, immer weiter«, trieb Betti ihn an, und er folgte widerstandslos ihrer Aufforderung.

Eine andere Tür. Wieder der Klang von Metall. Das musste die Schleuse zum Gehege sein. Paul hörte das Quietschen der Scharniere, als Betti den Schieber öffnete.

»Ab jetzt bist du auf dich allein gestellt«, sagte sie. »Sobald ich das Tor hinter dir geschlossen habe, öffnest du die Tür zum Gehege. Anschließend gehst du hinein und suchst die Nähe zu den Löwen.«

Nein, dachte Paul, das werde ich nicht tun. Sein Überlebenswille meldete sich zurück. Allerdings mit sehr schwacher Stimme. Viel schwächer als die von Betti.

»Bis hierher und nicht weiter. Ich mache keinen Schritt mehr.«

»Du musst das allein schaffen«, wies sie ihn an. »Ich kann dich nicht begleiten.«

Weil sie sonst von den wieder funktionsfähigen Kameras erfasst werden würde, ahnte Paul und stellte sich quer: »Ich bleibe hier stehen.« Er suchte nach etwas, woran er sich zur Not festhalten könnte. Gleichzeitig merkte er, wie seine Wahrnehmungen immer diffuser wurden und ihm die Zügel schon wieder entglitten.

»Los! Weiter!«

Paul spürte einen Stoß in seine Rippen. »Ich-ge-he-da-nicht-rein«, sagte er oder glaubte es zu sagen. Zunge und Lippen versagten mehr und mehr ihren Dienst.

»Doch. Du musst!«

»Wa-rum?«

»Ohne deine Hilfe geht es nicht.«

»Hil-fe?« Dieses Wort löste etwas in Paul aus. Unwillkürlich fragte er: »Wer braucht mei-ne Hil-fe?«

»Weißt du das nicht selbst am besten?«

Die ganze Umgebung begann sich immer schneller um Paul zu drehen. Alles erschien ihm zusehends surrealer. Er kam sich vor, als wäre er in einem Albtraum gefangen. Bettis Worte hallten in seinem Kopf wider und erzeugten verstörende Bilder.

»Ohne deine Hilfe geht es nicht ...«

Wer brauchte ihn? Diese Frage wurde für Paul immer drängender – und plötzlich sah er sie vor sich: Hannah war im Löwengehege!

Hannah!

Sie war viel zu dünn angezogen für die kühle Nacht. Das gelockte Haar hing ihr wirr in die Stirn, in ihren Augen stand die nackte Angst.

Paul streckte seinen Arm aus und zeigte auf sie. Er rief ihren Namen. Mehrmals, so laut wie möglich. Doch sie konnte ihn nicht hören.

Hilflos rannte sie umher, auf der Suche nach einem Ausgang. Sie lief ein paar Schritte, strauchelte, fiel der Länge nach hin. Sie rappelte sich auf, stolperte ungelenk weiter, kam aber kaum voran. Sie probierte, auf die Felsen zu klettern, rutschte ab, unternahm einen zweiten Anlauf. Wieder umsonst! Humpelnd und mit aufgeschürften Beinen setzte sie ihre ziellose Flucht fort.

Paul war entsetzt, als er mit ansehen musste, wie das Löwenrudel immer näher kam. Pascha nahm eine bedrohliche Lauerhaltung ein. Er machte Anstalten, sich auf Hannah zu stürzen!

Ja! Betti hatte recht. Pauls Hilfe wurde gebraucht! Er musste Hannah retten! Sie vor den Raubkatzen schützen! Er musste in das Gehege! Jetzt sofort!

Mutig und zu allem bereit betrat Paul die Schleuse. Hinter ihm wurde der Schieber zugezogen. Mit wilder Entschlossenheit legte er seine Hand auf das kühle Metall der Außentür. Sein Selbsterhaltungstrieb kapitulierte, als er das Tor aufschob und das Freigehege betrat. Jetzt kam es nicht mehr darauf an, sich um sich selbst zu kümmern, sondern Hannah zur Seite zu stehen. Er setzte einen Fuß vor den anderen und ging weiter, in wichtiger Mission.

Erst lief er geradeaus, konnte Hannah nicht sehen und wechselte die Richtung. Jetzt glaubte er, sie nahe dem Wassergraben zu erkennen, ging auf sie zu. Doch sie löste sich in Luft auf, kurz bevor er sie erreichte.

»Hannah!«, rief er. »Bleib doch stehen! Warte auf mich!«

Er drehte sich im Kreis, sah Hannah nun vor der Schleuse. Kaum wandte er sich ihr zu, war sie erneut verschwunden. Wieder und wieder änderte er seinen Kurs und beschrieb ein Zickzackmuster. Genau, wie es Günter getan hatte.

»Hannah!«, rief er so laut er konnte.

Als Nächstes machte er sie bei den Felsen aus. Blass und völlig erschöpft lehnte sie an der Sandsteinwand. Aus hohlen Augen sah sie ihn an.

»Bleib, wo du bist, Hannah! Ich komme zu dir!«

Als er die Felsen erreichte, die hoch aufragten bis zum düsteren Rand des Waldes, war sie nicht mehr da.

Dafür traf er auf das Rudel.

Die Löwen lagen auf dem Steinplateau. Sie schienen sich etwas beruhigt zu haben: Schläfrig sahen sie aus und träge. Paul hielt genau auf sie zu, weil er sicher war, Hannah bei ihnen zu finden. Obwohl sich alles in ihm sträubte, näherte er sich den Bestien ohne jedes Zögern. Er war ein Lemming, der dem unentrinnbaren Trieb folgte, sich von der Klippe zu stürzen.

Nun kam Bewegung in das Rudel. Als hätte Paul eine unsichtbare Grenze übertreten, wurden zuerst die Löwinnen nervös. Dann hob auch Pascha seinen Kopf. Der mächtige Schädel des Rudelführers mit seiner ausladenden Mähne schwenkte lauernd in Pauls Richtung.

Paul ging weiter. Denn jetzt sah er sie wieder: Hannah stand unmittelbar hinter Pascha! Sie winkte ihn zu sich. Also musste Paul näher ran. Näher und näher.

Der Löwe richtete sich zu seiner vollen Größe auf. Er stieß ein markerschütterndes Brüllen aus. Sein Gebiss mit den fingerdicken Fangzähnen war zum Greifen nahe. Paul spürte den Hauch des Todes – und erstarrte in seiner Bewegung. Hannah war wieder verschwunden. Von einer Sekunde auf die nächste!

Der Schock, den Paschas aggressives Verhalten bei Paul auslöste, minderte die Wirkung des Rustis. Paul schwante, dass er einer Illusion aufgesessen war. Die Hilfe suchende Frau, seine Hannah, war nichts als eine Sinnestäuschung gewesen. Existent nur in seiner Einbildung.

Pascha ließ einen weiteren Brüller los. Grollend und donnernd wie ein Gewitter. Paul erkannte, was die Stunde geschlagen hatte. Das war das Ende. Er hatte keine Chance zu entkommen.

Doch dann, plötzlich, die Wende: In den ohrenbetäubenden Lärm, der von dem aggressiven Tier ausging, mischte sich ein zweites Geräusch. Ebenso laut. Kurz und scharf.

Ein Knall!

Gleich darauf ein weiterer.

Die Löwen reagierten. Ihre Aufmerksamkeit verlagerte sich von Paul weg auf etwas oder jemanden hinter ihm.

Paul, noch immer unfähig, eigene Entscheidungen zu treffen oder gar umzusetzen, erlebte wie ein passiver Kinozuschauer, was als Nächstes passierte: Weitere Schüsse erklangen. Diesmal ganz aus der Nähe. Eine Gestalt tauchte an Pauls Seite auf. Paul erkannte darin Bertram, einen der beiden Detektive. Auf der anderen Seite erschienen zwei Tierpfleger, einer von ihnen war der Raubkatzenexperte Werner Bärnreuther. Und dann kam auch der andere Detektiv in Pauls Blickfeld: Heidrich hielt eine Pistole in der Hand, den Lauf nach oben gerichtet. Er feuerte in regelmäßigen Abständen Salven in die Luft.

Der Krach der Schüsse erschreckte die Löwen und hielt sie in Schach. So blieb Bertram unbehelligt, als er Paul am Arm packte und ihn aus der Gefahrenzone zog. Er zerrte an seiner Kleidung, schob ihn voran, drängte ihn schließlich zurück in die Schleuse. Dicht gefolgt von seinem Kollegen Heidrich und den beiden Pflegern.

Ein weiterer wütender Brüller von Pascha überlagerte das Scheppern der Schleusentür, als diese eilig zurück ins Schloss gezogen wurde.

21

Paul ließ sich nicht lumpen: Als er Bertram und Heidrich in ihrer Detektei aufsuchte, um sich für die Rettung in letzter Sekunde zu bedanken, trug er eine Holzkiste mit zwei Flaschen besonders gutem Wein unterm Arm. Jan-Patrick hatte ihn bei der Auswahl beraten und Paul veranlasst, ein kleines Vermögen dafür auszugeben.

Zwei Tage waren seit den Ereignissen im Tiergarten verstrichen. Paul ging es inzwischen wieder besser: Die Drogen, die Betti Rübsam ihm injiziert und damit wüste Halluzinationen ausgelöst hatte, hatten glücklicherweise keine bleibenden Schäden angerichtet. Paul, den man nach dem Vorfall im Löwengehege ins Krankenhaus verfrachtet hatte, wurde schon nach einer Nacht entlassen, sodass er den Sonntag zu Hause verbringen konnte. Dennoch spukten die albtraumhaften Szenen, die er durchlebt hatte, weiter durch seinen Kopf und würden es wohl noch eine Weile tun.

Paul übergab sein Geschenk, das die beiden Detektive mit gleichmütigem Ausdruck entgegennahmen. Sie neigten nicht zu besonders ausgeprägten Emotionen oder gar Herzlichkeit, wie Paul ja inzwischen wusste.

»Es kommt mir noch immer wie ein Wunder vor, dass Sie plötzlich aufgetaucht sind. Nur ein paar Minuten später, und ich wäre Katzenfutter gewesen«, sagte Paul.

»Sie müssen sich nicht bei uns bedanken, sondern bei Pascha«, meinte Bertram trocken. »Wenn der Löwe nicht gebrüllt hätte, wären wir nicht auf Sie aufmerksam geworden und hätten von all dem nichts mitbekommen.«

Wie Paul inzwischen wusste, hatten sich Heidrich und Bertram gemeinsam mit den beiden Pflegern ganz in der

Nähe aufgehalten, als Betti Paul in das Gehege dirigiert hatte. Die Detektive wollten nämlich ihre neueste These zum rätselhaften Tierschwund überprüfen. Da sie sich ihrer Sache inzwischen sicher wähnten, wollten sie keine weitere Zeit verstreichen lassen und ihre Vermutung noch am Abend überprüfen. Während sie damit beschäftigt waren, ihrem Verdacht nachzugehen, wurden sie auf die Unruhe bei den Löwen aufmerksam. Die Pfleger merkten sofort, dass etwas nicht stimmte. Gemeinsam eilten sie Paul zu Hilfe. Dabei kam es ihm zugute, dass die Detektive bewaffnet waren und zur Abschreckung der aufgebrachten Raubkatzen Warnschüsse abgeben konnten.

Betti Rübsam wurde noch an Ort und Stelle festgenommen. Sie machte nicht einmal den Versuch zu fliehen. Zwar hüllte sich die Veterinärin seitdem in Schweigen, aber mit Paul als Belastungszeuge und der sichergestellten Spritze in ihrer Praxis hatten die Ermittler genug in der Hand, um gegen sie vorzugehen.

Ja, diesmal hätte es auch anders ausgehen können, dachte Paul, während er sich die dramatischen Umstände seiner Rettung vergegenwärtigte. Es war knapp gewesen, sehr knapp sogar. Müsste er das nicht als ein Zeichen dafür werten, dass er seine Ambitionen als Privatermittler endlich aufgeben sollte? So wie es Katinka ja schon lange von ihm forderte und sich durch den bösen Zwischenfall im Zoo abermals bestätigt sehen würde?

»Konnten Sie denn – trotz der Ablenkung durch mich – auch Ihren eigenen Fall lösen?«, fragte Paul der Höflichkeit halber, aber auch, weil es ihn interessierte.

»In der Tat, ja«, sagte Heidrich nicht ohne Stolz. »Allerdings kommt dieser Fall ganz ohne einen Schuldigen im Sinne der Strafprozessordnung aus.«

Paul zog fragend die Brauen nach oben. »Wie das?«

Bertram übernahm es zu erklären: »Wie sich herausgestellt hat, handelt es sich um die Aneinanderreihung voneinander unabhängiger Ereignisse. Soll heißen: Die einzelnen Tierabgänge stehen in keinem Zusammenhang miteinander.«

»Richtig, wir haben es mit Einzelereignissen zu tun«, nahm Heidrich den Faden auf. »Fangen wir mit dem Muntjak an: Nach genauer Untersuchung des Verhaltens der anderen Zwerghirsche konnten wir feststellen, dass die Abzäunung unzureichend ist.«

»Muntjaks können höher und weiter springen als allgemein angenommen«, ergänzte Bertram.

»Daher wurde zunächst einmal provisorisch ein Elektrozaun nachgezogen, damit nicht ein weiteres Tier abhandenkommt.«

»Bei den vermissten Präriehunden konnten wir ebenfalls eine Lösung finden«, berichtete Bertram. »Leider keine erfreuliche: Die Tiere sind tot.«

»Sie sind aus ihrem Winterschlaf nicht mehr aufgewacht«, ergänzte Heidrich. »Das kann bei einer überalterten Kolonie vorkommen. Diese Art, übrigens nahe Verwandte des Murmeltiers, zieht sich in der kalten Jahreszeit in ein weit verzweigtes Gängesystem zurück. Die Tiere verkriechen sich in bis zu fünf Meter Tiefe.«

»Wir haben den Bau mit Kleinbaggern offenlegen lassen«, erklärte Bertram, »dabei fanden wir die Kadaver.«

»Und das Schaf aus dem Streichelzoo?«, wollte Paul wissen. »Was ist aus dem geworden?«

Die beiden Detektive sahen sich an und grinsten breit. »Dolly, so der Name des Schafs, bildet eine Ausnahme«, räumte Bertram ein. »Hierbei haben wir es wohl doch mit einer Art Diebstahl zu tun: Unbekannte haben das Tier mitgehen lassen und wie auch immer bis auf die Reeperbahn transportiert. Dort tauchte es als Maskottchen in einem Nachtclub wieder auf. Mein Kollege und ich reisen morgen nach Hamburg und holen es zurück.«

Heute zeigte sich der April mal wieder von seiner unfreundlichen Seite: Der Himmel war grau in grau, als Paul die Detektei verließ. Aus tief hängenden Wolken rieselte ein langsamer, deprimierender Regen. Paul hatte sich noch keine zehn Meter von dem schäbigen Eckhaus entfernt, als sich sein Handy meldete. Es war Katinka. Allerdings nicht aus ihrem Büro, sondern von unterwegs: Statt ihrer Festnetznummer wurde ihr mobiler Anschluss angezeigt.

»Was ist los?«, fragte Paul und ahnte nichts Gutes.
»Komm zum Flughafen. Bitte.«
»Schon wieder? Warum?«
»Um mich zu verabschieden. Ich fliege Hannah nach.«
»Du tust was?«
Paul fiel aus allen Wolken.
Heute Morgen, beim gemeinsamen Frühstück, hatten sie zwar kaum miteinander geredet, weil Katinka in Eile und Paul viel zu sehr mit sich selbst beschäftigt gewesen war. Aber ihre überraschenden Reisepläne hätte sie ihm doch nicht einfach vorenthalten dürfen!

Paul, der glücklicherweise mit dem Auto gekommen war, schwang sich in seinen Renault und gab Gas. Er suchte sich einen terminalnahen Parkplatz in der Kurzhaltezone des Airports und pfiff auf den Parkschein. Er rannte zum Terminal und fing Katinka kurz vor der Sicherheitskontrolle ab.

»Was soll der Mist?« Er fasste sie am Arm und fragte gereizt: »Warum redest du nicht mit mir?«

»Weil du mir nicht zuhörst.« Sie machte sich mit einer energischen Bewegung los. »Schon lange nicht mehr.«

»Quatsch!«

Tränen sammelten sich in Katinkas Augenwinkeln. »Hannah geht es nicht gut. Sie steckt in einer Krise und kommt nicht allein zurecht. Aber sie will nicht zurückkommen. Also habe ich Urlaub genommen, um sie zu besuchen. Vorerst für zwei Wochen.«

»Zwei Wochen? Vorerst?« Paul verstand die Welt nicht mehr.

»Ich muss das tun. Es ist meine Pflicht als Mutter, bei ihr zu sein, wenn meine Tochter mich braucht.«

»Okay, es ist deine Pflicht.« Paul kaute auf seinen Lippen. »Aber sei nicht allzu überrascht, wenn ich auch dort aufkreuze. Denn meine Pflicht ist es, bei ihr zu sein, wenn meine Frau mich braucht.«

»Ich komme allein zurecht«, behauptete sie. Doch ihre Blicke sagten das Gegenteil, glaubte Paul.

Wie dem auch sei: Katinkas Entschluss stand fest. Paul kannte sie gut genug, um zu wissen, dass daran nicht zu rütteln war. Sie würde in das Flugzeug steigen und abfliegen, und Paul würde nichts dagegen unternehmen können. Er würde ihre Entscheidung akzeptieren und sich dann überlegen müssen, wie er damit umgehen sollte. Aber das ging nicht ad hoc und überstürzt. Er würde dafür eine gewisse Zeit brauchen. Vielleicht Stunden, vielleicht Tage.

An Flughäfen kann man eigentlich nicht richtig Abschied von einer Person nehmen, fand Paul. Man kann ihr höchstens einen Kuss auf die Wange drücken, die Hand loslassen und zuschauen, wie sie hinter der Passagierkontrolle verschwindet.

Genau das tat er.

Paul verließ die Abflughalle und trat im Lärm eines startenden Jets auf die Straße. Es hatte aufgehört zu regnen. Der klare blaue Himmel zeichnete sich zwischen den Wolken ab. Paul richtete seinen Blick nach vorn.

Nachwort

Die Handlung dieses Buches ist frei erfunden. Etwaige Übereinstimmungen mit lebenden Personen sind rein zufällig und nicht beabsichtigt. Dies betrifft insbesondere die realen Mitarbeiter des Nürnberger Tiergartens, deren Rat und Hilfsbereitschaft diesen Roman überhaupt erst möglich gemacht haben. Für seine tolle Unterstützung danke ich vor allem Andreas Haller.

Vielen Dank an Karsten und Christiane Naumann für die medizinische Beratung und die Erfindung des »Rusti«.

Danke an Stephan Naguschewski für das sorgsame Lektorat und an meinen Verleger Norbert Treuheit für die vertrauensvolle Zusammenarbeit.

Ganz besonders möchte ich mich bei denjenigen bedanken, die Pauls Fälle schon seit so vielen Jahren durch ihre Tipps und anspornende Kritik bereichern: bei Dr. Uwe Meier, Astrid Seichter, Sabine Gräwe und Werner Hellwig, meiner Frau Susanna, bei Annika, Felix und Philip sowie bei meinen Eltern Peter und Dietlind und meiner Schwiegermutter Waltraud.

Zuletzt ein Gruß an Claudia Fuchs und Werner Bärnreuther, die mir für diesen Roman ihre Namen geliehen haben, sowie an Guido Seibelt von Radio Gong 97.1 dafür, dass er diesen Spaß möglich machte.

Jan Beinßen · Görings Plan

Nürnberg 1946: Die junge Hilfskrankenschwester Margarete Galster steht im Dienste der Alliierten. An der Seite ihres Vorgesetzten, des Gefängnispsychologen William Stringer, trifft sie auf die schlimmsten Verbrecher dieser Zeit: die im Justizpalast inhaftierte Führungsriege der unterlegenen Nationalsozialisten. Keine leichte Aufgabe, denn »Gefangener Nummer 1«, der selbstherrliche Hitler-Stellvertreter Hermann Göring, versucht die junge Frau trickreich für seine Belange einzuspannen. Welchen perfiden Plan heckt der Todgeweihte aus?
68 Jahre später bekommt Rundfunkreporter Julian Heldt zufällig Wind von der Geschichte. Mithilfe der Volontärin Vic deckt er brisante, bislang unbekannte Details über die Nürnberger Prozesse auf. Doch seine Recherchen bleiben nicht lange unbemerkt ...

»**Das bisher stärkste Buch Beinßens.**« *Nürnberger Nachrichten*

Leseprobe:

Kapitel 4

Wie üblich trug sie ihre flachen Schuhe, deren Sohlen kaum mehr vorhanden waren, und fror an ihren nackten Beinen, die dürr wie Spargelstängel unter ihrem leichten Mantel herausragten. Schnellen Schrittes eilte Margarete Galster über das Kopfsteinpflaster den Burgberg hinab und richtete ihren Blick auf die protzige Fassade des Rathauses, über dessen Hauptportal die US-amerikanische Fahne wehte. Der imposante Renaissancebau war zumindest an der Frontseite kaum zerstört worden und lenkte sie bei ihrem täglichen

Gang zur Arbeit von der deprimierenden Trümmerwüste ab, in die sich ihre Stadt durch die alliierten Bombenangriffe am 2. Januar 1945 verwandelt hatte. Innerhalb von nur einer halben Stunde waren mehr als sechstausend Spreng- und über eine Million Brandbomben auf die Dächer der Stadt niedergeprasselt. Mit verheerenden Auswirkungen. Heute, weit über ein Jahr danach, waren die Spuren der Verwüstung noch überall zu sehen.

Kaum wandte sie den Blick in die andere Richtung, wurden die Erinnerungen an die Bombennacht wach: Die Sebalduskirche hatte mehrere schwere Treffer hinnehmen müssen. Granaten hatten den Dachstuhl zerfetzt, von den beiden stolzen Kirchtürmen standen nur noch die rußgeschwärzten Stümpfe. Zwei geköpfte Riesen, dachte sie.

Nicht viel besser sah es am Hauptmarkt aus, den Margarete Galster kurz darauf erreichte. Auch hier waren die meisten Häuser Skelette, Ruinen mit misshandelten Sandsteinfassaden und unwiederbringlich vernichtetem Innenleben. Überall türmten sich Schutt und Abraum, dazwischen schlängelten sich die Gleise der Lorenbahnen, mit denen geborstenes Holz, zersprungene Ziegel und verbogene Regenrohre abtransportiert wurden. Ein ewiger Treck der Trümmerarbeiterinnen, einer Ameisenstraße gleich.

Sie ging weiter, vorbei an provisorischen Läden, die ihr überschaubares Angebot in selbst gezimmerten Einrichtungen anpriesen oder ihre Geschäfte unter den grauen Planen ausgedienter Wehrmachtlastwagen abwickelten. Verängstigte Katzen streunten einsam herum. Blumentöpfe standen in Fenstern, hinter denen es keine Zimmer mehr gab. Alle paar Meter kam sie an Bombentrichtern vorbei, umgeben von Ringen aus verbranntem Asphalt. Sie begegnete Kindern, die unbekümmert zwischen den Ruinen tobten, als sei die malträtierte Stadt ein einziger großer Abenteuerspielplatz. Dabei schwebten sie in ständiger Gefahr: Die leichteste Erschütterung, die kleinste Unachtsamkeit, schon konnte einem ein Blindgänger um die Ohren fliegen. Das aber kümmerte die Strolche nicht. Sie machten das Beste aus ihrer belasteten Kindheit und improvisierten: Ein Bub trieb einen Papierknäuel als Fußballersatz vor sich her, ein Mädchen balancierte auf einer zerbeulten Radkappe. Margarete lächelte der Kleinen zu und setzte ihren Weg fort.

Sie traf andere Fußgänger, ausgemergelte Gestalten in viel zu weiten Mänteln. Ab und zu kam ein Radfahrer des Wegs, selten auch Autos. Sie sah halb umgerissene Ziegelmauern und abgeknickte Schornsteine. Dazwischen eroberte sich die Natur die Stadt zurück: Brombeeren wucherten, auch Sauerampfer, aus dem aufgeplatzten Kopfsteinpflaster sprossen Löwenzahn, Disteln und die allgegenwärtigen Trümmerblumen: schmalblättrige Weidenröschen.

Ihr Weg war lang, und wo früher Stadtbusse und Straßenbahnen verkehrten, musste man sich nun selbst behelfen. Ein Rad konnte sie sich nicht leisten, und die Mitfahrgelegenheit, die ihr ein junger US-Soldat offeriert hatte, hatte sie ausschlagen müssen. Das gebot der Anstand. Also lief sie Tag für Tag zu Fuß, bei Wind und Wetter, sechsmal in der Woche bis zum Justizpalast an der Fürther Straße. Nur sonntags hatte sie frei. Dazu kamen zehn Tage Jahresurlaub.

Ihre Arbeitszeit lag bei zehn Stunden am Tag, manchmal dauerte es auch länger. Ihren Lohn erhielt sie regelmäßig und in bar. Dazu kamen Bezugsscheine, einzulösen gegen Grundnahrungsmittel und Kohle oder Petroleum. Sie konnte sich nicht beklagen, auch wenn die Aufgaben, mit denen man sie betraut hatte, ihr alles andere als leicht fielen.

Margarete Galster war Hilfskrankenschwester. Nach

ihrer kriegsbedingt verkürzten Ausbildung hatte sie für wenige Wochen bei einem Allgemeinmediziner am Egidienplatz gearbeitet. Danach pendelte sie zwischen verschiedenen Krankenhäusern und Feldlazaretten und lernte mit dem Grauen zu leben. Mit einer ganz neuen Dimension des Schreckens wurde sie kurz nach Kriegsende konfrontiert, als sie sich auf einen Aushang der Stadtverwaltung meldete, um sich für eine Stelle zu bewerben: Der Alliierte Kontrollrat suchte nach politisch unbelasteten Deutschen für Hilfsarbeiten rund um das Nürnberger Tribunal. Margarete Galster wurde dem Sanitätskorps zugeteilt – und hatte seitdem täglichen Kontakt mit den schlimmsten Verbrechern, die die Welt je gesehen hatte.

Eine besonders schwere Bürde für sie, denn durch den Krieg hatte Margaretes Familie große Verluste erlitten: Ihr Vater war ebenso gefallen wie ihr älterer Bruder Franz. Zwei Cousins, die an der Ostfront gekämpft hatten, galten als vermisst. Wahrscheinlich waren auch sie gefallen oder in russische Kriegsgefangenschaft geraten. Margarete wusste nicht, welches das geringere Übel sein mochte. Ihre Mutter war durch die erschütternden Erlebnisse traumatisiert und nicht mehr arbeitsfähig. Das bedeutete, dass Margarete allein für sie und den kleinen Bruder Harald, das Nesthäkchen, sorgen musste. Wem sie all das Leid der vergangenen Jahre zu verdanken hatten, war Margarete spätestens seit 1940 klar. Denn sie hatte sich, so jung sie auch war, nicht von der Goebbels-Propaganda einfangen lassen, hatte sich einen klaren Blick bewahrt und weiter zu unterscheiden gewusst zwischen Gut und Böse. Zwischen Aggressor und Opfer. Deutschland hatte einen verbrecherischen Angriffskrieg geführt und übelste Menschenrechtsverletzungen zu verantworten. Das stand für sie fest.

Nun hatte sie es mit den Köpfen dieses Verbrechersystems zu tun, stand ihnen jeden Tag von Angesicht zu Angesicht gegenüber, wenn sie die Visite der Stabsärzte begleitete. Das erzeugte einen permanenten psychischen Druck, der auch ein halbes Jahr nach ihrem Arbeitsantritt nicht nachlassen wollte, und machte ihr ein ums andere Mal Gänsehaut. Die Gefangenen erschienen ihr wie böse Geister aus der Vergangenheit, die, ließe man sie los, immer weiter brandschatzen und morden würden. Reue erkannte sie bei kaum einem der Inhaftierten.

Endlich erreichte sie ihr Ziel: Margarete passierte die Wachen an den haushohen schmiedeeisernen Toren des imposanten Gerichtsgebäudes, auf dessen weitem Vorplatz Jeeps und Panzerwagen parkten, flankiert von rund um die Uhr besetzten Geschützen. Dahinter erstreckte sich der riesige Komplex des Justizpalastes. Wie durch ein Wunder war der im Stil der Deutschen Renaissance errichtete Monumentalbau weitgehend unzerstört geblieben. Mit intaktem Schwurgerichtssaal und angeschlossenem Gefängnis. Das war wohl der eigentliche Grund, warum das Tribunal in Nürnberg und nicht in irgendeiner anderen deutschen Großstadt tagte, vermutete Margarete.

Noch vor dem Hauptgebäude wurde sie von einem kleinen, gedrungenen Mann mit schwarz geränderter Brille abgefangen, der sein Haar mit viel Pomade zurückgekämmt hatte. US-Sergeant William Stringer entstammte einer deutschstämmigen Familie und beherrschte die Sprache seiner Ahnen nahezu perfekt. Stringer gehörte ebenfalls zum medizinischen Stab und erfüllte die Funktion eines Gefängnispsychologen.

»Wie geht es Ihnen heute, Fräulein Galster?«, fragte er höflich und geleitete Margarete die ausladenden Treppenstufen hinauf. Stringers Stimme war weich, beinahe sanft, und entsprach ganz seiner Art, die Margarete als einfühlsam empfand. Das genaue Gegenteil vom Wesen der Männer, mit denen Stringer und sie es hier Tag für Tag zu tun bekamen.

»Danke, so weit gut.« Sie nickte ihm lächelnd zu und brachte damit ihr welliges kastanienbraunes Haar zum Wippen.

»Nur ›so weit‹?«, erkundigte sich Stringer fürsorglich, während das Klackern seiner Stiefelabsätze bei jedem Schritt von den hohen Flurwänden widerhallte.

Margarete war sich nicht zu schade, die Gutmütigkeit des Sergeanten auszunutzen. Immerhin ermunterte er sie ja regelmäßig dazu. »Es ist zur Zeit so schwer, an Gemüse zu kommen. Geschweige denn an frisches Obst. Auf dem Wochenmarkt gibt es nur Kohl und Steckrüben aus der letzten Ernte.«

»Ich werde Ihnen Kartoffeln und Salat zukommen lassen. Vielleicht auch ein paar Äpfel.«

»Das ist wirklich sehr nett von Ihnen.«

»Wie sieht es mit Eiern aus?«

»Könnten Sie denn ...?« Sie schlug bescheiden die Augen nieder.

»Es wäre mir eine Freude.«

Margarete nahm dankend an, zumal sie inzwischen wusste, dass Stringer keinerlei Gegenleistungen erwartete. Er besaß ein zurückhaltendes, niemals aufdringliches Wesen. Das, was er ihr zuliebe tat, tat er gern.

Sie durchquerten das zentral gelegene Treppenhaus mit seinem wilhelminischen Prunk und Protz, mit Marmorfliesen, Stuckdecken und lebensgroßen Büsten. Pflichtbewusst zeigten sie vor jedem Trakt unaufgefordert ihre Dienstausweise und gelangten schließlich zu dem Korridor, der das Gericht vom Gefängnis trennte. Dieser Bereich war besonders gesichert und wurde von britischen und sowjetischen Soldaten gemeinsam bewacht.

Hinter der unsichtbaren Grenze lagen die Zellen der Angeklagten. Stringers Aufgabe bestand darin, sich möglichst häufig mit ihnen zu unterhalten, um den Kommandanten über ihre seelische Verfassung auf dem Laufenden zu halten. Eine psychologische Ergänzung der ebenfalls regelmäßig stattfindenden körperlichen Untersuchungen durch den Gefängnisarzt. Stringer genoss somit das zweifelhafte Privileg, jederzeit Zugang zum Zellenblock zu bekommen – und mit ihm Margarete als seine Assistentin.

»Mit wem haben wir es heute zu tun?«, erkundigte sie sich mit banger Stimme. Sie hoffte inständig, dass es nicht Julius Streicher sein würde, der unsägliche Judenhetzer und Chauvinist, der sie bei jeder Visite mit Blicken verschlang. Und auch Rudolf Heß sollte es nicht sein, dessen große Gestalt und irre Blicke ihr Angst machten.

Stringer salutierte vor einem höherrangigen Offizier, als sie den Gefängnisbau betraten. Dann blieb er stehen und richtete seine Aufmerksamkeit ganz auf das blasse Gesicht seiner schmalen Begleiterin.

»Einen harten Brocken haben wir heute vor uns. Mal sehen, ob wir ihn diesmal ein wenig mehr aus der Reserve locken können«, kündigte er an. »Wir besuchen Hermann Göring.«

Jan Beinßen, Görings Plan, Hardcover, 304 Seiten, € 18,90, ISBN 978-3-86913-420-8 · Auch als eBook